किसी अजनबी के प्यार में

(कहानी-संग्रह)

किसी अजनबी के प्यार में

रेणु मिश्रा

हिन्द युग्म

ISBN: 978-81-19555-26-0

प्रकाशक :
हिंद युग्म
सी-31, सेक्टर-20, नोएडा (उ.प्र.)-201301
फ़ोन- +91-120-4374046

मुद्रक : थॉमसन प्रेस, दिल्ली
आवरण-डिज़ाइन : समीक्षा पंड्या

पहला संस्करण : जून 2025
मूल्य : ₹249

Kisi Ajnabi Ke Pyaar Mein
by Renu Mishra

Published By
Hind Yugm
C-31, Sector-20, Noida (UP)-201301
Phone- +91-120-4374046
Email- sampadak@hindyugm.com
Website- www.hindyugm.com

First Edition: Jun 2025
Price: ₹249

तुम्हारे उलझे ख़यालों में
हाज़िर जवाब-सा
किसी अनजाने शहर में
पहली मुलाक़ात-सा
उदास मौसम में खिल उठे
चमकीले अमलतास-सा
वो जो न होकर भी है—
उसी अजनबी के नाम।

मेरी कहानियों की कहानी...

इतना तो तय है कि यदि कहानियों ने मेरा हाथ न थामा होता तब, या तो मैं दुनिया के बनाए खाँचे-साँचे में ख़ुद को फ़िट करने की कोशिश में थक चुकी होती या फिर मन-मस्तिष्क में चल रहे किरदारों के शोर से पागल हो चुकी होती। हमारे आसपास की दुनिया में, समाज में, बहुत कुछ ऐसा है जो परतों में छुपा हुआ है, लेकिन लोग स्वीकारना इसलिए नहीं चाहते क्योंकि वह सच्चाई तो है मगर, चूँकि वह उनका सच नहीं है तो उनका रवैया 'क्यों जानना है ?' जैसा है। लेकिन मुझे लगता है वह किसी का तो सच है, किसी का तो पक्ष है। फिर चाहे किसी एक का ही सच क्यों न हो। मैं अपनी कहानियों के ज़रिए कोई सच या झूठ का ख़ुलासा नहीं कर रही, मगर इतना तो है कि ये कहानियाँ, फ़साने का लिबास ओढ़ी हुई सच्चाइयाँ ज़रूर हैं।

ऐसे तो मैं कहानी के बारे में कुछ लिखना नहीं चाहती फिर भी अगर आप जानना चाहते हैं तो इतना जानिए कि मुझे सच को झूठ और झूठ को सफ़ाई से सच बताने में बड़ा मज़ा आता है। यह कुछ वैसा ही है जैसे छुपन-छुपाई में डेन बाक़ियों को आई स्पाई करने के फ़िराक़ में रहता है और बाक़ी खिलाड़ी डेन को धप्पा करने में लगे रहते हैं। जीते-हारे कोई भी, मज़ा बहुत आता है।

इस बेवजह-सी दुनिया में ज़िंदा रहने के जितने भी तरीक़े होते होंगे, उनमें से मेरा फ़ेवरेट तो कहानी सुनना और सुनाना है। मैंने अपनी अब तक की ज़िंदगी में, या तो कहानी को सुना है या फिर कहानी को जिया है। अब डिसाइड आपको करना है कि आपको मेरे उन किरदारों के साथ रह जाना है या कोई फ़साना समझकर भूल जाना है। जहाँ तक मेरा अनुभव

कहता है, आप मेरी कहानी के किरदारों को भूल तो नहीं पाएँगे। वे अक्सर ही आपके ख़यालों में आकर आपको धप्पा कर जाएँगे।

इतने विश्वास के साथ मैं ऐसा इसलिए कह रही हूँ, क्योंकि मैं किसी दिन यूँही उठकर कहानी लिखने नहीं बैठ गई। मैंने दुनिया-समाज की परतों में छुपी सच्चाई को कई दफ़ा धप्पा होते देखा है। मुझे लगता है, कहानी कहने से बड़ा काम कहानी सुनने या पढ़ने वाले का होता है, क्योंकि ऐसा करने के लिए बहुत सब्र की ज़रूरत होती है। मैंने यह सब्र, यह धीरज अपनी माई (दादी) से सीखा। ग़ज़ब की क़िस्सागो थी मेरी माई। जब ठीक से बोलना भी नहीं सीखा था, शायद तब से मैं कहानियों के आँगन में अपनी ठुड्डी के नीचे हाथ लगाए अपनी माई के सामने पेट के बल लेटे हुए अफ़साने सुनती आ रही थी। उनमें कहानी कहने का धीरज था और वही गुण मुझमें कब रच-बस गया, मैं भी नहीं जान पाई। मैंने माई से बहुत कहानियाँ सुनीं। उनकी कहानियाँ दिनो-दिन चलती रहतीं। कभी मैं सो जाती और कभी वो ऊँघने लगतीं। कभी-कभी तो हम ही उनके किरदार भी बन जाते थे। भेड़, मेमना, कौवा-हाँकने वाली रानी और न जाने क्या क्या। बड़ा मज़ा आता था। फिर हम बड़े होने लगे और सबके जीवन में अपनी-अपनी कहानियाँ शुरू हो गईं। फिर महसूस हुआ, माई की कहानियाँ सिर्फ़ फ़िक्शन नहीं थीं, बल्कि कुछ-कुछ हक़ीक़त भी थी उनमें। वो सच्चाई, वो घाव, जिसे उन्होंने अपने सीने पर सहा था और जो अब हम अपने जीवन में लगभग वैसा-सा होता देख रहे थे।

उसके बाद हुआ यह कि कितने ही क़िस्से, कितनी ही बातें, घटनाएँ, घाव, सुख-दुख, अपना भोगा सच, दूसरों का जिया हुआ छल... सबके सब अपने किरदारों के साथ मेरे मन में छाते चले गए। रात भर मेरे दिल दिमाग़ में उन किरदारों के कहे हुए डायलॉग्स कौंधते रहते। कभी वे कोई बात कह हँस जाते, कभी रो जाते, कभी सिर्फ़ मुझे देखते रहते। मैं अक्सर नींद से जग उठती। जब यह अक्सर ही होने लगा तो मैंने सोना ही छोड़ दिया। मगर कितनी रातें ऐसा चलता, इसलिए उनसे दूर भागने

के लिए कहानियाँ पढ़ने लगी। देश-विदेश के जाने कितने साहित्यकारों, कहानीकारों को पढ़ डाला। कभी उलझन शांत हो जाती और कभी दबी हुई आग को फिर हवा मिल जाती। मन फिर बेचैन हो उठता और कई-कई रात जागता रहता।

फिर एक दिन जीवन में सबसे सुंदर एहसास, 'प्रेम' ने दस्तक दी। जीवन को नया अफ़साना मिल गया था। मैं उस अफ़साने के साथ जीती रही, ख़ुश रही, हुलसती रही। कभी तो बहुत प्रेम मिला और कभी किसी प्रेम में पड़ने का ख़ामियाज़ा भी भुगतना पड़ा। उस पल कविताओं ने मेरा हाथ थाम लिया और मैं उनके साथ बहने लगी। उसी के साथ जीवन का दायरा बढ़ा। उस दायरे में नए लोग जुड़ते गए। सबकी अपनी-अपनी कहानी। फिर समझ आया कि अपना भोगा हुआ ही सिर्फ़ कहानी नहीं है बल्कि दूसरों का जिया, भोगा और सहा हुआ सच भी एक कहानी है। मेरा मन फिर बेचैन हो उठा।

फिर एक दिन किसी ने मेरी कविताओं को पढ़कर कहा, "तुम कहानियों क्यों नहीं लिखती? तुम्हें लिखनी चाहिए। तुम न सिर्फ़ अपनी बेचैनी, टीस, तड़प को उनके ज़रिए बाहर लाओ बल्कि भोगे, जिए, देखे को भी काग़ज़ पर उतारो। तुम लिख सकती हो... लिखो और ख़ुद को आज़ाद करो।"

मैंने पहली कहानी लिखी 'बालकनी में भगवान', जो कथाक्रम पत्रिका में प्रकाशित हुई। फिर कथादेश में 'दो दुनी पाँच' और फिर कई कहानियाँ कई जगह छपीं। सराहना भी मिली और उलाहना भी। इस तरह धीरे-धीरे पढ़ते-लिखते, जीवन के अनुभवों को अपने भीतर उतारते हुए 'किसी अजनबी के प्यार में' कहानी-संग्रह तैयार हुआ। इस संग्रह में बारह कहानियाँ हैं। इनमें से कुछ कहानियाँ समाज को उसी तरह से दर्शाती हैं, जिस तरह से समाज है। इन कहानियों को लिखते हुए मैंने, समाज में, रिश्तों में जैसे भी बदलाव देखे, उन्हें हूबहू वैसे ही लिखा। कहानी लिखते वक़्त जो किरदार जैसे थे, उन्हें उसी तरह काग़ज़ पर

उतार दिया गया। इनमें से कुछ कहानियाँ, स्त्री विषयक हैं तो कुछ क्वीर समुदाय के मानसिक उथल-पुथल और उनकी वांछनीयता को बयान करती हैं। कुछ नॉस्टैल्जिया को जीती हुई कहानियाँ हैं और कुछ आज के समय में स्व-प्रेम (सेल्फ़-लव) के आज़ाद ख़याल से रूबरू कराती हैं।

इस सफ़र में मेरा हमसफ़र और मेरा परिवार हर वक़्त मेरे साथ खड़ा रहा—सभी को शुक्रिया से ज़्यादा प्यार रहेगा। 'हिंद युग्म' और शैलेश जी के लिए मन भर शुक्रिया भी कम है, क्योंकि उन्होंने मेरे सफ़र को शुरुआत से देखा है। किताब के संपादक 'सिफ़र' का दिल से आभार जिन्होंने कहानियों को न सिर्फ़ बारीकी से पढ़ा, बल्कि अनजाने में की गई ग़लतियों को सही भी कराया। अब तक के सफ़र में साथ रहे प्यारे दोस्तों और वरिष्ठों का भी मेरा आभार एवं धन्यवाद, जिन्होंने मेरी हिम्मत को बढ़ाए रखा और समय-समय पर सही सलाह भी दीं।

अब अपने कहे को यहीं विराम देते हुए, मैं यह कहानियाँ आप पाठकों के सुपुर्द करती हूँ। साथ ही उम्मीद करती हूँ, आप इन्हें अपना बहुत-सा प्यार देंगे। आप हैं तो कहानियाँ हैं।

— रेणु मिश्रा
वाराणसी/अलीगढ़

कहानी-क्रम

वो सर्दियों के दिन थे

वक़्त - शाम के 4.00 बजे
तारीख़ - 15 अक्टूबर 2030
जगह - शिमला
मौसम - सर्दियों के दिन
पॉडकास्ट - कहानियों वाला अमर

एक प्यारी-सी धुन के साथ शुरू होता है यह पॉडकास्ट और अमर कहना शुरू करता है, 'यह कोई प्रेम कहानी नहीं है लेकिन मैं यक़ीन के साथ कह सकता हूँ, यह कहानी प्रेम के बारे में है। एक ऐसा प्रेम जो साथ रहकर बढ़ता, मगर जब वह दूर हो जाता है, अटूट हो जाता है!'

दोस्तो! नहीं समझे न? कहानी सुनो, समझ जाओगे।

दोस्तो, आज मैं अपनी मम्मा की डायरी के कुछ पन्ने पढ़ने जा रहा हूँ। यह सिर्फ़ डायरी में लिखा कोई भुला दिया जाने वाला क़िस्सा नहीं, बल्कि एक यादगार कहानी है। साथ ही, आज यह कहानी मैं आप तक पहुँचा रहा हूँ शिमला की वादियों से। कहानी के अंत तक आप यह भी जान जाएँगे कि शिमला से क्यों? ठीक है, तो फिर सुनते हैं कहानी—'वो सर्दियों के दिन थे!'

***

5 अक्टूबर 2019

हाँ! वो सर्दियों के दिन थे... और हवाओं में अजीब-सा नशा घुला हुआ था। बिल्कुल वैसा ही, जैसे कॉलेज पास करते ही मन-मुताबिक़ वाली कोई नौकरी मिल जाए और उसमें तनख़्वाह भी थोड़ी ज़्यादा हो। उन दिनों शिमला में मदहोश कर देने वाली सर्दियों का मौसम था, शायद इसलिए मेरे दिल में भी एक अलग ही शोख़ी घर किए जा रही थी। मुझे हर चीज़ में गुलज़ार की कोई नज़्म याद हो आती या कभी निर्मल वर्मा की किसी कहानी का कोई वाक़िया, कोई पंक्ति। दोनों ने ही अपने अल्फ़ाज़ के ज़रिए पहाड़ों की कोई रूमानी, मगर अस्ल दिखती तस्वीर खींची थी। दोनों के लिए ही मोहब्बत कोई बयानबाज़ी नहीं, बल्कि वजूद का एक हिस्सा है।

दिल पर दस्तक देने कौन आ निकला है
किसकी आहट सुनता हूँ वीराने में
–गुलज़ार

हाँ, वो सर्दियों के ही दिन थे और उन दिनों साँझ को लाइसेंस मिला हुआ था कि वह जल्द ही कुहासे में लिपटी नीले सितारों वाली चादर को दिन के आँगन में फैला दे, जिससे रात झिलमिला उठे। उन दिनों निमिष की आँखों में भी तो रातें ऐसे ही झिलमिलाया करती थीं। उसकी आँखें थीं भी कुछ ऐसी कि उसमें कौन न टिमटिमाना चाहे...! एकदम भूरी आँखें, बिल्लियों जैसी... और कंचे-सी चमकती हुई। मेरी माँ कहती थी, 'भूरी आँखों वालों पर कभी भरोसा मत करना' और मैं इस बात के अलावा, अपनी स्वर्गवासी माँ की हर बात मानती थी।

एक रोज़, उसने मुझसे अपलक एक-दूसरे की आँखों में देखते रहने का खेल खेलने को कहा और हारने वाले को सज़ा के तौर पर आइसक्रीम खिलाने का हुक्म जारी किया। वाजिब-सी बात थी, मैं ही हारी, उसकी आँखें थीं ही इतनी तिलिस्मी कि कोई भी खो जाए। आज

उसे, उसके पसंद की आइसक्रीम खिलाने का दिन था। वह अक्सर शाम को जेबों में हाथ डाले, मॉल रोड में टहलते हुए गुम हो जाता था, मगर, आज जब वह मेरे साथ था... कहीं गुम नहीं था। बस वह ख़ुश था कि आज उसे ट्रीट मिलने वाली है और मैं ख़ुश थी कि मैं उसके साथ हूँ। मेरी नज़र उसके बेपरवाह क़दमों की ओर थी और वह किसी और ही धुन में गुम था। वह आइसक्रीम खाते हुए होठों को गोल कर गरम साँसों के छल्ले बना रात के हवाले कर रहा था। उसकी इस हरकत से रात ख़ुश होकर सफ़ेद फूलों की बारिश करने लगी थी... हाँ वही बारिश जिसे हम स्नो-फ़ॉल कहते हैं।

निमिष मेरी ज़िंदगी में तब आया, जब मैं दिल्ली की भागदौड़ भरी ज़िंदगी और पापा की फ़र्म की नौकरी से ब्रेक लेकर शिमला में अपनी मासी माँ के पास रहने आ गई थी। किताबें पढ़ने का शौक़ मुझे बचपन से ही था, इसलिए मैं अक्सर घूमते-फिरते कभी मॉल रोड के बुक स्टोर चली जाती तो कभी मासी माँ के साथ उनके कॉलेज की लाइब्रेरी। निमिष भी अक्सर उस लाइब्रेरी में आया करता था। एक रोज़ मैं कोई किताब तलाश रही थी कि मेरी नज़र उसपर गई, जो अपने एक हाथ में निर्मल वर्मा की 'वे दिन' और दूसरे हाथ में 'एक चिथड़ा सुख' किताब लेकर सोच रहा था कि किसे पहले इशू कराया जाए। मैं ख़ुद को रोक नहीं पाई, मेरे मुँह से यूँही निकल पड़ा, "जिन लोगों के सामने दूसरा रास्ता खुला रहता है, वे शायद ज़्यादा सुखी नहीं हो पाते।"

'मैं कुछ समझा नहीं!' जैसे एक्सप्रेशन के साथ उसने मेरी तरफ़ देखा।

मैंने मुस्कुराते हुए कहा, "पहले 'वे दिन' इशू करा लो। उसी किताब से था वह क्वोट।"

वह मुस्कुराया और लाइब्रेरियन से 'वे दिन' इशू करा ली। किताब लेकर मेरी तरफ़ मुड़ा और कहने लगा, "निर्मल वर्मा की फ़ैन लगती हो?"

"फ़ैन नहीं, मैं एसी हूँ उनकी।"

वह 'हम्म' कहते हुए चलने लगा, लेकिन फिर अचानक पलट के पीछे हुआ और हाथ आगे बढ़ाते हुए बोला, "मैं निमिष, यहीं पर रिसर्च कर रहा हूँ।"

मैंने भी हाथ मिलाते हुए कहा, "नाइस टू मीट यू। मैं सुहाना, यहाँ कुछ दिनों के लिए अपनी मासी के पास रहने आई हूँ।"

"नाइस... इफ़ यू डोंट माइंड, क्या हम थोड़ी देर साथ में चल सकते हैं?" माइंड क्या करना था, हम साथ में चलने लगे। साथ चलते हुए हमने जाने कितनी बातें कीं। ऐसा लग ही नहीं रहा था कि हम पहली बार मिले हैं। थोड़ी शाम ढली तो मॉल रोड पर लोगों की चहलक़दमी बढ़ गई। मैंने भीड़ देखकर उससे पास के 'हाइड-आउट कैफ़े' में कॉफ़ी पीने के लिए पूछा। उसने भी मेरी बात रख ली। उस शाम मुझे शिमला बहुत प्यारा-सा लगा। ऐसा लगा मानो कोई ख़ास बात उसमें आ जुड़ी हो।

दो साल पहले, दिल का दौरा पड़ने से माँ के गुज़रने के बाद, मैं बहुत अकेली पड़ गई थी। मैंने उनके चले जाने के अधूरेपन को साँस-साँस जिया था। पहले तो मन के ख़ालीपन को भरने के लिए मैंने अपनी सारी हिम्मत, अपना सारा वक़्त जुटाकर काम में झोंक दिया, लेकिन कमबख़्त वो रातें, मुझे फिर भी काटने को दौड़ती थीं। कहने को दोस्त बहुत थे पर ऐसा कोई नहीं था, जिससे कभी-भी मिल लिया जाए या मुँह उठाकर मिलने पहुँच जाया जाए। बड़े शहरों में लोग जब तक आपके सामने हैं, तब तक ही आपके क़रीब हैं। आँखों से ओझल होते ही, वे मन से भी ओझल हो जाते हैं। इसलिए वहाँ कोई ऐसा मिला ही नहीं जिससे कभी अपना ख़ालीपन बाँट सकूँ। मगर पता नहीं क्यों, निमिष के साथ पहले जैसा कुछ भी महसूस नहीं हुआ। उस दिन के बाद से हम अक्सर ही मिलने लगे। वह कभी किताबों की, कभी अपने सपनों की बातें करता और कभी यूरोप जाने की। उसकी आवाज़ में ठंडी हवा के झोंके-सा सुकून था, जो मुझे बहाकर जाने कौन-सी दुनिया में ले जाती।

***

22 अक्टूबर 2019

मेरे लिए निमिष एक आदत की तरह होता जा रहा था। माँ के जाने के बाद से मैं ऐसी आदतों से डरने लगी थी। मैंने एक-दो दिन उससे न मिलने का सोचा। उसने दो-तीन बार कॉल भी किया मगर मैंने जानबूझकर उसे मिस कर दिया, क्योंकि मैं जानती थी, मैं उसकी शख़्सियत के जादू से बच नहीं सकती। फिर उसके कई मैसेज आए,

'सुहाना, ऑल वेल?

फ़ोन क्यों नहीं उठा रही?

घर का लोकेशन भेजो

मैं आता हूँ मिलने।'

उसने व्हाट्सएप पर भी कई बार कॉल किया। मैंने हारकर जवाब लिखा,

'अरे! मैं ठीक हूँ। कुछ काम में बिज़ी थी।'

उसने 'हम्म' लिखकर भेजा तो मुझसे रहा नहीं गया। थोड़ी देर बाद मैंने एक और मैसेज लिखा,

'सॉरी! ऊपर जो भी लिखा, सब झूठ था। दरअस्ल मुझे तुम्हारी आदत हो रही है। क्यों हो रही है, पता नहीं! इसलिए मैं तुमसे दूर भाग रही थी। अब देखो न! तुम्हें झूठ-सच, सब बता देना भी मेरी आदत में शुमार हो गया है।'

उसका मैसेज आया, 'हम्म।'

'हाँ! सच में। अभी तो ठीक है, तुम पास में हो; हम मिल सकते हैं; एक-दूसरे को देख भी सकते हैं; जब तुम यूरोप चले जाओगे फिर मिलना इतना आसान कहाँ रहेगा और क्या पता, कहीं वहाँ जाकर तुम मुझे भूल गए या तुम्हें मैं याद ही नहीं रही तो... ? इसलिए दूरी बनाए रखना ही ठीक है।' मैंने मैसेज लिखकर निमिष को भेज तो दिया मगर मेरी पलकें भीगी हुई थीं।

कैसा होता है न! कोई इंसान अपना न होकर भी कितना अपना हो जाता है। हम जिन एहसासों से सबसे ज़्यादा बचना चाहते हैं, हम उन्हीं एहसासों में फिसलते चले जाते हैं। कहाँ मैं अपने को निमिष की आदत से मुक्त करना चाह रही थी और कहाँ उन आँसुओं ने बता दिया कि मैं निमिष के प्यार में पहले ही गिरफ़्तार हो चुकी थी। यह प्यार का एहसास भी अजीब है। दिल में अजीब-सी कश्मकश थी, मेरे अजीब-से हालात थे। पलकें भीगी हुई थीं मगर होठों पर शोख़-सी मुस्कराहट इतरा रही थी।

***

05 नवंबर 2019

हाँ, वो सर्दियों के दिन थे और नवंबर का आता हुआ महीना था। उसने मुझसे 'एशिया बुक हाउस' पर मिलने को कहा था। म्युनिसिपल बिल्डिंग के सामने, डोमिनोज़ पिज़्ज़ा से दो तीन दुकान छोड़कर वह बुकस्टोर था। जाने-माने राइटर्स की लगभग सारी किताबें वहाँ मिल जाती थीं। उसे काफ़्का को पढ़ना अच्छा लगता था लेकिन वहाँ उनकी किताबें कम ही मिलती थीं। वह अक्सर कहता कि जब वह यूरोप जाएगा तो वहाँ ज़रूर जाएगा जहाँ काफ़्का को दफ़नाया गया था। उसकी बातें भी उसकी आँखों की तरह तिलिस्मी थीं। जब मैं उससे पूछती, वहाँ जाकर तो तुम मुझे भूल जाओगे तो वह हल्के से मुस्कुरा देता। उस दिन भी जब किताबों के नए खेप में से हम अपने मनपसंद की किताबें खोज रहे थे, उसने मुझसे पूछा, "तुम्हें निर्मल वर्मा पसंद हैं न!"

मैंने उसे करेक्ट करते हुए कहा, "हाँ उनके नॉवेल्स और कहानियाँ मुझे पसंद हैं।"

उसने मेरी कही बात को सोचा और मुस्कुराते हुए बोला, "हाँ! वही मतलब। ठीक है, मैं उनकी किताबें भी ले लेता हूँ।"

"क्या करोगे उनकी किताबें?" मैंने ताज्जुब से पूछा।

उसने किताब खोजते हुए कहा, "थोड़ी देर में बताता हूँ।"

हम अक्सर म्युनिसिपल बिल्डिंग की सीढ़ियों पर बैठकर ख़रीदी हुई किताबों की बातें किया करते थे। एक-दूसरे को बताते थे कि पढ़ते हुए क्या महसूस हो रहा है, कोई किताब कैसी लग रही है? उस दिन भी जब सीढ़ियों पर बैठे हुए थे, निमिष ने निर्मल वर्मा की किताबों का बंडल मुझे थमाया और कहने लगा, "उस दिन तुमने पूछा था न कि मैं तुम्हें भूल तो नहीं जाऊँगा? तो यह है उसका जवाब।"

मैं अब भी उसकी बात समझ नहीं पाई थी। उसने कहा, "सुहाना! जब मुझे तुम्हारी याद आएगी, तब मैं इनमें से कोई किताब निकालकर पढ़ा करूँगा और तुमसे इनकी बातें करके तुम्हें परेशान किया करूँगा।" ऐसा कहते हुए उसने मुस्कुराकर अपने ठंडे पड़े हाथों से मेरी गर्म हथेलियों को थाम लिया और धीमे से दाबते हुए बोला कि बिल्कुल ऐसे!

बारिश की हल्की-हल्की झींसी पड़ने लगी और हम दोनों किताबों को छुपाते हुए बिल्डिंग के एक पिलर की ओट में दुबक गए। हाथों में किताबें थामे हुए हम एक-दूसरे की आँखों में देख रहे थे, दोनों की ही आँखों में एक जैसी तसल्ली थी। हमारी साँसों की गर्माहट ने एक-दूसरे को छुआ और हम बहुत देर तक एक-दूसरे में घुले रहे।

***

15 दिसंबर 2019

हाँ! वो सर्दियों के दिन थे। उसे गए हुए एक महीना हो चुका था। उसके मैसेज आते रहते थे। उसने लिखा, 'मैं यहाँ ख़ैरियत से हूँ। तुम्हारी बातें, तुम्हारी हँसी, हमारी नज़दीकियाँ अक्सर याद आती रहती हैं। कभी-कभी सोचता हूँ कि काश! तुम्हारे पास हमेशा के लिए रुक जाता तो कितना अच्छा होता। जानती हो, यहाँ अक्सर ही तुम्हारा साथ न होना खलता है। बहुत अकेलापन महसूस होता है। जी में आता है कि या तो तुम्हें अपने पास बुला लूँ या उड़ के जल्द ही तुम्हारे पास पहुँच जाऊँ। ख़ैर! सब सोचने की बातें हैं। तुम अपनी तस्वीरें भेजती रहा करो, सुकून

मिलता है उन्हें देखकर और हाँ, कुछ नया पढ़ना तो मुझे बताना, इंतज़ार रहेगा!'

और उसने मैसेज के अंत में लिखा-

'जिस क्षण आप इंतज़ार करना छोड़ देते हैं, उस क्षण आप जीना छोड़ देते हैं। -निर्मल वर्मा'

उसकी बातें पढ़कर मेरा मन कितना उदास हो गया था! मैं भी अक्सर उसकी भेजी हुई तस्वीरें देखा करती, अपने वहाँ होने के 'काश!' से लड़ा करती और उसके ही ख़यालों में खोती चली जाती। उसके जाने से ऐसा लग रहा था मानो मेरी शिमला से ही अनबन हो गई है। न किसी से मिलने का दिल करता और न कहीं जाने का। ज्यों-ज्यों सर्दियाँ घनी हो रहीं थीं, उसकी यादों का कोहरा भी घना होता जा रहा था।

वो अक्सर कुल्लू की रंग-बिरंगी टोपी लगाए मेरे घर के सामने से गुज़रता और मैं उसे अक़्सर टोकती, "अरे! इससे ठंड नहीं जाएगी। मफ़लर डाल लो।" मगर वह ठंडी लाल नाक लिए, बस इतना कहते हुए गुज़र जाता, "ठंड किसे लग रही है, यू नो, आय एम हॉट।" मैं खड़े-खड़े हँसती रह जाती। एक दिन वो ठिठुरते हुए मेरे घर आया और अपनी हथेलियों को आपस में रगड़ते हुए बोला, "जल्दी से एक कप चाय पिला दो... बहुत ठंड लग रही है।" मैं मुस्कुराई। बाहर देखा तो बर्फ़ गिर रही थी। मैंने रूम हीटर का टेंप्रेचर बढ़ाया और चाय बनाने चली गई। चाय लेते वक़्त उसने मेरी हथेलियाँ थाम लीं और अपलक मुझे देखते हुए कहने लगा, "उसके हाथ अपने हाथों में लेते हुए मैंने सोचा, दुनिया को हाथों की तरह गर्म और सुंदर होना चाहिए।"

मैं खिलखिला उठी और उससे पूछ बैठी, "अभी-अभी केदारनाथ की कविताएँ पढ़ के आ रहे हो क्या?" उसने मुझे अपनी तरफ़ खींचते हुए कहा, "हाँ! और यह भी जान गया कि कवि कभी झूठ नहीं बोलते।" "मगर, तुम तो हॉट हो न! तुम्हें आज ठंड कैसे लग रही है?" मैं चुहलबाज़ी के मूड में थी, मैं भी खिंचाई से बाज़ कहाँ आई। 'बताता

हूँ', कहते हुए उसने एक गर्म बोसा मेरे होठों पर रख दिया। उस दिन पहली बार उसकी गर्म साँसों की ख़ुशबू को महसूस किया। गर्म, सुंदर और मोहब्बत से भरी उसकी और अपनी उलझी साँसें...। कितनी उलझनें थीं दिल में कि कभी प्यार का इज़हार करना हुआ तो कैसे करुँगी? क्या कहूँगी उससे? कैसे कहूँगी उससे? वह मुझसे प्यार करता भी है या सिर्फ़ एक लगाव है, आकर्षण है? दुनिया भर की फ़ितूरी बातों पर उसने अपने एक बोसे से विराम लगा दिया। हम तब तक एक-दूसरे को चूमते रहे, जब तक दोनों जिस्मों की उष्माएँ एक-सी नहीं हो गईं। मुझे लगता है— मौन सहमति में चूमते जाना, प्रेम को स्वीकार करने की सबसे सुंदर क्रिया है।

उसकी कुल्लू की टोपी आज भी मेरे कमरे में वैसे ही पड़ी हुई है और वह मेरा मफ़लर अपने साथ ले गया।

***

22 फ़रवरी 2020

सर्दियों के जाते-जाते फिर अचानक वे भयानक से दिन आए। पूरी दुनिया में कोरोना नाम की मौत दस्तक दे चुकी थी, जिससे आधी दुनिया हैरान, परेशान और त्रस्त होने लगी थी। कोरोना के आतंक ने कोहराम मचा रखा था। यह महामारी एक-एक करके सभी देशों को अपने चक्रव्यूह में ले रही थी। किसी को भी इससे निकलने का कोई उपाय नहीं मिल रहा था। आए दिन न्यूज़ चैनलों पर इस महामारी की भयावहता की ख़बरें बढ़ती जा रही थीं। इस महामारी की चपेट में सबसे पहले यूरोपीय देश आने लगे। निमिष भी उस वक़्त यूरोप में ही था। हम दोनों ही बहुत ज़्यादा डरे हुए थे। मैं उससे रोज़ पूछती कि वह कब वहाँ से निकल पाएगा? वह मुझे दिलासा देते हुए कहता, "तुम परेशान मत हो, मैं जल्दी ही आ जाऊँगा।" वह रोज़ कोशिश करता कि वह वहाँ से जल्दी निकले और शिमला वापस लौट आए। वहाँ लाखों लोग इस महामारी के चपेट

में आने लगे थे। वहाँ की भयावहता का ज़िक्र वह अक्सर कॉल या मैसेज पर करने लगता था। उसकी लौटने की छटपटाहट उसकी आवाज़ में साफ़ झलक रही थी। मैंने भी मासी माँ के साथ जल्द ही दिल्ली जाने का मन बना लिया था। ऐसे मुश्किल वक़्त में मैं किसी को भी अपने से दूर नहीं रख सकती थी। मैंने सोच लिया था कि निमिष के लौटते ही उसे भी वहीं दिल्ली में अपने साथ रख लूँगी। पापा से भी निमिष और अपने बारे में बात कर लूँगी।

ऊपरवाले की ख़ैर कि निमिष को किसी तरह वापसी का टिकट मिल गया और वह दिल्ली के लिए फ़्लाइट में बैठ गया। मगर जब वह दिल्ली पहुँचा तब तक कोविड पॉज़िटिव हो चुका था। उस वक़्त यहाँ के डॉक्टर्स कोविड का सही इलाज खोजने की प्रक्रिया में थे, इसलिए सिर्फ़ लोगों को आइसोलेट करके और नॉर्मल सर्दी-खाँसी-बुख़ार की दवा देकर काम चला रहे थे। वहाँ से लौटे बहुत-से लोगों के साथ-साथ निमिष को भी आइसोलेशन में रख दिया गया। मैं दिल्ली आ चुकी थी, मगर निमिष से मिलने का कोई रास्ता नहीं मिल रहा था। किसी भी कोविड पॉज़िटिव मरीज़ के पास जाना तो क्या, उनको दो गज़ की दूरी से देखना भी असंभव-सा था। बहुत ही मिन्नतों के बाद, किसी तरह अस्पताल ने पूरे एहतियात के साथ मुझे दूर से निमिष को देखने का मौक़ा दिया। वह बहुत कमज़ोर हो चुका था। मुँह पर मास्क लगा हुआ था, पूरा बदन अस्पताल के नीले कपड़ों से ढँका हुआ था और उसकी सितारों-सी चमकती आँखें अब दर्द से भरी दिखने लगी थीं। वह सब देखना मेरे लिए फिर से किसी त्रासदी जैसा था। वह मेरे लिए बहुत कठोर समय था। मैंने निमिष को ढाढ़स देने के लिए हाथों के इशारे से हैलो किया। उसकी आँखें थोड़ा मुस्कुराईं और फिर उदास हो गईं। उसने इशारों में अपनी बेचारगी ज़ाहिर की और मैं पूरे बदन से फूट-फूटकर रोने लगी। मैं आँखों में आँसू लिए वापस लौट आई। दिन-रात ईश्वर से प्रार्थना करने लगी कि निमिष जल्दी से ठीक होकर मेरे पास वापस आ जाए। मेरा दिल डरे हुए ख़रगोश-सा

हो गया था कि अब जान गई, तब जान गई। मगर काश! किसी के जाने के बाद हमारी जान भी आसानी से जा पाती, तब मैं इतना न डरती। मेरा डर सही साबित हुआ। मेरी क़िस्मत में निमिष लिखा ही नहीं था। एक रोज़ निमिष के न होने की ख़बर मेरे पास आई। मैं भागकर अस्पताल गई लेकिन... मैं न उससे मिल सकी, न उसे छू सकी, न उसके माथे को सहला सकी। मैं बस बेबस-सी, चादर में पूरी तरह से लिपटे उसके शरीर को मरघट ले जाते देखती रही। मैं बहुत रोई। मेरा प्यार खो चुका था, मुझसे दूर जा चुका था; पर उसकी आँखें, मेरी आँखों से दूर ही नहीं जा पाईं। मेरे दिन फिर उदासियों से और रातें बेचैनियों से भर गईं।

***

23 मार्च 2020 के बाद

अब सर्दियाँ जा चुकी थीं और इस सुहाना की ज़िंदगी से सुहाने दिन भी। मार्च के महीने में लॉकडाउन लगने और महामारी थमने के दौरान गर्मी, बरसात, उदासी और दुःख के कई मौसम बीते। दुनिया के लगभग हर परिवार ने अपने परिजनों को खोया। निमिष के जाने बाद एक और पहाड़ मुझपर टूटा। मैंने अपनी मासी माँ को भी खो दिया। उन्हें भी कोरोना की महामारी निगल चुकी थी। ज़िंदगी में अब कुछ भी अचंभित होने जैसा नहीं रह गया था। मैंने पाया कि इंसान को जिन-जिन बातों से, अपनों से, चीज़ों से प्यार था, इस महामारी ने उन सबको इंसान से छीन लिया। अब तो मुझे ईश्वर भी झूठे लगने लगे थे और यह दुनिया किसी जंजाल से कम नहीं लगने लगी थी। मुझे अब ज़िंदगी से कोई उम्मीद नहीं बची थी। हताशा से घिरे इंसान की उदासी को कोई 'उदास' शब्द नहीं बयान कर सकता। ऐसा लगता था जैसे मैं किसी लूप में फँस गई हूँ, दोबारा-दोबारा घूम-फिरकर निमिष का ख़याल। उसके साथ बिताए उन हसीन सर्दियों के दिनों का ख़याल, निमिष का यूरोप जाना, बीमार लौटना और उसका हमेशा के लिए दूर चले जाना। मैं अक्सर ही रातों को जागने लगी थी।

एकबारगी दिल करता, मैं शिमला चली जाऊँ। वहाँ निमिष की यादों से लिपटकर ख़ूब रोऊँ लेकिन पापा को अभी अकेला छोड़ना भी सही नहीं लग रहा था। 'क्या करूँ ? क्या न करूँ ?' जैसे सवालों से हारकर मैंने ख़ुद को हालात के हवाले कर दिया।

***

10 अक्टूबर 2021

आज दस अक्टूबर का दिन था। आज ही के दिन मैं कोविड के पहले मासी माँ के पास रहने गई थी। जब कार समर हिल पहुँची थी, तो कार के हल्के खुले शीशों से आती हल्की ठंडी हवाओं ने एहसास दिला दिया था कि शिमला अब ज़्यादा दूर नहीं। यही सब सोचते हुए मैंने जैसे ही अपने कमरे की खिड़की खोली, वैसे-ही कुछ रूमानी-सी हवा मेरे चेहरे को छू गई। सर्दियों के दिन लौट आए थे और साथ ही लौट आई थी कोई अनजान-सी उम्मीद, यूँ कि जैसे अब सब कुछ सही हो जाएगा।

कोविड में मासी माँ के चले जाने के बाद, उनके घर से लेकर दफ़्तर तक काफ़ी कुछ ऐसा था जो कि मुझे समेटना था। न चाहते हुए भी, मुझे सब कुछ सेटल करने शिमला लौटना पड़ा। फिर उन्हीं सर्द हवाओं से मेरा तार्रुफ़ हुआ, फिर उन्होंने मुझे हल्के-से छुआ और फिर मुझे निमिष का एहसास कराया। जितने दिन रही, जहाँ-जहाँ गई, निमिष मेरे साथ ही था। एक दिन की बात है, शायद पंद्रह अक्टूबर का दिन था। कुछ काम से मैं मासी माँ की लाइब्रेरी गई, जहाँ निमिष मुझसे पहली बार मिला था। मैं उस बुक-रैक के पास गई। 'वे दिन' वाली किताब वहीं पड़ी थी। उस पल निमिष की बेइंतिहा याद आई और मैं फफक के रोते हुए बाहर आ गई। लाइब्रेरी के बाहर बेंच पर बैठेकर रोते-सुबकते मुझे काफ़ी देर हो चुकी थी। निमिष की यादों के सिवाए और कोई ख़याल ही नहीं था। फिर ख़ुद को सँभालते हुए उठने को हुई तो देखा, बेंच के पास एक बच्चा ज़मीन पर औंधे मुँह पड़ा हुआ था। मैं कुछ लोगों की मदद से उसे अस्पताल ले

गई। वहाँ जाकर पता चला, भूख और कमज़ोरी के चलते बेहोश हो गया है। उसे इलाज के लिए एडमिट कराया। बड़े दिनों बाद दोबारा अस्पताल का मुँह देखना पड़ा। उस बीच मैंने उस बच्चे के बारे में पता किया। उसके माँ-बाप कोविड में गुज़र चुके थे। अब उसका इस दुनिया में कोई नहीं था। जब मैं उससे मिलने अस्पताल पहुँची तो उसे देखती ही रह गई। उसकी आँखें बिल्कुल निमिष की आँखों जैसी थीं। वही भूरी, तिलिस्मी आँखें। मैंने इसे क़ुदरत का करिश्मा ही माना और उसे अपने गले से लगा लिया। तक़रीबन नौ-दस साल के इस बच्चे का नाम 'अमर' था। मैंने बिना कुछ सोचे-समझे जैसे निमिष से प्यार कर लिया था, वैसे ही अमर को अपना बेटा बना लिया था। निमिष के गुज़र जाने से मुझसे मेरा प्यार हमेशा के लिए दूर चला गया। मगर मुझे क्या पता था कि मेरा खोया हुआ प्रेम, किसी दूसरे रूप में ही सही मगर, इस तरह मेरे साथ होगा। शायद ऐसे ही निमिष से मेरा प्यार अटूट होना लिखा था।

'हाँ! वो सर्दियों के दिन थे, हाँ! ये सर्दियों के दिन हैं!'

***

15 अक्टूबर 2030

हाँ तो दोस्तो, उम्मीद है आपने यह कहानी बड़े दिल से सुनी होगी, अगर सुनी है, तो यह भी समझ गए होंगे कि आज मैं शिमला में क्यों हूँ। आज वही दिन है जब माँ को उनका प्यार पहली बार मिला और फिर दोबारा भी मिला, फिर चाहे उसका रूप अलग हो। आज मेरे पॉडकास्ट का सौवाँ एपिसोड भी है, जिसे मैंने अपनी माँ को डेडिकेट किया है और उनके प्यार को डेडिकेट किया है। मे बी, मुझे भी अपना पहला प्यार यहीं शिमला में कहीं मिल जाए। आफ़्टरऑल 'सर्दियों के दिन' जो आ चुके हैं।

दो दूनी पाँच

"दुर् दुर् दुर्... श्श्श... हश्शऽऽऽ... अरे! तुमको नई भाईसाब... हम तो इन कुत्तों को कै रये थे। कहीं बी मुँह मारने चले आत हैं... दुर्र दुर्र...।" कहते हुए मीनू, पिंकी के साथ हो ली। पिंकी ने चैन की साँस ली कि चलो अब कोई साथ तो है... नहीं तो इन छेड़ने वालों की आँखें तो सूरज की आँखें खुलने से पहले ही खुल जाती हैं। पता नहीं रात को भी ठीक से सोते हैं या नहीं।

"अब क्या सोचने लगी छोरी, तेज़ी कहाँ चली गई तेरी... ? नैक फुर्ती से चल।" हाँफती साँस से मीनू ने पिंकी से पूछा।

पिंकी ने अपनी बात को क़दमों की चाल से मिलाते हुए कहा, "कुछ नहीं भाभी, सोचती हूँ ये रोज़ सुबह की तपस्या कब रंग दिखाएगी?"

"दिखाएगी बन्नो दिखाएगी... अब तोय को देख के तो हम वो हुए हैं... अरे! वो क्या कहते हैं... इनिस्पायर और तू है कि मोय से पूछ रही है। चुपचाप तेज़ क़दमों से चलती रह... कितनी तो कम है गई है दो महीने में।"

"हम्म... सच कह रही हो न तुम?"

"अब क्या तेरे भइया की क़सम खाऊँ... चुपचाप तेज़ी से चल। ऐसा करते हैं... कल से थोड़ा और जल्दी उठ के दौड़ लिया करेंगे... बोल क्या कहती है?"

थोड़ी देर चुप्पी के बाद... "क्या हुआ! मेरा प्लैन जमा नहीं तुजे... बोलेगी भी?"

"तुम्ही ने तो कहा... चुपचाप तेज़ी से चल।" कहते हुए पिंकी आँख मार के ज़ोर से भागने लगी।

"तेरी तो... मेरी बिल्ली मोय ही म्याऊँ...।" हँसते हुए मीनू, पिंकी को पकड़ने उसकी ओर दौड़ी। दोनों हाँफते-हाँफते पार्क के गेट के पास आकर खड़ी हुईं। दम भर साँस लेने के बाद, पिंकी ने अगले दिन से दौड़ने के लिए हामी भर ली। शायद इससे उसका मोटापा जल्दी घटे और फिर जो घटनाएँ-दुर्घटनाएँ हर लड़की के जीवन में घटती हैं, उसके लिए वो तैयार हो जाए। यानी वो शादी के वास्ते परफ़ेक्ट मटेरियल बन सके। वो क्या कहते हैं... स्लिम, ट्रिम और सेक्सी। अब कोई चार्मिंग या ब्यूटीफ़ुल नहीं बनना चाहता। अब लड़कों को सेक्सी लड़कियाँ पसंद आती हैं, जिससे उनका स्टेटस सिंबल और भी अपडेटेड लगे।

'लड़के सोचते हैं कि लड़की ऐसी मिले, जिससे उसके सारे दोस्त उसकी क़िस्मत पर वाह-वाह कर उठें।' ऐसा पिंकी को उसकी शादी-शुदा पतली सहेलियों ने बताया था। जब से उसने ये बात सुनी है, तब से वो पपीते से पिस्ता बनने की कोशिश में जुट गई है।

वो बीएससी करने के बाद एमएससी में एडमिशन ले चुकी थी। बाली उमर के तीन ही साल बीते थे, लेकिन तब तक चार जगह से रिश्ते आए और कट गए... वजह केवल एक—लड़की मोटी है। ये कोई नहीं देखता कि पढ़ने के साथ-साथ वो कंप्यूटर भी सीख रही है, स्पोकन इंग्लिश में उसको कोई मात नहीं दे सकता। देखने में कोई हूर-परी या अप्सरा नहीं थी, लेकिन उतनी बुरी भी नहीं कि रिजेक्ट कर दी जाए। रिजेक्ट... कैसा शब्द है न... सुन के ही इस शब्द को रिजेक्ट कर देने का मन होता है। मीनू को इस शब्द से सख़्त नफ़रत थी। वो अक्सर पिंकी से कहती, "सुन छोरी, ये छोरे कौन होते हैं रिजेक्ट करने वाले। इनै सर्टिफ़िकेट थोड़े मिलो है। अब की बार जो तेरा रिस्ता आए और लड़का ना-नुकुर मचाए... मोय

बुला लियो... नैक, उनसे पहले मैं ही कुछ बहाना बना के उन्हें रिजेक्ट कर दूँगी।" ये बात सुन पिंकी की थोड़ी हिम्मत जुटती। वो कभी-कभी सोचती, ये कैसा जोग-संजोग था जो मीनू भाभी से उसकी मुलाक़ात हो गई। उसे याद आया कि पहले-पहल मीनू अक्सर पार्क के बाज़ू से जा रही सड़क पर, पिंकी के पीछे-पीछे तेज़ी से चलती, मगर पिंकी से आगे कभी नहीं निकलती थी। आगे तभी निकलती थी, जब बच्चों को स्कूल भेजने का समय हो जाता, या फिर पिंकी की रफ़्तार, किसी दिन धीमी रहती। दोनों का साथ चलना तब शुरू हुआ, जब बरसात का मौसम था और वो दोनों रोज़ की तरह आगे-पीछे मॉर्निंग वॉक कर रही थीं और तभी ज़ोर से बारिश होने लगी थी—

दोनों भीगते-भागते एक पेड़ के नीचे जा खड़ी हुईं। दोनों सिकुड़ के अपने को सुखाने की कोशिश में थीं कि कुछ शोहदे 'टिप-टिप बरसा पानी... पानी ने आग लगाई' गाते हुए उनके गीले बदन के उभारों को लालची निगाहों से देखते-खिखिआते आगे बढ़ने लगते हैं। इसपर मीनू ने ज़ोर से तीखी आवाज़ में पिंकी को घूरते हुए कहा, "आजकल मोहल्ले में आवारा जानवर बहुत हो रये हैं... मुंसिपैलिटी में कंप्लेंट करनी पड़ेगी... जरा नंबर तो मिला।"

ये सुनते ही शोहदे तेज़ क़दमों से रफ़ूचक्कर हो लिए। उनकी हालत देख दोनों ज़ोर से हँस पड़ीं और बारिश की परवाह किए बिना ही साथ चल पड़ीं। फिर पिंकी ने बात को आगे बढ़ाते हुए कहा, "अगर आपको कोई प्रॉब्लम न हो तो क्या हम रोज़ एक साथ टहल सकते हैं?"

"मोय का प्रोब्लेम होवेगी... चलते हैं कल से साथ में... एक से भले दो।" मीनू ने यह बात पिंकी को दिलासा देने के लिए कही थी, मगर वो भी जानती थी कि पिंकी के साथ टहलने से उसको भी कितनी हिम्मत मिलेगी। अब सुबह टहलने के वास्ते उसके पास एक प्यारी दोस्त थी। दो बच्चों की माँ बनने के बाद से मीनू के छरहरे बदन पर यहाँ-वहाँ काफ़ी चर्बी चढ़ आई थी। उसके बावजूद वह अपने मोटापे से कम परेशान थी

और अपने पति द्वारा उसे कमतर आँकने के बर्ताव से ज़्यादा। वह अक्सर अपने दोस्तों के सामने उसके डील-डौल को लेकर मज़ाक़ बनाता। वह अक्सर हँसी-मज़ाक़ में ताने दे देता, 'जब मिस-वर्ल्ड तक, शादी-बच्चों के बाद स्लिम नहीं रह पाती तो तुम किस खेत की मूली हो। अब जैसी हो, वैसी ही सही। बाँहों के घेरे में नहीं भी आओगी तो छोड़ूँगा थोड़े ही।' लेकिन मीनू के मन में यह सब बातें गहरे पैठ गई थीं। एक रोज़ उसने निश्चय किया कि वह अगली सुबह से टहलना शुरू करेगी।

पिछली रात निश्चय करने में ही निकल गई, इसलिए वह सुबह नहीं जा सकी। अगले दो-तीन दिन भी ऐसे ही बीते। वह अकेले बाहर निकलने की हिम्मत ही नहीं जुटा पा रही थी। घड़ी का अलार्म रोज़ बजता, मगर क़दम थे कि उठते ही नहीं। इतने सालों से घर में बँधे-बँधे जाने कौन-सी हिचक उसके मन में घर कर गई थी कि मन बाहर झाँक ही नहीं पा रहा था। जबकि वही मन शादी से पहले एथलीट हुआ करता था। दिन भर कुलाँचें भरता यहाँ-वहाँ घूमा करता था। स्कूल-कॉलेज की हर दौड़ में मीनाक्षी, यानी मीनू ही जीता करती। फिर शादी क्या हुई, उसकी ज़ुबान से लेकर क़दमों तक पर ताले लग गए। अब उतना ही बोलती कि ज़ुबान की मिठास बनी रहे, गाली न बक जाए और उतना ही चलती, जितना पति के साथ लगाए सात फेरों में चलने के आदेश पर पंडितों ने मुहर लगाई थी। बाक़ी तो सात वचन, सात जनम जैसे बंधनों को तो गाँठ में बाँधकर चली ही आई थी। उससे उसको छुटकारा नहीं चाहिए था, लेकिन साँस लेने की गुंजाइश तो चाहिए ही थी।

घर से अकेली बाहर न निकल पाने की उहापोह में दिन कट रहे थे और रोज़ समय से अलार्म बज रहा था। इसके चलते एक रोज़ उसके पति विवेक भड़क उठे, "क्यों बेवजह फ़ज़ीहत मोल ले रखी हो। अगर तुमसे नहीं हो रहा तो जाने दो, कम से कम दूसरों की नींद तो मत ख़राब करो। चुपचाप अलार्म बंद करके सो जाओ, तुमसे नहीं होगा।"

‘तुमसे नहीं होगा’ बस यही वो तीन शब्द थे जिसने स्कूल वाली ज़िद्दी मीनू को जगा दिया। उसने वो रात आँखों में काटी और सुबह, अलार्म बजे उसके पहले ही घड़ी को बंद कर दिया। वॉकिंग वाले जूते तो थे नहीं, सो बाटा वाली जूतियों से ही टहलने की शुरुआत कर दी।

पहले दिन टहलने ज़्यादा दूर नहीं गई, लेकिन थक इतना गई कि घर में सबके स्कूल और दफ़्तर जाने के बाद ख़ूब सोई। उँगलियों के पोरों से लेकर जाँघों और कूल्हों के जोड़ों तक फैला दर्द, ख़ून बनकर दौड़ रहा था। लग रहा था, मानो ज़ंग लग गए जोड़ों को किसी ने रेतकर धारदार कर दिया हो। उसके बाद रोज़ अलार्म बजने से पहले उठना और टहलने निकल जाना, उसका रूटीन हो गया। पहले-पहल कुछ दिन, मीनू अपने घर के आसपास ही टहलती रही। उसे ऐसा लगता, जैसे हर घर, हर मकान, हर आसपास से गुज़रने वाली चीज़ उसे ही घूर रही है।

एक दिन एक कुत्ता घूरने लगा और पीछे-पीछे चलने लगा। उसका मन हुआ कि भागे, मगर फिर याद आया कि वो भागेगी तो कुत्ता उसे और दौड़ाएगा। सो उसने हिम्मत बटोरी और दुर्र-दुर्र करके इतनी ज़ोर से दुर्राया कि वो दूर भाग खड़ा हुआ। उस कुत्ते पर दुर्राने के साथ-साथ उसका वो सारा डर भी काफ़ूर हो गया, जिससे उसके टहलने की हिम्मत टूटती थी।

फिर एक दिन, सामने वाले पार्क की बाज़ू वाली सड़क पर एक दोहरे काठी की लड़की को नज़र नीची कर, तेज़ क़दमों से चक्कर लगाते हुए देखा। पहले तो उसे उसके मोटापे पर बहुत हँसी आई। वो मन ही मन हँसी भी, लेकिन फिर अगले ही पल उसे अपनी नादानी पर ग़ुस्सा भी आया। बिना कुछ सोचे उसके क़दम पिंकी की ओर बढ़ने लगे और थोड़ी देर बाद वो पिंकी के पीछे-पीछे, पूरे पार्क का चक्कर लगाने लगी। घर लौटते वक़्त वो इतनी ख़ुश थी कि उसे याद भी नहीं पड़ा कि उसके क़दम कितनी बेपरवाही से सड़क के बीचो-बीच पड़ रहे हैं और कब वो ‘स्साला, आज तो ख़ूब टैल गई’ कह उठी।

उस रोज़ वो पूरे दिन ख़ुश रही। उसका पुरानी वाली मीनक्षी से रीयूनियन जो हो रहा था। ऐसा लग रहा था, मानो बरसों पहले, कॉलेज छोड़ने के बाद आज उससे मुलाक़ात हुई हो।

***

अगली सुबह, वह दोनों रोज़ के मुक़ाबले आधे घंटे पहले ही, यानी सुबह के साढ़े चार बजे ही पार्क पहुँच गईं। अभी चारो तरफ़ धुँधलका ही था, दोनों का चेहरा धुँधला ही जान पड़ता था। वो दोनों धीरे-से क़दमों में जान फूँकती हुई धीमे-धीमे तेज़ हुईं, फिर और तेज़ चलने लगीं, फिर धीमे हुईं, फिर साँस को थामा, थोड़ा-सा रोका, फिर छोड़ा और फिर साँस को अंदर भरते हुए कहा, 'रैडी गेट सेट गो' और भाग निकलीं। साँस भर, वो दोनों ख़ूब दौड़ीं और फिर रुकीं तो मन भर ख़ूब साँस पी। अपने घुटनों को पकड़कर दोनों ख़ूब देर तक हाँफती रहीं और हँसती रहीं। उन दोनों ने देखा कि सड़कों पर रोज़ के टहलने वाले लोग पहुँचने लगे हैं, इसलिए उसके बाद वो दोनों फिर मद्धम क़दमों से पार्क का चक्कर काटने लगीं। घर लौटीं तो मानो किसी ने उन्हें मार के फेंक दिया हो।

बिस्तर पर औंधे गिरी तो मीनू इतनी देर से उठी कि बच्चों का स्कूल छूट गया। लेकिन उस दिन वो बहुत ख़ुश थी। उसे रह-रहकर अपने स्कूल के दिन याद आने लगे, जब वो स्कूल के हर रेस में जीतती, अव्वल आती थी। जाने कैसे ज़िंदगी की रेस में इतनी पीछे रह गई। अब पिंकी और मीनू, दोनों ने एक-दूसरे का घर देख लिया था। किसी एक को देरी होती तो दूसरी पहुँच जाती बुलाने। दोनों के लिए दोनों ज़रूरत बन चुकी थीं। वो रोज़ दौड़तीं और फिर मद्धम क़दमों से घर लौट जातीं। दोनों धीरे-धीरे अपने अरमानों की ओर बढ़ रही थीं, लेकिन मीनू का दिलो-दिमाग़, रात-दिन बीते सपनों को खोजने में लगा हुआ था। कभी-कभी पिंकी को देखकर सोचती, 'आख़िर! ये किस मिट्टी की बनी है जो शादी को लेकर इत्ती बावरी हुई जा रही, पहले अपने करियर के बारे में

क्यों नहीं सोचती ?' लेकिन वह बोलती कुछ नहीं। बस दोनों का दौड़ना और टहलना बदस्तूर जारी रहता। दोनों की मेहनत बढ़ती जा रही थी और कमर कम हो रही थी।

एक रोज़ पिंकी के घर दोनों ने वज़न तौला तो देखा चार महीने में दोनों ने दस से बारह किलो वज़न कम कर लिया था। इसका अंदाज़ा उन्हें उनके ढीले कपडों और पड़ोसियों के टोकने से पहले ही लग चुका था। लेकिन उस रोज़ मशीन का काँटा जब दस पॉइंट नीचे उतरा, तो उनका मन कुलाँचें भरने लगा। मीनू उस रोज़ बहुत कुछ सोचते-बुनते वापस लौटी थी, लेकिन देखती है कि उसके पति पहले से दरवाज़े पर खड़े हैं। वो उसको बताने के लिए हुलसती है, लेकिन मूड ख़राब देखकर चाय बनाने भीतर चली जाती है। मीनू चुपचाप उसे चाय देकर बच्चों को स्कूल के लिए तैयार करने लगती है। स्कूल भेजने के बाद जैसे ही वह न्यूज़-पेपर खोलकर पढ़ने बैठती है, उसके चेहरे पर एक लंबी मुस्कान तैर जाती है। अभी वो विवेक को कुछ बताती, उसके पहले वह उसपर खौल उठा, "ये बताओ, मैंने सुना है कि तुम सुबह-सुबह सरेआम दौड़ती हो ? बताओ तो ज़रा, भले घर की औरतों को ये शोभा देता है क्या ?"

मीनू ने विवेक की बात पर मन ही मन अट्टहास किया और फिर उसकी बातों को तवज्जो न देते हुए न्यूज़-पेपर में नज़र गड़ाए बोली, "मैं शहर में होने वाले मैराथन में हिस्सा ले रही हूँ।"

"हिस्सा ले रही हूँ, इसका क्या मतलब है ?" विवेक, मीनू को आश्चर्य से देखते हुए फिर बोला... "मगर तुमने तो मुझसे नहीं पूछा ?" मीनू कुछ देर तक नज़र नीची कर कुछ सोचती रही, लेकिन जब देखा कि विवेक की निगाहें उसे लगातार घूर रही हैं और सवाल का जवाब चाह रही हैं, तो मीनू उसकी आँखों में आँखें डालकर बोली, "पूछा तो हमने कभी अपने माँ-बाप से भी नईं... आके बताते थे कि दौड़ आए हैं। फिर तुमसे क्यों पूछें ?"

"ये तुम कैसी बातें कर रही हो मीनू ? कम से कम, तुम्हें बताना तो

चाहिए था।" विवेक अपने ईगो से एक सीढ़ी नीचे उतर आया। उसका लहजा संयत हो चला था।

"तो तुम्हें भी तो हमसे एक दफ़ा पूछना चाहिए था कि हम क्या कर रये हैं, क्यों कह रये हैं? हमें तो लगा कि तुम्हें, तुम्हारे दोस्त बता ही देवेंगे और तुम जान ही जाओगे।"

विवेक बुरी तरह झेंप गया। वो निशब्द खड़ा रहा। मीनू, सुबह का नाश्ता तैयार करने किचन की तरफ़ बढ़ गई।

'वहाँ तक आज़ाद हो जहाँ तक ज़ंजीर है' जैसी दोहरी मानसिकता वाले विवेक के बर्ताव से मीनू इतनी क्षोभ से भरी हुई थी कि कब प्याज़ काटते हुए वह सच में रो पड़ी, पता ही नहीं चला।

***

अगले दिन, मीनू के पैरों में पिछले रोज़ की बातें जकड़ी थीं और पिंकी के पैरों में कुलांचें। उसे देखने के लिए लड़के वाले आ रहे थे। लड़के को दुबली-पतली होती पिंकी की तस्वीर जँच गई थी। वो जल्द से जल्द मिल के बात पक्की करना चाहते थे। पिंकी को तो जैसे मन की मुराद मिल गई हो। उसकी आँखों की पुतलियाँ, उसकी बातों से तेज़ चहक रही थीं। वो एक चिड़िया की तरह यहाँ-वहाँ फुदक रही थी। इधर मीनू की आँखों के सामने वह उजले दिन तैरने लगे, जब वो माँ के घर एक चिड़िया की तरह कभी इस डाल तो कभी उस डाल चहकती, गगन को दूर-दूर तक छू आती और घरौंदे में लौटकर अपनी उड़ान की दास्तान सुनाती थी। उसका सपना और ऊँचा उड़ने का था। वो स्टेट लेवल पर दौड़ना चाहती थी। वो कुछ कहती, उससे पहले बाबा ने उससे बिना पूछे उसका रिश्ता तय कर दिया था। फ़ोटो देखकर ही लड़का राज़ी हो गया था। कमसिन, छरहरी गोरी काया पर हिरणी-सी बोलती आँखों को तस्वीर में देखने के बाद विवेक ने कुछ नहीं जानना चाहा। चट मँगनी पट ब्याह के दौरान भी विवेक ने कभी नहीं पूछा कि वो आगे क्या करना चाहती

है? उसका शादी का मन था भी कि नहीं? लड़के कब ही जानना चाहते हैं लड़कियों की ख़्वाहिशें। सौ में से एक दो ही बिरले होते हैं, जिन्हें लड़कियों के साथ-साथ उनके भीतर पल रहे मन को भी जानना होता है। वो अपने जैसा उसे भी इंसान मानते हैं, जो उन्हीं की तरह सोचता है, ख़्वाहिश रखता है और ज़िंदगी को जीना चाहता है। लेकिन ऐसा होता नहीं, ज़्यादातर तन के गुणसूत्र में ही उलझ के रह जाते हैं, मन पढ़ ही नहीं पाते या शायद पढ़ना ही नहीं चाहते। समाज की बनी-बनाईं सड़कों पर गृहस्थी का पहिया सरपट दौड़ाते देखने की ऐसी लत पड़ चुकी रहती है कि सड़क से इतर पगडंडी की कोई तलाश ही नहीं करता। बस एक ढर्रे पर सब चले जा रहे हैं और बस... चले जा रहे हैं। मीनू अब थक चुकी थी, इसलिए थोड़ी देर रुक के साँस लेना चाहती थी।

अचानक पिंकी ने उसके कंधे पर हौले से हाथ रखा, "भाभी, क्या सोच रही हैं कब से? न कोई बातचीत, न हाँ-हूँ, मेरी बात का भी कोई जवाब नहीं दिया।"

"कौन-सी बात लाडो?" मीनू ने झेंपते हुए पूछा।

"यही कि इंगेजमेंट में साड़ी पहनूँ या लहँगा?

पिंकी की बात सुन मीनू ठंडे से मुस्कुरा दी, बोली, "नैक सबर तो कर। पहले मिल तो ले, देख तो ले कि तोय पसंद आ रयो है कि नाय। फिर लहँगा भी पसंद हो जाएगो।"

"अच्छा, इसका मतलब मैं लहँगा पहनूँ!" कहते हुए पिंकी जैसे सपनों में खो गई। वो समझ ही नहीं पाई मीनू की बात को। मीनू उसको बाय बोल के फीकी मुस्कान के साथ घर चल दी। अब मैराथन को भी केवल कुछ रोज़ बचे थे और उसे काफ़ी तैयारी करनी थी। उसे नए जूते ख़रीदकर, उनसे दौड़ने का अभ्यास करना था। उसे फ़िटनेस और स्टैमिना के लिए कुछ योगाभ्यास और कार्डियो एक्सर्साइज़ को अपने दिनचर्या में शामिल करना था। मगर पिछले रोज़ की बात से उसका मन अब तक भारी था। ये उसकी नाकामी ही थी कि इतने सालों की शादी में

भी ज़िंदगी में कोई अगला गियर नहीं लगा। बल्कि कल तो गाड़ी बैक गियर में और चली गई। वो नहीं जानती कि कब विवेक उससे पूछेगा कि वो क्या चाहती है। बिस्तर से लेकर बाहर तक, वही होता है जो वो चाहता है। बीती रात विवेक का ग़ुरूर फिर मीनू के ज़मीर से टकराने की कोशिश में था, लेकिन इस बार उसने हार नहीं मानी। उसने झटके से विवेक को अपने से अलग किया और दूसरी करवट ले, सो गई। इतने सालों में उसके लिए यह पहला पल था, जब उसने अपने को एक जीता-जागता साँस लेता इंसान जाना, न कि केवल हाड़-मांस का बना हुआ पुतला। उसे अपने 'ना' कहने पर कोई मलाल न था। बल्कि जब वह टहलने निकली, तब वह पूरे समय यही सोचती रही कि वह क्यों इतने साल गुम रही? शादी के तुरंत बाद, क्यों नहीं उसने अपने सपनों के बारे में विवेक बतलाया? वह दोनों जीवन के ऐसे सिरे हो गए हैं जो कभी मिलेंगे भी या नहीं... कह पाना मुश्किल है। मीनू सोचने लगी, 'हम औरतें अपने फ़ैसले ख़ुद क्यों नहीं लेतीं? क्यों किसी और के अनुरूप हमेशा ढलने को तैयार रहती हैं? कब हम ज़िद्दी और जुझारू होना सीखेंगी? कब हम अपनी सोच में दो नहीं, बल्कि चार क़दम आगे बढ़ना सीखेंगी? कब आख़िर कब?'

मीनू इसी उधेड़बुन में चलती जा रही थी कि साथ में दो क़दम और जुड़ गए। अब साथ-साथ पिंकी चल रही थी। मीनू ने हैरानी से पूछा, "अरे! तू अभी कैसे?"

"मैं कैसे नहीं?" पिंकी ने जवाब सवाल करके दिया। मीनू सकपकाई और कहने लगी, "मतलब कि तेरी तो दो दिन में सगाई है न? घर से कैसे निकल पाई?"

"कैसे नहीं निकल पाऊँगी? मैंने फ़िलहाल शादी का प्लान थोड़े दिन के लिए ड्रॉप कर दिया है। अब मुझे पहले पढ़ाई पूरी करनी है, जॉब करनी है, फिर जाकर शादी। तब तक सारे पागल लड़के मेरे लिए कुछ दिन और तड़पें," कहते हुए पिंकी कुछ सोचने लगी और फिर बोली,

"भाभी, मुझे वो लड़का इतना समझदार नहीं लगा कि मुझे समझ सके। हमारी पहली मुलाक़ात में ही वह केवल अपने उसूलों, योग्यताओं, घरेलू ज़िम्मेदारियों, पसंद-नापसंद के बारे में कहता रहा। मुझसे पूछा तक नहीं कि मुझे क्या पसंद है? पंडित जी ने हमारी कुंडली देखकर छत्तीस में से बत्तीस गुण मिलते हुए बताए, लेकिन वहाँ तो मन का ही गुण नहीं मिल रहा था और जब मन ही नहीं मिल रहा, फिर क्या शादी, क्या सगाई? मना किया और सीधे तुम्हारे पास चली आई। पिंकी में इस बदलाव को देखकर मीनू की उदासी कुछ कम हुई। उसने पिंकी का हाथ थामते हुए कहा, "अच्छा किया लाडो, चल घर चल तुझे चाय पिलाती हूँ।"

रास्ते में पिंकी ने मीनू से उसकी उदासी का सबब पूछा। मीनू एक साँस में उसे सारी बात ऐसे बता गई, जैसे किसी ने उसके दिल का पिंजरा खोल दिया हो और सारी परेशानियाँ चिड़िया बन के फुर्र हो गई हों। दोनों ने एक-दूसरे को कस के भींच लिया और सारी उदासी पीछे छोड़, घर की ओर चल दीं। उनके घर में घुसने के पहले से ही चाय की ख़ुशबू आने लगी। पिंकी ने मीनू को चिकोटी काटते हुए कहा, "अच्छा! तभी चाय पिलाई जा रही है, भैया जो चाय बना रहे हैं... हम्म।" मीनू ने ऐसी असंभव घटना की कल्पना भी नहीं की थी, इसलिए विवेक में ऐसे बदलाव को देखकर हैरान भी थी और ख़ुश भी। ज़िंदगी अब चार क़दमों की बजाय एक क़दम एक्स्ट्रा आगे चल निकली थी।

जिया ओ जिया

वो अपने मन की कर के ख़ुश रहती और लोग उससे दुखी। अक्सर ही लोगों से यही सुनने में आता है— जिया ओ जिया... तू कब सुधरेगी!

वह अक्सर ही लोगों को पसोपेश में डालकर ख़ुद को कहीं ग़ायब कर लेती थी। हाँ, यह वही जिया है जो शायद आपके आसपास में रहती हो, आप जैसी ही दिखती भी हो, मगर आप जैसा वो सोचती नहीं। एक्चुअली, वो सोचती ही नहीं, वो बस कर जाती है, जो उसके मन में आता है, जो उसके मन को भाता है; फिर कोई बुरा मान के बैठा है तो बैठा रहे। वो मनाएगी भी तभी, जब उसका मन करेगा, क्योंकि यू नो, वो उस बंदे को डिस्टर्ब नहीं करना चाहती, क्योंकि उसको भी तो अपने मन की करने का पूरा हक़ है, है न... हाहा... हँसी आ रही है न मेरी बातों पर? आप सोच रहे होंगे, मैं कैसी बेतुकी बातें कर रहा हूँ। भला! ऐसी कौन लड़की हो सकती है? पर यक़ीन मानिए, मुझे भी बहुत हँसी आई थी, जब उसको इक्कीस माले की छत पर चाँद को तकते हुए देखा था और वो भी फ़ुल मेकअप में।

उस दिन उसकी सगाई होने वाली थी, जिसे वो सादगी के साथ सिर्फ़ दो परिवारों के बीच में करना चाहती थी, लेकिन आजकल के सोशल-मीडिया जैसी शो-ऑफ़ वाली दुनिया में किसी को उसका आइडिया पसंद नहीं आया। सभी ने एक सिरे से उसकी बात को नकार दिया और ताम-

झाम के साथ सगाई की तैयारी में लग गए। वह दिन भी आ गया जब उसे बार्बी-डॉल की तरह सजा-संवार दिया गया।

उसका मन अंदर से बेचैन था। उसे हर दूसरे पल लगता कि उसे मितली चढ़ रही है, उसकी धड़कनें अपना रिदम खो रही हैं, उसकी साँसें सीने से बाहर आने को फड़फड़ा रही हैं, मगर गला रुलाई से इतना रुँधा है कि वह करे तो क्या करे, कहे तो क्या कहे? जिया मेकअप की रंगीनियों से बाहर निकलकर अपना उतरा हुआ ग्रे शेड अपने परिवार को दिखाना चाहती थी, लेकिन जब कोई देखने समझने को तैयार हो तब तो। दरअसल उसे कोई नहीं समझ रहा था कि उसे इस तरह की भीड़-भाड़, शोर-शराबा बिल्कुल पसंद नहीं। उसका तो सोशल इवेंट और यहाँ तक कि बर्थडे पार्टी तक में जाने से दम घुटता है। वह हमेशा ही ऐसे मौक़ों से बचती, जिसमें उसे इस तरह के किसी भी मसअले से रूबरू होना पड़े। लेकिन आज तो जब उसकी ख़ुद की सगाई है, वह कहाँ बच के जाए!

उसके हाथ-पाँव ठंडे पड़ें और उसकी बेचैनी उसके सर पर सवार हो, उसके पहले ही वह ख़ुद को सबकी नज़रों से बचाकर बिल्डिंग की छत पर चली आई। उसने अपने को पानी की टंकियों के पीछे पूरी तरह से, अदृश्य होने जैसा, छुपा लिया। वह बचपन से ही छुपने की नई-नई जगहें ढूँढ़ लिया करती थी। सो, इस बार बिल्डिंग की छत ही सही!

उसके चाचा-चाची को छोड़कर पूरी दुनिया हैरान और परेशान कि लड़की बिना बताए गई कहाँ? कहीं किसी के साथ अफ़ेयर तो नहीं था? कहीं भाग तो नहीं गई? और जिया थी कि छत पर, बहती हवा में अपनी साँस की गाँठ खोलती रही और जूड़े से पिन निकालती रही, चाँद को ताकते हुए मन ही मन रोती रही। वह अपने लिए छत का एक कोना पकड़कर, बाक़ी सारी दुनिया ज़माने के लिए छोड़ चुकी थी, लेकिन ज़माना कहाँ चैन से बैठने वाला, उसे तो कोफ़्त होती है कि हर कोई उसके जैसा क्यों नहीं है। ख़ूब ढूँढ़ा। फ़ोन-वोन से पूरी दुनिया खोज डाली, व्हाट्सएप का स्टेटस चेक कर लिया कि शायद कहीं से कोई सुराग़

मिल जाए, मगर वह कहीं नहीं मिली। सब ने उसका कमरा, बाथरूम, मोबाइल, सब टटोला, मगर उसके मन की हलचल को कोई नहीं जान पाया। डीजे वाले बाबू अपना गाना बजाकर कब के चले गए। सारे दूर-पास के अड़ोसी-पड़ोसी, नाते-रिश्तेदार अपने घर पहुँच गए और दोनों परिवार हताश होकर लिविंग-रूम में बैठे हुए भी लापता थे। अब आप सोच रहे होंगे कि मुझे ये सब कैसे पता चला? मैं आख़िर हूँ कौन? जो तब से जिया के नाम की माला जप रहा हूँ! तो बेदर्द ज़माने के लोगो, मैं ही तो वो हूँ... जो आपको ये आँखों देखा क़िस्सा सुना रहा है। मैं ही तो वो हूँ, जो जिया को उससे भी ज़्यादा चाहता है। मैं अभय हूँ, जिया का दोस्त और उसके ऑफ़िस का कलीग और आज शाम की घटना के बाद, अब अमंगेतर भी! क्योंकि सगाई तो अभी हुई नहीं न!

वैसे मुझे ऐसी घटना होने का अंदेशा पहले से ही था। जिया ऑफ़िस में भी किसी पार्टी या गेट-टुगेदर में, या तो न आने का बहाना बनाती, या फिर आकर भी ख़ामोशी से कोई कोना पकड़े चिपकी रहती थी। पहले तो एक-दो बार मुझे अजीब लगा, लेकिन फिर जाने कैसे मुझे उससे हमदर्दी होने लगी। मैं उसके साथ ज़्यादा वक़्त गुज़ारने लगा, उससे ख़ूब सारी बातें करने लगा, हमेशा ख़याल रखता कि वो ख़ुश रहे और फिर वो कहते हैं न, 'न मिलो हमसे ज़्यादा, कहीं प्यार हो न जाए' वाली बात हो गई कि जाने कब मैं उससे मोहब्बत कर बैठा। रात भर उसके तसव्वुर में गुम रहता और जब तक ऑफ़िस में उससे मिल नहीं लेता, दिल को सुकून ही हासिल नहीं होता। वह भी मुझसे घुलने-मिलने लगी थी। इजूल-फ़िज़ूल-सी सारी बातें मुझसे करने लगी थी। एक रोज़, जब शाम इतराते हुए अपने स्याह-नीले दुपट्टे में नन्हे-नन्हे सितारे टाँक रही थी, जिया ने मुझसे पूछा "तुम्हें सुबह अच्छी लगती है या शाम?"

कैसे कहता कि इतना हसीन सितारा जब नज़रों के इतने क़रीब टिमटिमा रहा हो, तो सुबह किसे पसंद आएगी! मैं उससे पूछना चाहता था कि उसे क्या पसंद है? मगर वह मेरे कुछ पूछने से पहले ही बताने

लगी कि उसे रात बहुत पसंद है, क्योंकि वह यादों के किनारे चलते हुए कभी अपने होने का शोर नहीं मचाती। वहाँ ज़िंदगी अपने अकेलेपन में ख़ुश रहती है।

उसकी बातों में जुगनू थे, सितारे थे, झींगुर-टिड्डों की आवाज़ें थीं, हवाओं की सरगोशियाँ थीं, जो रात की ख़ामोशी में अपना उत्सव मनाते हैं, मौज करते हैं, कोई उन्हें रोकने-टोकने वाला नहीं होता कि भई, आज तुम ज़्यादा मत टिमटिमाओ, या झींगुरो आज तुम चुप रहो; सब अपने मज़े में रहते हैं। मैं ख़ामोशी से उसकी बातें सुन रहा था, उसकी हँसी में मुस्कुरा रहा था और बेचैनी में उघड़ती उसकी साँसों को महसूस कर पा रहा था। मैंने प्यार से जब उसके हाथों को थामना चाहा, उसने झटके से अपना हाथ यूँ छुड़ाया, जैसे कोई पुरानी बात उसे याद हो आई हो। उस वक़्त मैंने यह भी महसूस किया कि उसकी बातों में सब मौजूद थे, लेकिन कोई चाँद नहीं था। उसका चाँद आख़िर कहाँ खोया था? कौन था उसका चाँद? और क्यों जिया का संबंधों के प्रति, दुनिया के प्रति ऐसा अव्यवहारिक रवैया है? आख़िर ऐसा क्या है, जो जिया बताने से घबराती है और अपनी ही उलझनों में उलझी रहती है?

अब आप सोच रहे होंगे कि जब इतना कुछ था तो जिस तरह जिया चाहती थी, उस तरह की सगाई के लिए मैंने दोनों परिवारों को क्यों नहीं मना लिया? तो मैं एक बात आप सब को क्लियर कर दूँ कि मैं जिया नहीं हूँ और न उसके जैसा बन सकता हूँ। यह बात सही है कि उसके मन की फ्रीक्वेंसी मेरे मन से मिलती है, लेकिन मैं आख़िरकार मैं हूँ और वो, वो है। जिया जैसा कोई हो ही नहीं सकता। छोटी-सी बात ये समझ लें कि मैं जिया से मोहब्बत करता हूँ और मुझे वही बात सही लगती है, जिसमें वह ख़ुश रहती है। यह बात अलग है कि अभी तक मैं भी नहीं जान पाया आख़िर जिया की ऐसी बेचैनी, उस बेहद डर का कारण क्या है, जो उसे इस तरह का फ़ैसला करना पड़ा? क्या जिया मुझसे कुछ छुपा रही है या उसके चाचा-चाची?

नीचे जब सब लोग लिविंग रूम में बैठ के मेरे लौटने का इंतज़ार कर रहे थे, मैं टेरेस की सीढ़ियों से उस कोने को देख रहा था, जहाँ वो एकटक सिर्फ़ चाँद को निहार रही थी। वहाँ उनके बीच जाने क्या शिकायतें-हिदायतें चल रही थीं। मैंने जैसे ही उसके कंधे पर हाथ रखा, वो एकदम चिहुँक-सी गई। मुझे हैरत भरी नज़रों से देखते हुए, उसने कान पकड़ के धीमे से 'आई एम वेरी सॉरी' कहा। मैंने कुछ नहीं कहा, बस इतना ही पूछा, "तुम ठीक हो तो अब नीचे चलें?" उस रोज़ पहली बार, वह मेरा हाथ थाम के धीमे क़दमों से लिफ़्ट की ओर बढ़ी। उसकी हथेलियाँ ठंडी थीं और कँपकँपा रही थीं, मगर भरोसे की गर्माहट से धीरे-धीरे नर्म पड़ने लगीं। उसका मासूम, मुलायम स्पर्श, मुझे उसके और क़रीब ला रहा था। मैं उसके लिए एक क्या, कई जन्मों तक इंतज़ार कर सकता था, यही सोचते हुए मैं जिया को लेकर उसके फ़्लैट में दाख़िल हुआ। सिचुएशन थोड़ी ऑड-सी थी। ऑड वैसे सोचने भर को थी, क्योंकि मुझे तो मज़ा आ रहा था। ऐसा किसकी सगाई में होता है भई! मगर हमारे परिवार वाले आसमान सर पर उठाने को तैयार बैठे थे। मेरे घरवाले ग़ुस्से, अपमान और अनादर से तिलमिलाए बैठे मिले और जिया के परिवार वाले क्षोभ से भरे हुए दरवाज़े पर निगाह टिकाए मेरे लौटने का इंतज़ार कर रहे थे। जिया को देखते ही जहाँ उनके चेहरों पर एक ओर राहत की साँस थी, वहीं दूसरी ओर ज़ुबान पर अनगिनत सवाल। अपने इशारों से मैं सब को रिलैक्स करने की कोशिश में लगा हुआ था और जिया एक छोटे बच्चे की तरह मेरे पीछे दुबकी हुई सबकी डाँट और उलाहने सुने जा रही थी। तभी उसके चाचा उसको दूसरे कमरे में ले गए और हम बिना कुछ कहे अपने घर वापस लौट आए।

उस घटना के बाद से, मेरी माँ हमारे रिश्ते के सख़्त खिलाफ़ हो गई। उनकी तरफ़ से मनाही थी कि अब मैं जिया से कभी न मिलूँ, यहाँ तक कि ऑफ़िस में भी बात न करूँ, बल्कि वो तो यहाँ तक चाहती थीं कि मैं कंपनी से ही रिज़ाइन कर दूँ। इतनी ज़िल्लत के बाद कैसे उस कंपनी

में जाऊँगा और वहाँ मेरे दोस्तों, मेरे साथियों के ऊल-जुलूल सवालों का सामना करूँगा! उनके लिए तो मैं मज़ाक़ का एक ज़रिया बन जाऊँगा! जाने वह चार लोग क्या सोचेंगे, क्या कहेंगे? जैसी आशंकाओं की बौछार मेरे ऊपर हो रही थी। साथ ही जिया भी बीच-बीच में कोसी जा रही थी कि उस महारानी (जिया) ने तो सोचा नहीं, लेकिन मैं तो समझदार हूँ। अब माँ को कैसे समझाऊँ कि दिल है कि मानता नहीं। अब एक बार किसी का हाथ थाम लिया, किसी का भरोसा रख लिया तो फिर तोड़ तो नहीं सकता। और फिर वही हुआ। तक़रीबन, दो-तीन दिन बाद की बात है। मैं ऑफ़िस में अपने डेस्क पर फैले सामान को देख रहा था। मन की तरह वहाँ भी वैसी ही उथल-पुथल मची हुई थी। न मन सही हो रहा था और न डेस्क साफ़। पेपर वेट को घुमाते हुए बार-बार मोबाइल की स्क्रीन देख रहा था कि तभी स्क्रीन चमक उठी और नोटिफ़िकेशन में जिया के मैसेजेस दिखने लगे—

'तुम ठीक हो? और घर में सब ठीक हैं? क्या तुम मुझसे मिलने आ सकते हो?'

मैंने सभी सवालों का एक ही जवाब दिया, 'हाँ' और पूछा कि कहाँ मिलना है?

वो ऑफ़िस के बाहर ही खड़ी थी। वह उस घटना के बाद से आज बाहर निकली थी और बहुत ही हड़बड़ी में लग रही थी। उसने मेरा हाथ पकड़ते हुए पूछा, "क्या तुम मेरे साथ ऋषिकेश चल सकते हो?"

"ऋषिकेश!" मैंने बेहद हैरानी से पूछा, "लेकिन क्यों? वहाँ क्या हुआ? ऋषिकेश क्यों जाना चाहती हो तुम? तुम ठीक तो हो न?"

"हाँ, मैं बिल्कुल ठीक हूँ अभय। लेकिन मुझे जल्द से जल्द वहाँ पहुँचना है।" उसने अपने माथे का पसीना पोंछते हुए बताया।

"मगर क्योंऽऽऽ?" मैंने अपने क्यों पर ज़ोर देते हुए उससे पूछा। उसके बाद जिया ने जो बताया वह किसी बुरे सपने से कम नहीं था। उसके सीने में जो राज़ दबा था, जो उसको डर के साथ जीने पर मजबूर

किए हुए था। इतने दिनों की मानसिक जद्दोजहद के बाद जिया ने उसपर क़ाबू करने का मन बना लिया था।

जिया बताने लगी कि उस वक़्त वह कोई नौ-दस बरस की रही होगी, जब वह अपने पूरे परिवार के साथ ऋषिकेश घूमने गई थी। अगली रोज़ सब गंगा-स्नान करने घाट पर पहुँचे। वहीं गंगा स्नान के दौरान गंगा की लहरें तेज़ होने लगीं। ऐसा लगने लगा मानो कहीं से कोई तूफ़ान उनके जीवन को अस्त-व्यस्त करने चला आ रहा हो। जब तक कि वह और उसकी माँ सीकड़ को पकड़े-पकड़े सीढ़ियों पर पहुँचतीं, उसकी माँ से जिया का हाथ झटके से छूट गया और वह बेतरह डूबने लगी। चीख़ने-चिल्लाने की आवाज़ों के बीच जिया के माँ-पापा दोनों उसको बचाने की जद्दोजहद करने लगे। गंगा की धारा उफान पर थी। फिर वही हुआ कि पापा के हाथों जिया तो बच गई, लेकिन उसकी माँ डूबकर कहाँ चली गई, किसी को पता ही नहीं चला। पूरे परिवार में हाहाकार मच गया। जिया के पापा-चाचा ने मछुआरों को लेकर काफ़ी दूर तक और देर तक उसकी माँ की तलाश की, मगर धार इतनी तेज़ और उफान पर थी कि मछुआरों ने भी हाथ खड़े कर दिए। उसके बाद भी वे कई दिनों तक घाट-घाट और पुलिस चौकी के चक्कर लगाते रहे।

माँ के जाने के बाद से उन्होंने जिया का चेहरा तक नहीं देखा। वह अपनी चाची के आँचल में दुबक के सुबकती रही थी। फिर एक रोज़ ख़बर आई कि दूर कहीं गंगा से कूड़ा-कर्कट अलग करने वाले जाल में कोई शव अटका मिला है। सुनते ही सबकी जान मुँह को आ गई। इतने रोज़ से जो जिया के पापा बेसुध से, बिना खाए-पिए बस दर-दर उसकी माँ को खोजने में लगे हुए थे, उस दिन हताश होकर एक कोने में बैठ गए। उस दिन वे जिया को सीने से लगाकर ज़ार-ज़ार रोए। जिया जैसी छोटी-सी गुड़िया के लिए कितना असहनीय रहा होगा यह सब, सोचकर ही कलेजा मुँह को आता है।

जब उस रोज़ शव हाथ आया, सारे क्रिया-कर्म करते हुए जिया के

पापा जाने किस उधेड़बुन में दिखे।

बारह-तेरह दिन के बाद जब घर लौटने का वक़्त हुआ, उस दिन शरद-पूर्णिमा की रात थी। गंगा आरती में जाने का किसी का मन तो नहीं था, लेकिन जिया के पापा ने सबसे कहा, "जाने से पहले एक बार मैं वहाँ जाना चाहता हूँ, जाने फिर कभी यहाँ लौटना हो न हो।" सबने उनका मन रखने के लिए उनकी बात मान ली।

शाम का समय था। मंदिरों में घंटे-घड़ियालों का शोर था। स्वर्गाश्रम के घाट पर अथाह भीड़ थी। पूर्णिमा का चाँद अपनी पूरे आभा से दमक रहा था। उसकी परछाईं गंगा की लहरों में तैर रही थी। आरती का गान और ढोल-मंजीरों के तान के बीच जिया अपने पापा का हाथ पकड़े खड़ी थी। आरती के दीप इतने जगमगा रहे थे कि जिया उनसे नज़रें नहीं हटा पा रही थी। उसके चाचा-चाची गंगा आरती करने में मगन थे और वह यह सब देखकर बड़े दिनों बाद ख़ुश हुई थी। वह भी सबके साथ तालियाँ बजाने लगी। ज्यों-ज्यों शाम ढल रही थी, गंगा की लहरें और उफनती जा रही थीं। तभी जिया क्या देखती है कि बीच गंगा में झिलमिला रहा पूर्णिमा का चाँद अचानक कहीं अदृश्य हो गया। उसने यह दिखाने के लिए जैसे ही पीछे पलट के देखा तो, उसके पापा भीड़ में उसे छोड़, कहीं दूर निकले जा रहे थे। वह समझ ही नहीं पा रही थी कि आख़िर क्या हो रहा है। वह 'पापा...पापा...' चिल्लाते हुए उनकी ओर लपकी, लेकिन दर्शनार्थियों की अथाह भीड़ में वह जिया की नज़रों से ओझल होते चले गए और वह उस आपाधापी में कहीं ग़श खाकर गिर गई।

बहुत दिनों तक उसे होश नहीं आया। उस हादसे के बाद, उसके चाचा ने भी अपने भाई को ढूँढ़ने की ख़ूब कोशिश की, लेकिन हासिल कुछ भी नहीं हुआ। वह भी जिया की माँ की तरह समय के भँवर में कहीं खो गए थे, या फिर उन्होंने ख़ुद को कहीं गुम कर लिया था, जिया यह कभी नहीं जान पाई। बस अपने डर, अपनी तकलीफ़, अपनी घुटन को सीने में दबाए जिए जा रही थी। वह अपने डर को छुपाने में जो भी

हरकतें करती, दुनिया को कभी वह उसकी नादानी, कभी शरारत और कभी बेहयाई लगती।

जिया यह सब बताते हुए पसीने से नहा चुकी थी, लेकिन अब उसमें डर का अंश मात्र भी नहीं था। शायद पिछले दिनों में उसके जीवन में मुझे लेकर, ख़ुद के भविष्य को लेकर जो घटनाएँ घटीं, उसका ही असर था कि उसने अपने को इतना मज़बूत बना लिया था कि अब वो कैसी भी परिस्थिति का सामना करने को तैयार थी। फिर अचानक उस दिन, जब उसने अपने चाचा को किसी से बात करते हुए सुना कि वो जल्द ही ऋषिकेश पहुँच रहे हैं, उससे रहा नहीं गया और वो मुझसे मिलने आ पहुँची। उसके चाचा जिससे मिलने जा रहे थे, कहीं वह जिया के पापा तो नहीं, इस बात की तसल्ली के लिए वह मेरे साथ ऋषिकेश जाना चाहती थी।

अब आप सोच रहे होंगे कि फिर आगे क्या हुआ? तो दोस्तो! हुआ यूँ कि मैं जिया के साथ ऋषिकेश नहीं गया, क्योंकि मैं उसे दोबारा से कमज़ोर नहीं बनाना चाहता था। कितने ही रतजगों के बाद वह सितारों से सितारों को जोड़ते हुए अपना रास्ता बना पाई थी। अब जब उसे मंज़िल का पता मालूम हो गया है, तो उसे बिना किसी का हाथ थामे आगे बढ़ जाना चाहिए, क्योंकि अपने डर से हमें ख़ुद ही जीतना होता है। हर लड़ाई ख़ुद ही लड़नी होती है। मैं उसका साथी बनना चाहता हूँ, सहारा नहीं। मैं जिया को फिर से पंगु नहीं बनाना चाहता। लेकिन आप लोग चिंता न करें। अपने डर को जीतकर, जिया मुझे आवाज़ ज़रूर देगी। देख लेना। अरे! नहीं-नहीं, मैं डरा नहीं हूँ, सच कह रहा हूँ। जिया ओ जिया... तुम जल्दी आना...!

बालकनी में भगवान

आज रंगभरी एकादशी हो गई। हज़ारों रंग के गुलालों से सराबोर है शहर। महादेव भी माँ गौरा को नगर घुमाने कैलाश से आ पहुँचे, लेकिन बिटवा का अभी तक कौनो फ़ोन नहीं आया; यह सब सोच-सोच के मालती देवी का मन बेचैन हुए जा रहा था। तीन दिन बाद होली है, मगर उसके पहले से ही बेटे-बहू के ग़ैर-ज़िम्मेदाराना रवैये ने उनके भीतर अभी से होलिका दहका दी। उनके मन की आशंका दुगुनी हो, आसमान छुए जा रही थी। विधान-मीषा का कोई ख़बर, संदेश या फ़ोन न आने की बेचैनी धधकी आग में घी का काम कर रही थी। आसपास के लोग फगुआ गाने में मगन थे, मगर उनका मन कहाँ लग रहा था। उनके पति देवमणि पांडेय ने उन्हें कितना समझाया कि विधान का जवाब मिले बिना कुछ भी तैयारी मत करो, मगर वो कहाँ सुनने वाली थी? वो तो अपने बबुआ-बबुनी के घर आने की ख़ुशी में गुझिया, मठरी, नमकीन, चिप्स-पापड़ सब बना के तैयार थी। दोनों बूढ़ा-बूढ़ी में अक्सर अनबन इसी बात पर होती थी कि डीएम यानी देवमणि यथार्थ स्थिति को समझते हुए, दिमाग़ से निर्णय लेते थे और मालती जी दिल की सुनती थीं।

वो भावनाओं के अथाह सागर में डूबती-उतराती रहती थीं। इसलिए जिगर के टुकड़े का हाँ-ना जाने बग़ैर होली की तैयारियों में जुट गईं। मूँग दाल के हलवे की ख़ुशबु से रसोई से लेकर बरामदा तक गमका हुआ

था। आख़िर पास-पड़ोसियों को भी तो पता चले कि उनका विधान बस आजकल में आता ही होगा। उसे कितनी मुश्किल से मनाया था होली पर घर आने के लिए। मगर उनका मन बार-बार आशंकित हो जाता कि अब तक फ़ोन तो आया नहीं अगर वो दोनों नहीं आए तो? लेकिन फिर ख़ुद ही दिल को तसल्ली देती— ज़रूर कुछ अचानक वाला... अरे उ का कहत हैं, हाँ सर्प्राइज़ प्लान कर रखा होगा। उसकी तो ये आदत कॉलेज के दिनों से है, जब घर की याद आती, वो बिना बताए आधी रात को चला आता। उन लम्हों को याद कर मालती जी मुस्कुराने लगीं। रसोई के दरवाज़े की टेक ले, वो विधान के बारे में सोचने लगीं। अपने बेटे के बारे में सोचना मालती जी का पसंदीदा काम है।

अभी हफ़्ते भर पहले की ही तो बात है, जब उन्होंने विधान को फ़ोन लगाया था। वो ज़रा सुबह ही फ़ोन मिलाती थीं, जिससे कि वो अपनी नई-नवेली बहुरिया से भी तनिक बतिया सकें, क्योंकि फिर तो वो दिन भर के लिए नौकरी पर चली जाती थी। उन्हें उसका मम्मी जी कहने का अंदाज़ बहुत पसंद था। उनकी बहू मीषा, वेस्टर्न कल्चर में पली-बढ़ी आधुनिक ख़यालों की लड़की है। उसके लिए रिश्ते मायने तो रखते हैं, मगर अपनी आज़ादी के बदले में नहीं। अगर विधान से उसे प्यार न हुआ होता तो वो कभी भी ऐसे देसी ट्रेंड वाले घर में शादी नहीं करती, जहाँ पड़ोसियों को भी चाचा जी-चाची जी कहकर उनके पैर छूने पड़ते हैं और पलकें झुकाए, सर पर पल्लू रख, सब की हाँ में हाँ मिलानी पड़ती है। वैसे ही जैसे पानी में शक्कर। उसके मन में अपने सास-ससुर के लिए आदर तो था, मगर वो इन दकियानूसी रिवाजों को एक तरह का नाटक मानती। वो विधान से कहती कि शर्म तो निगाहों में होनी चाहिए, उसके लिए इतने ढकोसलों की क्या ज़रूरत? विधान उसे समझाता कि जब तक यहाँ हो, उनके हिसाब से रह लो, फिर वहाँ नॉएडा में तो हम अपने अंदाज़ में ही जीते हैं। उनको थोड़ी ख़ुशी महसूस कराने में क्या बुराई है?

"और अगर मम्मी जी-पापा जी कभी हमसे मिलने नॉएडा आ गए तो?" मीषा ने बड़ी मासूमियत से विधान की बात को काटते हुए पूछा।

"तब की तब देखी जाएगी।" कहते हुए विधान ने उसे बिस्तर की ओर खींच लिया। ये तब की बात है जब बीते नवंबर विधान और मीषा दीवाली की छुट्टी पर दो दिन के लिए माँ-पापा से मिलने बनारस आए थे।

उस दिन, सुबह-सुबह की अधखिली धूप ने बालकनी में आकर नन्हे तुलसी के पौधे को हैलो कहा ही था कि विधान का मोबाइल बज उठा।

"हैलो! मम्मी-जी प्रनाम, आप कैसी हैं?" ये आवाज़ सुनते ही मालती जी की बाँछें खिल गईं।

"हम अच्छे हैं बबुनी, तुम कैसी हो?" मालती जी ने जवाब देते हुए मीषा से पूछा।

"जी बढ़िया, मैं भी अच्छी हूँ। मम्मी-जी, मुझे ऑफ़िस को लेट हो रहा है, आप विधान से बात करिए। गुड बाय मम्मी-जी।" कहते हुए मीषा ने फ़ोन विधान को पकड़ा दिया। उसने जल्दी से बटर-टोस्ट को ऑफ़िस बैग में डाला, ऑरेंज जूस भरे ग्लास को झट से गले से नीचे उतार, विधान को झप्पी दे, इशारों में कुछ याद दिलाते हुए, नीचे खड़े ऑफ़िस-कैब को पकड़ने के लिए लिफ़्ट की ओर दौड़ गई।

मीषा गुड़गाँव की नामी-गिरामी प्राइवेट बैंक में अच्छे ओहदे पर कार्यरत है। नोएडा से गुड़गाँव पहुँचने में लगभग डेढ़ से दो घंटे का समय लगता है, इसलिए किसी भी हालत में उसे सुबह 8 बजे निकलना ही होता। मजबूरी थी, क्योंकि विधान की कंपनी का ऑफ़िस और उनका घर, दोनों यहीं नोएडा में थे। विधान ने कई बार मीषा से उसके ऑफ़िस में ट्रांसफ़र की बात करने को कहा और कई बार जॉब छुड़वाने का भी सोचा, लेकिन आज इतनी महँगाई के दौर में, जब पानी के बिल से लेकर घर में लगी एक-एक ईंट तक का ईएमआई चुकाना पड़ता है, उसका अच्छी ख़ासी जॉब छोड़ घर में बैठना बेमानी लगता है। साथ ही मीषा

इसके लिए कभी राज़ी भी नहीं होगी कि वो इतनी पढ़ाई-लिखाई के बाद घर में बैठे। ये बात उनके बीच कॉलेज के समय ही तय हो गई थी।

ख़ैर! इधर फ़ोन के उस तरफ़ से मालती जी की घी-गुड़ पगी मीठी आवाज़ आई, "कैसा है हमारा बबुआ? लगता है बबुनी जल्दी में रहिन!" वो अभी भी खड़ी बोली और भोजपूरी के दरिया के बीच गोते खा रही हैं। सब ने इतना समझाया कि या तो इस किनारे रहो या उस किनारे, पर वो कहाँ समझने वाली थी। धीरे-धीरे आदतों की भी उम्र हो आती है। जैसे-जैसे वो बूढ़े होने लगते हैं, ढीठ होते जाते हैं।

"हाँ माँ! उसे देर हो रही थी, ऑफ़िस दूर है यहाँ से। मैं ठीक हूँ, तुम कैसी हो? क्या तुम्हारी तबीयत ठीक नहीं? आवाज़ में बहुत ख़राश सुनाई पड़ रही है। विधान ने परेशान होते हुए अपनी मम्मी से पूछा।

"हम ठीक हैं बबुआ। थोड़ा शीत-बुख़ार हो गया है और कुछ नहीं। एक-दुई रोज़ में ठीक हो जाएगा। तुम्हारे पापा कहते हैं कि सब जाते हुए मौसम का असर है, उनकी तरह सुबह-शाम टहलते तो यह तोहफ़ा न मिलता।" कहते हुए मालती देवी अपने पति की ओर निहारने लगीं, जिनकी निगाहें तो पेपर में गड़ी थीं, लेकिन कान के द्वार माँ की बातों की ओर खुले थे। लेकिन मालती देवी भी बेटे से बात करते वक़्त इस बात से आश्वस्त रहती थीं कि उनके बेटे की सहमति उनकी बातों में ही होगी, भले ही वो सही हो या ग़लत। इसलिए बात को आगे बढ़ाते हुए कहने लगीं, "बबुआ, मगर हम जानत नहीं हैं का कि सब बढ़ती उमर का असर है। जैसे-जैसे उमर बढ़ेगी, ई जोड़ों का दर्द, शीत-ज़ुकाम-ज्वर सब अपने संगी-दोस्त बनते जाएँगे। नहीं तो, तुम तो जानते हो हम को, हम कहाँ थक के बैठने वालों में से हैं।"

विधान ने सोचा, माँ बात तो सही कह रही थी। उनको उसने बचपन से एक टाँग पर दौड़ते देखा है। उसे याद है, जब वह छोटा था तो हमेशा बिस्तर पर लेटे-लेटे अपनी माँ को सुबह-सवेरे अपने घर में बने मंदिर से निकलकर घर के बीचो-बीच स्थापित तुलसी जी की परिक्रमा करते

देखा करता था। फिर वो गंगाजल से हरि-ॐ कहते हुए पूरे घर को शुद्ध करती थी। उसके बाद रसोई से चाय की प्यालियाँ ले, कमरे में छम-छम करती हुई दाख़िल होती थी। पापा जब तक देश-दुनिया की ख़बर सुनाते, वो सुड़कते हुए चाय ख़त्म कर लेती और फिर उसे उठाने में जुट जाती। वो भी पहले तो नींद में होने का नाटक करता, लेकिन फिर किसी तरह उठकर गिरते-पड़ते ब्रश करने वाश-बेसिन की ओर बढ़ता तो पीछे-पीछे माँ की हिदायतें चलती रहतीं, "देखो बबुआ, बिना नहाए तुलसा जी को मत छू देना। अरे-अरे... ब्रश लेकर मंदिर की ओर कहाँ जा रहे हो।"

वह इन बातों से बहुत खीजता और मंदिर में बैठे भोलेनाथ से मन ही मन बहस करता कि सुबह-सुबह नहा-धोकर तुमने कोई तीर नहीं मार लिया। मेरी माँ न होती तो देखता तुम कैसे 'टीका-चंदन, जय रघुनंदन' बनकर बैठते... हुँह।

उसे याद आता गया... माँ उसे नहला-धुलाकर मंदिर में माथा टिकातीं और उसकी उन्नति और उज्जवल भविष्य के लिए जाने कौन-कौन से मंतर-टोना पढ़ डालती। फिर प्रसाद मुँह में डाल, नाश्ता करातीं। इतना सब कुछ होने तक पापा की दूसरे कप की चाय ही चल रही होती। फिर वह एक घंटे उनसे पढ़ने के बाद स्कूल चला जाता। शाम को घर लौटता तो माँ या तो कुछ सिलते-काढ़ते मिल जाती, नहीं तो मंगलवार-शनिवार नियम से हनुमान जी का सुंदरकांड पढ़ते। पाठ करते वक़्त, जब वो दिन भर की बातें बताना चाहता, तब माँ का उसे चुप कराना, हमेशा नागवार गुज़रता। वो सोचता, माँ पूजा न कर रही होती तो मेरी बात सुनती। लेकिन उसके हाथ पर बूंदी का प्रसाद आते ही सारा ग़ुस्सा फुर्र हो जाता, क्योंकि उसकी माँ से बेहतर बूँदी कोई नहीं बना सकता था। वो, एक बार सुबह बिस्तर छोड़ती तो घर-बाहर के काम में दौड़ते-धूपते उनके क़दम, रात को उसके बिस्तर के सिरहाने जाकर ही रुकते थे। तेल की कटोरी लिए खड़ी हो जाती कि पढ़ते-पढ़ते सर दुख गया होगा, लाओ सर दबा दें।

वो माँ के हाथ की चंपी महसूस करने लगा। उसकी आँखों के आगे

माँ का मुस्कुराता चेहरा तैर गया और वो वर्तमान में लौट आया, बोला, "हाँ, तुम्हारी बात तो सही है माँ, लेकिन तुम अपना ख़याल रखो।" ये कहते-कहते विधान कि निगाह टिक-टिक करती घड़ी की ओर गई। घड़ी में 8:30 बज चुके थे और उसे भी थोड़ी देर में ऑफ़िस के लिए निकलना था। बाहर बित्ते भर की बालकनी में क़रीने से सजाए गए नन्हे तुलसी और मनी-प्लांट के पौधों पर हल्की धूप चढ़ आई थी और अब वो बालकनी के कोने में सजे छोटे से मंदिर पर चढ़ने की ढिठाई कर रही थी। कहा जाता है कि पूजा का स्थान घर के ईशान कोण में होना चाहिए, मगर उन्होंने अपने स्टूडियो अपार्टमेंट में ये एडजस्टमेंट कर डाला था कि भगवान को घर में जगह न देकर, बालकनी में बैठा दिया था, जिससे दुनियादारी के बाक़ी कामों में कोई ख़लल न पड़े। फिर वो चाहे मीषा के संग गुज़रने वाले अंतरंग लम्हे हों या वीकेंड्स पर सभी दोस्तों के संग खिलाने-पिलाने वाली फ़ुल-नाइट पार्टी। वो जानता था कि आजकल इस तरह के शोशेबाज़ी को ही मॉडर्निटी और रुतबे का पर्याय माना जाता है, लेकिन कब वो भी इस दौड़ का एक हिस्सा बन गया, वो जान ही न सका।

पर मम्मी के सवाल अभी कहाँ ख़त्म होने वाले थे, अगला सवाल दाग बैठी, "सुनो बबुआ, चाय-वाय पिए? हमारी मानो तो ज़्यादा चाय न पीया करो, उसके बदले तुम दोनों जने चौचक दूध पी लिया करो। शरीर भी चुस्त और दिमाग़ भी दुरुस्त।"

वो समझ चुका था कि आज तो माँ उससे फ़ुर्सत से बतियाने के मूड में है, तब उसने बात ख़त्म करने के लिए ब्रह्मास्त्र वाला सवाल पूछ लिया, जिसके बाद माँ अक्सर फ़ोन रख देती थी, "माँ, आज पूजा-पाठ हो गया क्या तुम्हारा? बड़ी फ़ुर्सत में अपने बबुआ से बतिया रही हो।" माँ की चुटकी लेते हुए उसने धीरे-से आँख मारी और ज़ोर से हँसने लगा।

मम्मी भी ठुनक पड़ी, "क्या बबुआ... तुमसे बतियाने के लिए भोलेनाथ से परमिसन लेना होगा क्या? ऊ तो हम यह पूछने के लिए फ़ोन

किए थे कि होली पर बबुनी को घर लेकर आ रहे हो कि नहीं? कितना मन है हम लोगन का कि ई त्योहार पर तुम लोग हम बूढ़ा-बूढ़ी के साथ रहो। घर-आँगन में तुम लोगन की खिलखिलाहट से रंगभरी एकादसी हो जाए।"

विधान को लगा कि माँ फिर उसी पुराने ट्रैक पर जा रही है, इसलिए उसने उन्हें याद दिलाते हुए कहा, "अभी दीवाली पर ही तो हम दोनों घर आए थे और अब इतनी जल्दी-जल्दी छुट्टी तो नहीं मिल सकती माँ। यहाँ प्राइवेट नौकरी में कितनी मुश्किल होती है। एक दिन से दो दिन की छुट्टी ली नहीं कि नौकरी से छुट्टी।" इसपर माँ का मन थोड़ा गिर गया। विधान उनके मन की स्थिति भाँप गया और उन्हें समझाते हुए बोला, "देखो माँ तुम परेशान न हो, हम पूरी कोशिश करेंगे छुट्टी लेने की, लेकिन काम बहुत है और काम नहीं करेंगे तो तुम दोनों को चार-धाम की यात्रा कैसे कराएँगे?"

यह बात विधान ने कह तो दी, लेकिन हक़ीक़त यह थी कि इतने बड़े से शहर के छोटे से फ़्लैट में रहते-रहते उसका मन भी छोटा होने लगा था। मन के दो-तिहाई हिस्से में अब लहू के बदले स्वार्थ बहने लगा था। हाई-इंट्रेस्ट ईएमआई और ऊल-जुलूल ख़र्चों के बाद, उनका बैंक अकाउंट साँय-साँय करने लगता था। उसपर, उनकी अपनी ख़ुशियाँ, उसके माँ-बाप के सपनों पर हमेशा वैसे ही भारी पड़तीं जैसे जाते वक़्त मीषा इशारों में उससे छुट्टी लेने की बात समझा गई थी। उसने कल ही बताया था कि उसके बॉस के फ़ार्म-हाउस पर होली का त्योहार मनाया जाना है, जिसमें वो और विधान, दोनों इनवाइटेड हैं। होलिका की रात से होली तक, वहाँ ख़ूब धूम-धड़ाका, हँसी-ठहाका, खाने-पीने, नाच-गाने का इंतज़ाम है। यह सुनकर विधान ख़ुद भी वहाँ जाने के तैयार हो चुका था। आख़िर ऐसे बैठे-बिठाए पार्टी के मौक़े को कौन हाथ से जाने देगा? लेकिन अब वो दो जाँतों के बीच फँस चुका था। समझ नहीं पा रहा था कि क्या करे।

मालती देवी उसकी आर्थिक स्थिति को भाँपते हुए बोली, "अरे बबुआ, उसकी कौनो ज़रूरत नहीं है, हमारे लिए तो तुम्ही सब चार-धाम की यात्रा हो। एक नज़र भर को देख लेंगे, मन भर को दुलार लेंगे... चारों धाम हो आएँगे। तुम लोगन से बढ़कर हमारे लिए कौन तीरथ है बबुआ? तुम्ही लोग तो हमारे नेम-कथा, जप-तप सब हो..." ये कहते-कहते उनकी आवाज़ भारी हो गई, जैसे इष्ट को पाने की लालसा में कोई ईश्वर से मनुहार कर रहा हो और अपने आँखों से बहते झरने को रोक न पा रहा हो।

उधर डीएम, मालती देवी की आँखों में आँसू देख भावुक हो उठे। वो बोलते कम थे, समझते ज़्यादा थे। उन्होंने इशारे में मालती जी को अपनी बात याद दिलाई। फिर अपने को संयत करते हुए वो बोली, "बबुआ, हमारी तुम्हारे पापा से बात हुई है। वो इस महीने रिटायर हो जाएँगे, तो हम सोच रहे हैं कि अगर तुम दोनों नहीं आ पा रहे तो हम ही आ जाते हैं तुम दोनों से मिलने। एक-दुई रोज़ में त्योहार मना के वापस चले आएँगे। पापा कह रहे थे कि तुमसे तुम्हारा प्रोग्राम जान लें, नहीं तो हम ही सब आ जाते हैं वहाँ। बोलो कैसी रही... होई गए न... उ का कहते हैं गूगली।" कहते हुए मालती देवी और डीएम आपस में ताली ठोक बेआवाज़ हँसने लगे।

विधान अब घोर असमंजस में पड़ गया। उसकी सच में गूगली हो चुकी थी। उसे समझ नहीं आ रहा था कि वो कैसे रिएक्ट करे? "ठीक है माँ, हम जल्द ही फ़ोन करके बताते हैं।" फ़ोन रखने से पहले बस इतना ही बोल सका। न ख़ुश हो पा रहा था, न दुखी। सवालों के तिराहे पर आ खड़ा हुआ था। वो मीषा को कैसे बताए कि अब प्रोग्राम कैंसल करना पड़ेगा, वो अब पार्टी में नहीं जा सकते। कैसे समझाएगा कि उन दोनों को त्योहार पर घर जाना होगा, नहीं तो माँ-पापा होली पर यहाँ आने का प्लान कर रहे हैं। इस छोटे से फ़्लैट में सब एडजस्ट होंगे कैसे। उसकी निगाह अपने 20/24 फीट के कमरे में पसर गई। ये चालीस हज़ार रुपये की ईएमआई वाला स्टुडियो अपार्टमेंट, जिसमें एक क़दम पर वाशरूम,

तो दूसरे क़दम पर पारटिशन को फ़ील गुड करते बेडरूम और किचेन थे। इसमें कहाँ माँ-पापा सोएँगे और कहाँ वो लोग? बालकनी भी बड़ी नहीं कि वो अपना बिस्तर डालकर वहाँ सो जाएँ। आँगन, बैठका सब कुछ वो छोटी-सी बालकनी थी जहाँ से खड़े होकर ब्रैड की स्लाइस जितने बड़े आसमान के टुकड़े को निहारा करता था। उसको ईएमआई में आसमान का इतना ही टुकड़ा मिला था। उस बालकनी में खड़े होकर, उसे अक्सर अपने त्रिशंकु होने का पूरा भान होता था, क्योंकि इस बहुमंज़िला इमारत में न तो अपनी ज़मीन थी और न अपना आसमान। वो दोनों कहीं बीच में झूलते हुए, महत्वकांक्षाओं को छू लेने की भरसक कोशिश में जुटे पड़े थे। माँ के घर जैसा, चार कमरे, एक बैठकी, तीन ग़ुसलख़ाने, रसोईघर, पूजाघर, आगे आँगन, पीछे वरांडा, अपनी ज़मीन अपना आसमान जैसा कुछ नहीं था। यहाँ सब किश्तों में बँटे हौसलों की उड़ान थी।

तभी घड़ी ने नौ बजने का इशारा किया और विधान सभी विचारों पर अल्पविराम लगाकर ऑफ़िस जाने की तैयारी में लग गया। वो तैयार हो बाहर बालकनी में जैसे ही ईश्वर की प्रार्थना के लिए मंदिर की ओर मुड़ा, उसे फिर सारी बातें परेशान करने लगीं। वो ईश्वर के आगे कोई रास्ता सुझाने की अर्ज़ी लगाने लगा। लेकिन धड़कन से तेज़ भागती घड़ी की सूई उसे इत्मीनान से ध्यान भी नहीं लगाने दे रही थी। उसने जल्दी से हाथ जोड़ते हुए भगवान को बालकनी में छोड़ा और एक गिलास दूध पिया (शायद माँ की सुबह वाली बात याद हो आई थी) और गाड़ी की चाभी उठा लिफ़्ट की ओर दौड़ पड़ा। उसके मन की अशांति रास्ते के चिल्ल-पों पर भारी पड़ रही थी। ऑफ़िस पहुँचते ही व्हाट्सऐप पर मीषा का वॉइसनोट मिला, 'हैलो विधु, हैव यू रीच्ड ऑफ़िस... डू यू टॉक टू यौर बॉस, आइ एम सो एक्साइटेड अबाउट द प्लान... रिप्लाइ व्हेनेवर यू गेट टाइम... लव यू... मुआह।' विधान कुछ भी रिप्लाइ न दे सका। वो जानता था कि अगर मीषा को अभी बताया तो फ़ोन पर ही हँगामा खड़ा कर देगी। उसका किसी काम में मन नहीं लग रहा था। मन की बेचैनी

को ढीला छोड़ने के लिए टाइ भी ढीली की, दो ग्लास पानी भी पीया, लेकिन कोई फ़ायदा नहीं हुआ। वो कहीं गई ही नहीं। सुबह से शाम हो आई, लेकिन वो अभी भी उसके हल्क़ में ही अटकी हुई है। लौटते वक़्त उसने सुबह के लिए पैक्ड सैंडविच और रात का खाना बाहर से ही पैक कराकर रख लिया, जिससे कि घर चलने की बात पर जब महाभारत हो तो उसे भूखा न सोना पड़े। घर पहुँचते ही मीषा ने विधान का लैपटाप बैग काँधे से उतारा और प्यार जताने लगी।

हाथ में पार्सल देख मीषा ख़ुश होकर इतराते हुए बोली, "खाना क्यों पैक करा लाए, मैं आज तुम्हारे लिए कुछ स्पेशल बनाती।"

"बड़ी भूख लगी थी, मुझे लगा तुम्हें टाइम लगेगा, इसलिए लेता आया और वैसे भी रोज़ खाना बनाते-बनाते तुम्हें भी तो ब्रेक चाहिए होता है।" कहते हुए विधान वाशरूम में चला गया।

खाना खाते हुए मीषा, विधान को पढ़ने की कोशिश कर रही थी। उसके मूड को भाँप रही थी। सोच रही थी कि छुट्टी के बारे में पूछे या न पूछे। फिर सोचा बताना होगा तो विधान ख़ुद ही बताएगा, अभी जल्दी भी क्या है?

वो सब कुछ वाइंडअप कर बिस्तर पर आ गई। विधान के पास लेटते हुए उसने उससे परेशानी का सबब पूछा, मगर मीषा का उसके सीने पर मख़मली हाथों का स्पर्श उसे हमेशा रोमांचित कर दिया करता। उसने मीषा को अपनी बाँहों में कस के जकड़ लिया। फिर वो दोनों रात भर एक-दूसरे में गुम होते रहे।

सुबह चाय रखते हुए विधान के लैपटाप पर आईआरसीटीसी का विंडो खुला देखकर, मीषा को गड़बड़ी का अंदाज़ा लगने लगा। वो समझ गई कि इस त्योहार पर भी माँ ने उसे घर बुला लिया होगा। जब से शादी हुई थी तब से वो हर छुट्टी, हर त्योहार मम्मी और पापा के साथ ही मना रहे थे। उनका कोई सोशल सर्कल ही नहीं बन पा रहा था। यहाँ तक कि अब उसके ऑफ़िस वाले भी इस बार पूछ बैठे थे कि मीषा मैम इस बार

तो यहाँ रहेंगी या फिर अपने ससुराल जा रही हैं? अब वो इन बातों से तंग आ चुकी थी।

फिर भी अपने को शांत करते हुए विधान से पूछ बैठी, "कल मम्मी जी क्या कह रही थीं? क्यों फ़ोन किया था, मैं तो बात कर नहीं पाई थी।"

"वो होली पर यहाँ आने की बात कह रहे थे।" विधान ने दो-टुक में जवाब दिया।

"वॉट? ये कैसे हो सकता है? क्या मैं जान सकती हूँ, हम उनको रखेंगे कहाँ?" मीषा ने ऐसे कहा जैसे वो कोई कबाड़ी का सामान हों।

"तो फिर घर चलना होगा होली पर, माँ ने बुलाया है।"

"मम्मी जी कब नहीं बुलातीं? उनका बस चले तो वो नोएडा ही बनारस में बसा दें। मगर मेरे ऑफ़िस वाली पार्टी का क्या? क्यों हम हर त्योहार वहीं जाकर मनाएँ? अपना भी कोई मन है या नहीं? वहाँ जाने पर तो मेरे हाथ-पाँव काँपने लगते हैं। हर समय टोक-टाक, इसके पैर छूओ, उसको नमस्ते करो, पल्लू सर पर रखो, ज़ोर से मत हँसो पड़ोसी सुन लेंगे, जल्दी सोओ, जल्दी उठो, तुम रसोई में मत जाओ... सब फैला दोगी, अपना कमरा तो सहेज लिया करो, ज़्यादा घूमो मत... वहाँ तो घूमते ही हो, गोदी में छुटका विधान तो दे नहीं रही... जाने कौन-सा ठप्पा लगाए हो तो तनिक तुमही हमारा मन आन-मान करो...।" सारी शिकायतें वो ऐसे एक साँस में कह गई, जैसे रोज़ रटती हो। विधान सुन के आश्चर्य में रह गया।

मीषा तभी उठ खड़ी हुई, "ओह! अच्छा, तभी तुमने कल मेरे मैसेज का रिप्लाइ नहीं किया था और रात में पार्सल...। मैं ही तुम्हारी बातों में आती गई, मैं डफ़र जो ठहरी।" वो अपने को ठगा हुआ महसूस करने लगी और रुआँसी हो उठी।

विधान को भी बुरा लगने लगा। वो मीषा को समझाने लगा, बोला, "वो बात नहीं है, मगर तुम ही बताओ मैं माँ को क्या जवाब दूँ? यहाँ भी तो नहीं बुला सकते उन लोगों को। मैं ख़ुद फेर में हूँ कि उनको कहाँ

एडजस्ट करेंगे। वो भगवान तो हैं नहीं कि उन्हें बालकनी में भी रख दो तो कुछ बोलेंगे नहीं। माँ तो उन्हें बालकनी में देखते ही बिफर पड़ेंगी। कहेंगी कि यही सिखाया था तुझे कि ईश्वर को बाहर निकाल खड़ा कर दे। कुछ शर्म-हया तुम लोगों में बची है या नहीं। मैं उन्हें नहीं समझा पाऊँगा, वो ही तो बचपन में समझाती थीं कि ईश्वर तो सर्वव्यापी, सार्वभौमिक, सार्वकालिक है। उनका तो कण-कण में वास है, वो सृष्टि के हर रोम-रोम मे, ज़र्रे-ज़र्रे मे, पत्ते-पत्ते मे, हर छोटे बड़े जीव में निवास करते हैं, तो उन्हें कहीं भी रखो, क्या फ़र्क़ पड़ता है? मैं ख़ुद पसोपेश में हूँ कि उन्हें क्या जवाब दूँ। इसलिए कह रहा था कि होली उन लोगों के साथ ही मना लेते हैं... बोलो तुम क्या कहती हो? तुम जो कहोगी वही होगा। मैं तुम्हें उदास होते नहीं देख सकता।"

मीषा, विधान के उतरते-चढ़ते भावों को पढ़ने में लगी थी। वो कुछ नहीं बोली और ऑफ़िस जाने के लिए तैयार होने लगी। विधान भी अनेकों सवालों में उलझा अपनी माँ और मीषा से अपने संबंधों की गहराई को मापने लगा, मगर निरुत्तर ही रहा।

देखते-देखते बाक़ी बचे दिन भी निकल गए। होलिका का दिन भी आ गया। मालती देवी का मन दुख से जल-जल हुआ जा रहा था। मन की उदासी उनकी आँखों के कोरों से बह रही थी जो डीएम की निगाहों से न बच सकी। उन्होंने नाराज़ लहजे में पूछा, "क्या हुआ, क्या कहा तुम्हारे बबुआ-बबुनी ने? आएँगे कि नहीं?" मालती जी ने विधान का भेजा हुआ मैसेज दिखा दिया, जिसमें लिखा हुआ था कि उसको ऑफ़िस के बेहद ज़रूरी काम से बाहर जाना पड़ रहा है, इसलिए वो दोनों घर नहीं आ पाएँगे। डीएम ने तमतमाते हुए दोनों को फ़ोन लगाया, मगर सभी फ़ोन स्विचऑफ़ मिले। ऊपरवाले को बालकनी में छोड़ और घर के भगवान को बनारस छोड़, उनकी गाड़ी तेज़ रफ़्तार से शाम के धुँधलके में फ़ार्महाउस की ओर बढ़ती चली जा रही थी।

स्याह, सफ़ेद, रंगीन

बिस्तर पर लेटते ही मेधा जब अनिकेत के क़रीब आने को बढ़ी तो वह बोला, "सो जाओ मेधा! अभी बहुत नींद आ रही है।" अनिकेत को इस तरह के बहाने बनाते 4-5 दिन हो गए थे। अनिकेत इन दिनों थोड़ा उदास चल रहा था। चाहकर भी उसका मन अपने दो कमरे के अपार्टमेंट में लग नहीं रहा था। आज उसी वजह से अपने ऑफ़िस भी नहीं गया। पूरा दिन निकलने के बाद, अपने मन को मनाते हुए अनिकेत शाम को एक पेंटिंग बनाने लगा। थोड़ा ही वक़्त हुआ था कि मेधा अपने ऑफ़िस से वापस आ गई और उसने उसकी पेंटिंग की तरफ़ थोड़ा ध्यान से देखा और तुनकते हुए पूछा, "यार! तुम क्या सीखकर आए हो? तुम्हारी पेंटिंग तो अभी-भी ग्रे शेड वाली उदासी ही लिए हुए है? गए तो थे बड़े इतराकर कि वर्कशॉप में जाने क्या-क्या सीख आओगे, मगर दिख तो कुछ रहा नहीं है? हमारी छुट्टियाँ भी बर्बाद कर दीं सो अलग।"

अनिकेत आख़िर मेधा को क्या बताता कि उन दस दिन के जीवन में ही तो सारे रंग थे, उजाले थे, साँसें थीं। उसने जैसा वहाँ महसूस किया, जैसा ख़ुद को पाया, जैसे ख़ुद को खोया, उस तरह या वैसे, मेधा के साथ रहते हुए न कभी लगा, न महसूस हुआ। वह अब तक खोया हुआ था। अभी जैसा निस्तेज निष्प्राण-सा जीवन, जैसे वह पहले जिए जा रहा था, वैसे ही शायद आगे भी जीता रहेगा, क्योंकि वहाँ उसने जो पल जिया, वो

तो वहीं रह गया, बिना यह सोचे समझे कि आगे क्या होगा। लेकिन उसने ऐसा कुछ भी कहा नहीं और चुपचाप घर से बाहर निकल गया। मेधा को कुछ समझ नहीं आया कि आख़िर वहाँ से लौटने के बाद अनिकेत को हुआ क्या है और उसके दिलो-दिमाग़ में चल क्या रहा है ?

गाड़ी चलाते हुए अनिकेत बीते दस दिनों के बारे में सोचकर मुस्कुराने लगा। कितने सुकून भरे थे वे दिन और कैसा था कि वह पहले दिन ही मुक्तेश्वर देर से पहुँचा था। कैसा होता है न ! हम अचानक मिलने वाली ख़ुशी से अनजान होते हैं और जब मिलती है तो उसे पहचान नहीं पाते। जिसे पहचान लेते हैं, वो ख़ुशी ज़्यादा देर साथ थोड़े रह पाती है, एक पल में हासिल और दूसरे ही पल फ़ुर्र !

बस ! ऐसा ही कुछ हुआ था अनिकेत के साथ।

एक महीने पहले की बात है। अनिकेत अपने इंस्टाग्राम पेज को स्क्रॉल कर रहा था कि उसे एक पोस्ट दिखाई दिया, जिसमें लिखा हुआ था— क्या आपके कलर पैलेट में हज़ारों रंग हैं, लेकिन आपका कैनवास फिर भी ख़ाली रह जाता है ? क्या आप सिर्फ़ अपनी उदासी को ही शक्ल दे पाते हैं, बाक़ी रंग आपकी लाइफ़ से ग़ायब हैं ? अगर ऐसा है तो Enroll Now !

उसे पढ़ते हुए अनिकेत को ऐसा लगा, जैसे कोई उससे ही यह सब सवाल कर रहा है। उसने enroll वाले बटन पर क्लिक कर दिया। उसमें कोई 'Color your World' नाम का वर्कशॉप हो रहा था, जिसे श्वेतांक नाम का बंदा मुक्तेश्वर में करा रहा था। दिल्ली से मुक्तेश्वर यूँ तो कोई बहुत दूर नहीं था, मगर साथ रह रही मेधा की हामी, उसकी दूरियाँ बढ़ा रही थी। मेधा और अनिकेत दोनों दो साल से लिवइन पार्टनर थे। दोनों वर्किंग थे और दोनों को ही इस वक़्त एक ब्रेक की सख़्त ज़रूरत थी। अब इसपर अगर वह मुक्तेश्वर जाने की बात कहेगा और वहाँ वर्कशॉप अटेंड करने की बात कहेगा तो वह तो बिफर ही उठेगी। फिर भी उसने दम साधे हुए, वो पोस्ट और सारी डिटेल मेधा की आईडी पर

फ़ॉरवर्ड कर दिए।

दोनों अपने-अपने टाइम घर पहुँचे, खाना खाया और जब सोने को हुए तो मेधा ने कहा, "तुम्हारा वर्कशॉप में जाने का दिल है तो जाओ।" अनिकेत यह बात सुनकर ख़ुश हो गया, मगर मेधा के अगले ही सवाल पर चुप। उसका सवाल था, "तुम अभी एक हफ़्ते के लिए वहाँ चले जाओगे तो हम दोनों घूमने कैसे जाएँगे? तुम्हारी छुट्टी तो ख़त्म हो जाएगी और वैसे भी इतने दिन की छुट्टी लोगे तो बॉस पैसे नहीं काट लेगा?" अनिकेत ने भी कुछ सोचा, फिर बोला, "ठीक है! रहने देता हूँ। मैंने देखा था पोस्ट तो तुम्हें यूँही भेज दिया था।" इतना कहकर अनिकेत दूसरी ओर मुँह करके सो गया।

अगली दो रोज़ वीकेंड था। मेधा ने देखा कि अनिकेत पहले से ही उठा हुआ है और चाय बना रहा है। थोड़ी देर बाद दोनों एक ही काउच पर बैठे चाय पीने लगे। मेधा भाँप चुकी थी कि अनिकेत पूरी रात नहीं सोया है। उसने अपने पैर से उसे दबाते हुए पूछा, "तुम्हारे वर्कशॉप वाले प्लान का क्या हुआ?" अनिकेत ने कहा, "कौन-सा प्लान?, अब कोई प्लान नहीं।" मेधा ने इतराते हुए कहा, "तुम एक शर्त पर जा सकते हो।"

"कैसी शर्त?"

"यही कि अगले महीने वर्कशॉप पर जाने के पहले जितने भी वीकेंड पड़ेंगे, तुम मुझे सारे वीकेंड्स पर ख़ुश करोगे विद ऑल काइंड ऑफ़ एफ़र्ट्स।" कहते हुए वह उसके साथ चुहल करने लगी।

अनिकेत ने कहा, "सच्ची!" और उसे बाँहों में भरते हुए बोला, "ओके, माई लव।"

दोनों बहुत देर तक लव मेकिंग करते रहे, फिर साथ में लंच करने बाहर गए, घूमे-फिरे। इतवार की रात, मूवी के बाद जब दोनों वापस लौटे तो एक बार को अनिकेत ने सोचा कि क्या करूँगा वर्कशॉप जाके। मेधा इतना तो प्यार करती है मुझे, फिर मैं क्यों जाना चाहता हूँ वहाँ? पेंटिंग एक शौक़ ही तो है, फिर कभी सीख लूँगा। उसने मेधा की तरफ़ देखा,

वह टीवी देख रही थी। वह उठकर उसके पास गया और उसके बालों को सहलाने लगा। टीवी म्यूट करते हुए मेधा ने कहा, "वहाँ का फ़ॉर्म भर लो, एक बार सीट भर जाएगी तो नहीं जा पाओगे।"

अनिकेत ने कहा, "रहने देता हूँ। तुम सही कह रही थी, फिर हम दोनों कब घूमने जाएँगे। जब से साथ रह रहे हैं तब से कहीं गए भी तो नहीं। मेरे सारी छुट्टियाँ तो वहीं लग जाएँगी।"

"अरे! इतना क्यों सोच रहे हो? तुम पेंटिंग तो करते ही हो और अच्छा सीखना चाहते हो तो तुम्हें जाना चाहिए। दरअसल, मैं ही जाने कैसे किसी वाइफ़ की तरह बिहेव करने लगी थी और ग़ुस्से में तुमसे कुछ ज़्यादा ही कह गई। तुम जाओ अनिकेत, हर इंसान की अपनी एक आइडेंटिटी होती है, अपना एक स्पेस होता है और उसे उसको थोड़ा एक्स्प्लोर करना ही चाहिए। हम फिर कभी चले जाएँगे।"

अनिकेत मुस्कुराने लगा और उसे प्यार करने लगा। मेधा ने उसके कानों में धीरे-से कहा, "लौट के आओ, फिर सारा कुछ वसूला जाएगा।"

ख़ैर! बताए हुए दिन अनिकेत काठगोदाम से होते हुए नैनीताल पहुँच गया। वहाँ से मुक्तेश्वर पहुँचते हुए लगभग शाम हो गई। रिसॉर्ट पहुँचने पर पता चला कि वर्कशॉप में आए बाक़ी लोग और श्वेतांक सनसेट देखने और लैंडस्केप के लिए सीनिक व्यू कलेक्ट करने गए हैं। अनिकेत फ़्रैश होकर वहीं लॉन में सबका इंतज़ार करने लगा। दिन भर की थकान से जाने कब उसकी आँख लग गई। कुछ देर बाद किसी ने उसके कंधे पर हाथ रखा तो वह उचक के उठ खड़ा हुआ। पीछे मुड़कर देखा तो श्वेतांक खड़ा था। दोनों ने मुस्कुराते हुए एक-दूसरे से हाथ मिलाया और अनिकेत ने अफ़सोस जताया कि वह जाम की वजह से समय पर नहीं पहुँच सका। श्वेतांक ने कहा, "कोई बात नहीं! कल से रीस्टार्ट कर लेना।" श्वेतांक दिखने में सीधा, सरल आदमी लग रहा था। गेंहुआ रंग, सुगठित बदन, अधखुली पलकें और पतले होठों पर हल्की-सी मुस्कान। श्वेतांक के बदन को देखकर नहीं लगता था कि वह कोई पेंटर होगा, पर अनिकेत

को उसके हाथों की छुअन मुलायम लगी।

वर्कशॉप के दो-तीन रोज़ यूँही सीखते-समझते बीत गए। अनिकेत पोर्ट्रेट तो अच्छे से बनाने लगा, पर लैंडस्केप बनाते वक़्त रंगों का संयोजन उससे ठीक से नहीं होता था। एक रोज़ श्वेतांक ने उसे भोर में ही जगाया और अपने साथ वॉक पर चलने को कहा। उस समय थोड़ा अँधेरा था और थोड़ी ठंड भी। अनिकेत को स्वेटशर्ट में सिहरन-सी महसूस हुई तो श्वेतांक ने उसे अपनी पशमीने की गुलाबी शॉल दे दी। फिर श्वेतांक ने कहना शुरू किया, "देखो अनिकेत! अभी सब कुछ कितना स्याह-सा है, या यूँ कह लो, ग्रे-सा, बिल्कुल तुम्हारे पेंसिल में बने पोर्ट्रेट जैसा। है न!"

"हम्म..." अनिकेत को अपनी पेटिंग करने की शैली पर थोड़ी शर्म-सी महसूस हुई।

मगर श्वेतांक उसपर ध्यान न देते हुए आगे कहता रहा, "मगर हमारी ज़िंदगी सिर्फ़ स्याह नहीं होती, उसमें उजाला भी होता है और तरह-तरह के रंग भी।"

अनिकेत ने हामी भरी तो उसने आगे कहना शुरू किया, "तो वह उजाला तुम ख़ुद हो अनिकेत और तुममें बिखरे सारे रंग, तुम्हारा इनर-सेल्फ़, तुम्हारे इमोशंस और तुम्हारी फ़ीलिंग्स हैं, जिन्हें तुम्हें एक्स्प्लोर करना है। तुम ख़ुद को सिर्फ़ ऊपर से कलरफ़ुल दिखाते हो, मगर भीतर से सिर्फ़ स्याह हो और वही तुम्हारी पेंटिंग्स में भी प्रतिबिंबित होता है। जब तुम ख़ुद को तलाश लोगे, तुम उन रंगों को भी पा लोगे, जो तुम्हारे आसपास होकर भी अभी दिल से बहुत ओझल हैं।"

श्वेतांक जब उसे यह सब समझा रहा था, उसी पल दूर पहाड़ी के पीछे से धीरे-धीरे सूरज अपनी लालिमा लिए बाहर झाँकने लगा था और अनिकेत की आँखों के आगे सारी प्रकृति सुंदर हो चली थी। दोनों चलते-चलते बहुत दूर निकल आए थे। लौटते हुए उन्होंने इधर-उधर की ख़ूब सारी बातें कीं। श्वेतांक के साथ उसे समय का पता ही नहीं लगा।

वर्कशॉप के दिन धीरे-धीरे कम होने लगे। वहाँ आए लोग एक-दूसरे

के साथ काफ़ी घुल-मिल चुके थे। उनका साथ में उठना-बैठना, खाना-पीना होने लगा था। वे सब रात में कभी साथ बैठकर गाने गाते तो कभी साथ में झूमने लगते। अनिकेत इन सब में शामिल होकर भी अपने भीतर पहले-सा अधूरापन ही महसूस करता। जब श्वेतांक को देख लेता या उसके साथ रहता, तो उसकी रूह थोड़ी देर के लिए शांत हो जाती, मगर फिर पहले जैसी बेचैनी घेर लेती।

एक शाम पेंटिंग करते-करते अचानक से उसे जाने क्या हुआ और वह अपनी सारी पेंटिंग्स फाड़ने लगा। आख़िरकार थककर, निढ़ाल होकर सो गया। उसने सपने में देखा कि वह श्वेतांक की शॉल को ख़ुद में लपेटे जा रहा है। उसमें से आती हुई ख़ुशबू से ख़ुद को महका हुआ पा रहा है। श्वेतांक उसे देखकर मुस्कुरा रहा है और अपनी शॉल माँग रहा है, मगर अनिकेत शॉल को उसकी ओर बढ़ा के अपनी ओर खींच ले रहा है। इसी खींचतान में श्वेतांक उसके ऊपर आ गिरा और उसकी आँखों में देख मुस्कुराने लगा। उसकी आँखों के आईने में दुनिया के सारे रंग दिख रहे थे कि तभी सपने में किसी ने दरवाज़ा खटखटाया और असल में उसकी नींद टूट गई।

बाहर शाम ढलने लगी थी, उजाला अपने सारे रंग समेटकर वापस जा रहा था। वह उठा और बिना किसी को कुछ बोले रिसॉर्ट के बाहर निकल गया। 'चौली की जाली' पहाड़ी पर जाकर वहीं घंटों बैठा रहा और बहुत देर तक ख़ुद को टटोलता रहा। उसे सपने में जैसा श्वेतांक के साथ फ़ील हुआ, वैसा तो उसे मेधा के साथ भी कभी नहीं लगा। आख़िर वो क्या ख़लिश है या ख़ालीपन है, जो उसे खाए जा रहा है? वो क्या है जिसे ढूँढ़ने वह यहाँ तक चला आया है? आख़िर क्या पाना चाहता है? उसके भीतर किस चीज़ की कमी है, जिसे पूरा करके वह ख़ुद को पूरा मिल पाएगा? उसका दिल उसे आख़िर किस रस्ते ले जाना चाहता है? क्या वह ख़ुद उस रस्ते भटकने के लिए तैयार है? क्या वह सब जो सोच रहा है, वह सही होगा सबके लिए? ऐसे ही कई सवालों से उलझते-

सुलझते, वह वहाँ से उठकर चलने को हुआ तो देखा कि पेड़ों के पीछे से श्वेतांक उसे ढूँढ़ते हुए चला आ रहा है।

अनिकेत भी उसके क़रीब जा खड़ा हुआ। श्वेतांक अभी कुछ पूछता कि तभी अनिकेत ने उसे बाँहों में भर लिया और ज़ोर से चूम लिया। श्वेतांक कुछ पल सुन्न-सा खड़ा उसे देखता रहा, फिर आँखों में आँसू लिए उसने भी अनिकेत को बाँहों में घेर लिया। दोनों एक-दूसरे से ऐसे घिरे कि समाज की बनाई सारी बेड़ियाँ टूट गईं। दोनों के दोनों, दुनिया से अनजान बहुत देर एक-दूसरे को प्यार करते रहे। अब अनिकेत के भीतर से भी श्वेतांक जैसी ख़ुशबू आने लगी थी। वह श्वेतांक के प्यार के रंग से सराबोर था। शाम से रात हो चुकी थी। आकाश में सितारे झिलमिलाने लगे थे। बाहर अँधेरा था, मगर अनिकेत की ज़िंदगी उजालों से भर गई थी। उसने ख़ुद को पहचान लिया था। वह पहाड़ी के छोर पर खड़े होकर बहुत देर तक चिल्लाता रहा, श्वेतांक के साथ नाचता रहा।

उसकी यह ख़ुशी, इंसानी भावनाओं की उलझन और ख़ुद को पाने की जद्दोजहद को दिखा रही थी। वह समझ गया था कि उसका ख़ुद को पाना, ख़ुद को as it is स्वीकारना ही, उसकी ज़िंदगी को हसीन और रंगीन बना सकता था। अनिकेत समझ गया था कि उसका इस वर्कशॉप में आना बेवजह नहीं था। शायद श्वेतांक से मिलना ही इस सफ़र और इस वर्कशॉप का हासिल था। जब तक वह श्वेतांक से मिला नहीं, वह ख़ुद को कहाँ जान पाया था! मेधा के साथ दो साल से लिवइन में रहते हुए भी उसे ऐसा सुकून कभी नहीं मिला। वह मेधा के साथ ख़ुश तो था, मगर अपने दिल को हमेशा कहीं खोया हुआ ही पाया। सब कुछ होकर भी एक ख़ालीपन था उसके भीतर। शायद इसलिए भी वह मेधा के साथ कभी आगे बढ़ने की बात नहीं सोच पाया। ऐसा नहीं था कि वह मेधा को चाहता नहीं था, पर क्या वह उससे प्यार भी करता था? यह सवाल हमेशा उसके दिलो-दिमाग़ को खाता रहता था।

अगली रोज़ अनिकेत ने एक बहुत ख़ूबसूरत-सी पेंटिंग बनाई, जिसमें

एक इंसान को सूरज की तरह दमकते हुए और उसके भीतर से एक पंछी, जिसके पंख सतरंगी हैं, को उड़ता हुआ दिखाया गया था। उसकी पेंटिंग के रंग इतने सुकून भरे थे कि हर कोई उसकी तारीफ़ किए जा रहा था। वर्कशॉप के सात दिन पूरे हो चुके थे। वहाँ आए हुए सभी कलाकार अपने घरों को लौट चुके थे। अब रिसॉर्ट में सिर्फ़ श्वेतांक और अनिकेत ही बचे थे। अनिकेत अपना सामान पैक तो कर रहा था पर उसका अभी जाने का मन नहीं था। तभी श्वेतांक उसके सामने बिस्तर पर आ बैठा और उसे देखने लगा। उसकी आँखों में कुछ शरारत नज़र आ रही थी। अनिकेत भी धीरे से मुस्कुराया और सब कुछ वैसे का वैसा छोड़कर उसके साथ हो लिया। उसके साथ रहते हुए अनिकेत पता नहीं किस दुनिया में चला जाता था। ऐसी दुनिया, जहाँ सभी रंगों को चाहा जाता था। सब रंग अपने-अपने अस्तित्व में रहते हुए, किसी के साथ भी अपने मन-मुताबिक़ संयोजन कर सकते थे।

***

अब आज का दिन—

अनिकेत उन्हीं ख़ूबसूरत पलों में डूबा हुआ था। वहाँ से लौटने के बाद अनिकेत में धीरे-धीरे फिर वही ख़ालीपन, वही स्याह रंग दोबारा जगह लेने लगा था। श्वेतांक उसके तन-मन में समा चुका था। वह श्वेतांक के बारे में सोच ही रहा था कि उसका फ़ोन आने लगा। उसकी कॉल को रिसीव करने में हाथ अस्थिर हो गया और वह एक डिवाइडर से जा टकराया। उसका एक्सीडेंट हो गया। वहाँ जुटे लोगों ने उसे हॉस्पिटल में एडमिट कराया। अट्ठारह घंटे बाद वह होश में आया, तो श्वेतांक और मेधा उसके सामने खड़े थे। मेधा के हाथ में अनिकेत का फ़ोन था। मुक्तेश्वर से लौटने के बाद अनिकेत की पेंटिंग स्याह क्यों थी, वह जान चुकी थी। उसने अनिकेत का फ़ोन और वॉलेट साइड टेबल पर रखा और उसका माथा सहलाकर बाहर चली गई।

पाखी होम-स्टे, मसूरी

प्यार की नमी

उसे दुनिया की हर बात मालूम होती थी और उसने हर बात अपने जीवन के अनुभवों से सीखा था। उसे लोगों से बातें करने में महारथ हासिल थी, उसे हर एक 'क्यों' को जानने की बुरी आदत थी और हर अनकहे को आँखों से चुरा लेने की, न छूटने वाली लत भी। शायद यही अनुभव उसके काम आते जब उसके सामने कोई भी सवाल आता। बस यह समझिए कि वह चलती-फिरती गूगल थी और बोलने में एलेक्सा की दादी।

एक बार अमु के हाफ़-इयरली एग्ज़ाम आने को थे। उस वक़्त अमु को जी.के. (सामान्य ज्ञान) पढ़ाते हुए उदय ने अंग्रेज़ी में ही पूछा कि भाँग पौधे के किस भाग से बनता है? अभी वह कोई ऑप्शन अमु के आगे रखता, उसके पहले ही पाखी बोल उठी, "अरे! ये कौन-सा सवाल हुआ भला... पत्ती को सुखाकर, उसका चूरा बनाकर भाँग बनता है। बहुत-से लोग तो सीधे-सीधे पत्तियाँ मसल के चबा लेते हैं। मस्त नशा चढ़ता है।" कहते हुए वह खिलखिला पड़ी। अमु और उदय उसकी तरफ़ अचरज से देखने लगे। उदय ने ग़ुस्सा घोंटते हुए उससे पूछा, "तुम्हें यह कैसे पता?" वह उनके अनकहे को आँखों से पहले ही पढ़ चुकी थी। फिर भी बिना डरे, नाराज़गी को नज़रअंदाज़ करते हुए बोली, "इतना

कौन नहीं जानता उदय सा, सब जानते हैं।"

बादलों के देस से आई पाखी को देस-दुनिया की सारी खोज-ख़बर रहती। पेड़-पौधे, पीपल-कीकर, जानवर-तीतर, सब उसके सगे-संबंधियों जैसे थे। उदय ने अमु से जैसे ही दूसरा सवाल किया कि बताओ इनमें से किसमें फूल नहीं आता? और उत्तर के विकल्पों में जैसे ही पहला विकल्प पढ़ा... 'फ़र्न एंड मोसेस', वह फिर न रुक पाई, "बस, बस उदय सा, यही है उत्तर।" अमु फिर मुस्कुराने लगा और उदय कुछ पूछता, उसके पहले ही वह बोल पड़ी, "मुझे पता है, यह बारिश से भीगे पेड़ों के छालों की नमी में, भीगी-गीली मिट्टी की नमी वाली जगहों पर अपने आप पनप उठते हैं और खिलते-बढ़ते जाते हैं। मेरी ईजा कहती हैं कि यह बहुत प्यारे होते हैं। जहाँ पर प्यार की नमी मिलती है, वहीं खिल उठते हैं, वहीं रहने और जीने लगते हैं।" कहते हुए वह उदय को देखकर मुस्कुरा दी और फिर अपने को संयत करते हुए बोली, "और हाँ, डाँट की धूप से मुरझा जाते हैं, या ख़त्म भी हो जाते हैं।" ऐसा लगा, मानो पाखी ने आँखों ही आँखों में अपने उदय सा से प्यार और शिकायत दोनों कर दिया हों। उदय ने उसके बाद किताब रख दी और अमु को सो जाने को कहा। पाखी की हाज़िर-जवाबी देखकर अमु मुस्कुराया, बोला, "थैंक यू पाखू, यू आर द बेस्ट।" अमु, पाखी को पाखू ही बुलाता था, जबकि पाखी, अमु से दुगुने से भी ज़्यादा उम्र की थी। पाखी भी अमु के मुँह से पाखू सुनते ही उसे सीने से लगा लेती। जैसे कोई माँ अपने बच्चे को दुलारती है, ठीक वैसे ही, वह उसे दुलारने लगती। उदय की आँखों में सुकून तैर जाता और वह किताब को साइड वाली टेबल पर रखते हुए धीमे-से बोलता, "अच्छा, चलो! अब सो जाओ, बहुत रात हो गई है। आगे के क्वेश्चन कल पूछूँगा।" अमु यह सब सुनने के पहले ही सो चुका होता। उसे पाखू ने अपने प्यार की नमी में सींच जो रखा था।

***

सपनों की पाखी

पाखी को रातें बहुत प्यारी लगती हैं। उसकी आँखों में कई सुनहरे सपने पलते हैं। जोधपुर आने के बाद से उसकी नींदों में बेचैनियाँ अधिक थीं। उसे अपने होम-स्टे की याद आती। वह अक्सर ही नींद में कुछ बड़बड़ाने लगती। एक मासूम मगर ज़रा खुरदुरी हथेली, उसके माथे को सहलाती और वो सपनों में डूब जाती। अमु की बात न होती तो वह अपना होम-स्टे छोड़कर कभी नहीं आती, लेकिन वह छोटी-सी जान, अपनी पाखू से ऐसा दिल लगा बैठा कि पाखी के बिना, उसका जीना मुहाल-सा हो गया था। फ़ोन पर तो अमु अक्सर ही पाखी से बात कर लेता था, लेकिन फ़ोन रखते ही उदास हो जाता। अपने पापा से उसको अपने घर बुलाने की ज़िद करता।

एक रोज़ पाखी को बुलाने की ज़िद इतनी ज़िद्दी हो गई कि इसने बुख़ार की शक्ल इख़्तियार कर ली। किसी भी सूरत बीमारी जाने का नाम ही नहीं ले रही थी। फिर एक रोज़ उदय को पाखी से घर आने की बात करनी ही पड़ी। उसने रिक्वेस्ट किया, "अमु की तबियत ठीक नहीं हो रही। वो हर पल तुम्हें याद करता रहता है। अगर हो सके तो अमु के ठीक हो जाने भर के लिए प्लीज़ आ जाओ।" उस वक़्त पाखी का भी जी कहाँ लग रहा था, अमु की बीमारी की ख़बर सुन के कितनी बेचैन हो गई थी। ईजा के रोकने पर भी और 'वह दुनिया वालों को क्या जवाब देंगी ? जवान लड़की कैसे किसी दूसरे के घर ऐसे रहने जा सकती है ? उसके होम-स्टे को कौन देखेगा ? घर-ख़र्च कैसे चलेगा ?' जैसे कई सवालों का कोई जवाब न देते हुए, वह उदय के घर चली आई थी। पाखी को अपने घर आया देख, अमु ऐसे खिल उठा था, मानो पतझड़ के मौसम में उसके घर बसंत चला आया हो। एक दो रोज़ में ही उसका मुरझाया चेहरा खिलने लगा। गालों में हँसी और आँखों में चमक लौटने लगी। रोज़ रात पाखी की गोद में सर रख के कहानियाँ सुनता और बोलते-बोलते सो जाता। उसकी कानी उँगली हमेशा पाखी की कानी उँगली में फँसी मिलती।

पाखी उसे सुलाकर, बिस्तर के पास वाली चौकी पर लेट जाती। जब कमरे की लाइट बुझ जाती, उसकी आँखों में हज़ार सपने जग उठते। वह कभी अमु के साथ ख़ुद को खेलते हुए देखती, तो कभी देखती कि उदय उसके कंधे पर झूलते बालों को हटाकर उसे हल्के-से चूम रहा है। वह यह देख दिल ही दिल में लाज से दुहरी हो जाती, नींद में ही मुस्कुराती और कोई जादू-सा होने लगता। उसके भीतर सब कुछ सँवरने-सा लगता। दिल हल्के-हल्के पिघलने लगता और सीने पर दो कलियाँ खिल उठतीं, मादकता से भरी, अलसाई हुई कलियाँ, वह उन्हें नींद में भी ढाँपने की कोशिश करती, मगर नाकाम रहती। वह नींद में ही चादर तलाशती है। उसे महसूस होता है, किन्हीं हाथों ने उसपर चादर डाल दी है। लेकिन वे हाथ, उसको अपने नहीं लगते, क्योंकि वो ख़ुद पर ज़रा खुरदुरा-सा दबाव महसूस कर रही है। खुरदुरा होते हुए भी, भारी होते हुए भी, मुलायम-सा दबाव है। उसकी कलियाँ चटकने को बेताब हुई जा रहीं हैं। मज़बूत बाँहों के अलावा अब उसके बदन पे कपड़े तक का दबाव नहीं है, फिर भी वह बेचैन है। कलियों से रस बहने लगा है। वह बेकल है, चित्त पड़ी है और कोई भँवरा उन कलियों को चूम रहा है। कलियाँ चटक गई हैं। वह उनके रस को धीमे-धीमे इकट्ठा कर रहा है। वह कुछ कह पाती, उसके पहले ही भँवरे ने उसके होठों पर चुंबन रख दिया और उसे पूरी तरह अपनी आग़ोश में ले लिया। बदन की हलचल बढ़ने लगी थी, साँसों की रवानगी भी बढ़ने लगी थी, धड़कनें आह में डूबा हुआ गीत गा रही थीं, आँखें मन ही मन मुस्कुरा रही थीं, इक प्यार की नदी जो बह निकली थी उनके बीच। इस सबके बीच अमु थोड़ा कुनमुना के फिर सो गया और पाखी अपने सपनों में ज़रा और खो गई। इतना ख़ूबसूरत ख़्वाब उसने पहले कभी नहीं देखा था। सुबह उदय को चाय बनाता देख, रात के सपने को सोच मन ही मन मुस्कुरा उठी।

***

चार दुकान और बन मस्का

इतनी ख़ूबसूरत रातों की बातों का सिलसिला उस दिन शुरू हुआ, जब एक रोज़ मसूरी की आपाधापी से दूर उदय और अमु शाम का किनारा पकड़े मसूरी के मॉल रोड से घूमते हुए लैंडोर निकल आए थे। उदय के हाथ में कोई किताब थी, जिसको पढ़ते हुए वह कुछ तलाश रहा था और नन्हा-सा, दस साल का अमु आश्चर्य-भरी निगाहों से यह समझने की कोशिश कर रहा था कि आख़िर उसके पापा ढूँढ़ क्या रहे हैं? तभी अमु के चेहरे पर एक छोटी-सी हँसी खिल उठी। एक बड़ी-सी लड़की को एक सफ़ेद रंग का छोटा-सा पपी बेतरह दौड़ाए पड़ा था और वह बरबस उसकी चेन पकड़े उसके पीछे-पीछे भागे जा रही थी। मगर वह उसका डरना कम, खेलना ज़्यादा लग रहा था। दोनों दौड़ते-दौड़ते एक जगह जाकर रुक गए और लड़की बोली, "अंकल, इसे जल्दी से बन-मस्का दे दो नहीं तो ये मेरी जान नहीं छोड़ेगा।" उसकी आवाज़ सुनकर उदय की निगाह चार-दुकान की तरफ़ चली गई और नज़रों में एक तसल्ली तैर गई। अमु भी अब समझ गया कि उसके पापा, शायद मैप में इसी जगह को खोज रहे थे और फिर दोनों चार-दुकान की तरफ़ बढ़ गए।

अमु को देखते ही पपी, अमु के चारों तरफ़ पूँछ घुमा-घुमाकर चक्कर लगाने लगा और नन्हा-सा अमु डरकर उदय के पीछे दुबकने लगा।

"अरे छोटू! डरो मत, यह बस तुमसे खेल रहा है। इसे छोटे बच्चे बहुत पसंद हैं।" पपी की ज़ंजीर अपनी तरफ़ खींचते हुए पाखी ने कहा।

अमु अपने पापा के पीछे दुबके-दुबके बोला, "मैं छोटू नहीं, अमु हूँ।"

"अरे वाह! और मैं पाखी। लेट्स हाई-फ़ाइव।" कहते हुए पाखी ने अमु की तरफ़ हाथ बढ़ाया तो अमु ने भी ताली-पे-ताली लगा दी।

"तो चलो, इसी बात पे बन-मस्का खाया जाए।" पाखी बोली, तो अमु ने सिर्फ़ 'हाँ' में सिर हिलाया और बोला, "मेरे पापा भी बन-मस्का खाएँगे।"

"हाँ, हाँ, क्यों नहीं। अंकल, तीन जगह और बन-मस्का दीजिए।" कहते हुए पाखी ने पपी की तरफ़ देखा। वह भी पूँछ हिला रहा था, जिसपर वह बोली, "नहीं, अब तुम्हें और नहीं मिलेगा।" उसकी बात सुनते ही पपी यहाँ-वहाँ देखने लगा।

उदय घोर अचरज में था। सोचने लगा, 'लड़की है या मनोवैज्ञानिक! सबके मन की बात पढ़ लेती है। हाँ, मगर बोलती बहुत ज़्यादा है।'

"सर, बन-मस्का खा लो, नहीं तो लाल-टिब्बा पहुँचते-पहुँचते देर हो जाएगी।"

"मगर आपको कैसे पता चला कि हम इसके बाद लाल-टिब्बा ही जाने वाले हैं?"

"इसमें इतना सोचने की क्या बात है सर, हमारे लैंडोर की दो ही चीज़ें तो फ़ेमस हैं– एक इस चार-दुकान का बन-मस्का और दूसरा लाल-टिब्बा। जो भी चार दुकान आता है, वो उसके बाद लाल-टिब्बा ही जाता है।"

"हम्म, मगर हम तो कोई होम-स्टे देखने निकले हैं। दरअसल मेरे बेटे, यानी अमु को घर के खाने की आदत है और यहाँ आकर यह होटल का खाना खा नहीं रहा। इस बात को लेकर मैं बेहद परेशान हूँ। अगर कोई ढंग का होम-स्टे नहीं मिला, तो मुझे लगता है जल्द ही घर वापस जाना पड़ेगा। छुट्टियाँ ख़राब हो जाएँगी।"

"अरे! ऐसे कैसे ख़राब हो जाएँगी? ये तो मेरी मम्मी के डायलॉग वाली बात हो गई- गोद में बच्चा, शहर भर ढिंढोरा। इफ़ यू डोंट माइंड, मेरा एक छोटा-सा होम-स्टे है, आप चाहें तो वहाँ रुक सकते हैं। आपको यक़ीन दिलाती हूँ कि आपको महसूस ही नहीं होगा कि आप अपने घर से दूर हैं।"

"क्या नाम है आपके होम-स्टे का?" उदय ने रोमांचित होते हुए पूछा।

"पाखी होम-स्टे। बस यहाँ से कुछ दूर ठंडी-गरम सड़क के पास है।"

"पाखी... हम्म... इंट्रेस्टिंग नेम।" कहते हुए उदय ने पाखी की तरफ़ देखा और पाखी जाने क्यों सकुचा-सी गई और कुछ बिजली-सी उसके भीतर कौंध गई। वह हल्के से मुस्कुरा उठी। ऊँची क़द-काठी, इकहरे बदन और सुनहरी आभा वाले उदय के चेहरे पर भी मुस्कुराहट तैर गई, मगर उसने ख़ुद को संयमित करते हुए पूछा, "क्या अमु आपका होम-स्टे देख सकता है?"

"हाँ, हाँ, क्यों नहीं।" पाखी ख़ुश होते हुए उन्हें अपने होम-स्टे की तरफ़ लेकर चल पड़ी। वह ढलानों पर कभी अमु के साथ दौड़ती, तो चढ़ाई पर अमु का हाथ थाम लेती। पर्वतों पर साँझ धीरे-धीरे उतर रही थी। परिंदे अपने घर को लौट रहे थे और लाल-टिब्बा पर सूर्यास्त देखने वाले सैलानियों की भीड़ बढ़ती जा रही थी। इस सब के बीच उदय, अमु के साथ पाखी के होम-स्टे पहुँच चुका था।

***

पाखी होम-स्टे, मसूरी

एक छोटे से गेट और चारो तरफ़ से जंगली गुलाबों के बाड़े से घिरा हुआ पाखी का होम-स्टे, देखने में बहुत ही सुंदर था। रंग-बिरंगे फूलों की क्यारियों से सजे हुए लॉन में ख़ूब सारी गिलहरियों का आना-जाना था। आसपास पहरा दे रहे हरे-भरे बुराँश के पेड़ों से, उनकी हल्की खिली हुई लाल कलियाँ झाँक रही थीं। चिड़ियों की चहचहाट ने, वहाँ रह रहे लोगों का मन लगा रखा था। लॉन के एक कोने पर चिड़ियों को पानी पीने के लिए कसोरे रखे हुए थे, तो दूसरे कोने पर पाखी के पपी, लुइ का छोटा-सा लकड़ी का घर बना हुआ था। उनके वहाँ पहुँचते ही लुइ अपने घर के पास जाकर बैठ गया। अमु ने हाँफते हुए कहा, "लगता है ये भी हमारी तरह थक गया है।" पाखी थोड़ा मुस्कुराई और अपनी ईजा सुमित्रा देवी को आवाज़ देने लगी। सुमित्रा देवी बाहर आईं और मुस्कुराकर उदय और अमु का स्वागत किया। पाखी ने अपनी ईजा का परिचय कराया और उन्हें

कमरा दिखाने के लिए ऊपर ले गई। उसकी ईजा भी उनके साथ में ही गई। कमरा बहुत ही सरल ढंग से सजाया गया था, मगर उसमें ज़रूरत का सारा सामान मौजूद था। उसमें नर्म-मुलायम बिस्तर, बिस्तर के सिरहाने जग और गिलास, बिस्तर के सामने की दीवार पर एक छोटा-सा टीवी, कपड़े रखने की अलमारी, ओढ़ने के लिए कंबल-दोहर, खिड़की के पास लैंप सहित एक टेबल-कुर्सी, जहाँ बैठकर बाहर के नज़ारे का लुत्फ़ लेते हुए, कुछ भी लिखा जा सकता था और वॉशरूम में गर्म पानी के लिए गीज़र जैसी सभी चीज़ें मौजूद थीं। उदय ने ये सब देखकर थोड़ी तसल्ली की साँस ली। सुमित्रा देवी उनका चेहरा पढ़ चुकी थी, सो वह नीचे आ गई। पाखी ने अमु से पूछा कि वह नीचे लुइ के साथ खेलेगा या आराम करेगा? अमु के पहले उदय ने ही कहा कि वे फ्रैश होकर शाम की चाय नीचे ही पिएँगे। उसने पाखी से होम-स्टे के किराए की बात पूछी। इसपर वह अमु की तरफ़ देखते हुए बोली, "प्यारे बच्चों का तो कोई चार्ज नहीं है, आप अपने रूम-चार्ज के लिए ईजा से बात कर लेना।" फिर वह उन्हें चाय-नाश्ते का बोलकर नीचे आ गई। नाश्ते के बाद अमु वहीं पाखी के साथ खेलने लगा। उदय यह सब देखता हुआ दूर आसमान की ओर देखने लगा। साँझ की लाली ने पूरे फ़लक को नारंगी कर दिया था। उसे ऐसा लगा मानो वह आसमान, उसका दिल हो और उसपर पसरा नारंगी रंग, उसके दिल का सुकून। बड़े दिन बाद उसने अमु की उदास आँखों में हँसी को तैरते देखा था।

अमु को खेलता देख उदय अपने कमरे में चला गया। अमु भी उस दिन खाना खाकर ईजा से कहानी सुनने लगा। कहानी सुनते-सुनते उसे जाने कब नींद आ गई और वह पाखी के पास ही सो गया। यह बात बताने के लिए पाखी ने जब ऊपर कमरे का दरवाज़ा खटखटाया तो उदय अपने कमरे में नहीं था। बाहर काफ़ी ठंडक थी और अँधेरा भी। पाखी ने एक गर्म लोई उठाई और उसे खोजने निकल पड़ी।

इंसान जब अपने मन के अँधेरे से परेशान होता है तो उसके लिए बाहरी अँधेरे मायने नहीं रखते। उदय भी अपने अँधेरों का जवाब लैंडोर की सूनी हो चुकी सड़कों पर तलाशने निकल पड़ा था। थोड़ी ही दूर गया होगा कि पीछे से आवाज़ आई, "रुकिए, उधर खाई है।" उदय ठिठक गया। ये आवाज़ पाखी की थी। वो दौड़ते हुए क़रीब आ गई और उदय का हाथ खींच के पीछे ले आई। दोनों कुछ देर तक साथ चलते रहे। फिर उदय ने अपनी ग़लती पर पछताते हुए कहा, "सॉरी, मुझे अँधेरे में पता ही नहीं चला कि मैं कहाँ जा रहा हूँ। फ़ोन भी घर पे ही भूल आया था।" उदय के मुँह से अपने होम-स्टे के लिए 'घर' जैसा शब्द सुन के पाखी को जाने क्यों बहुत अपना-सा लगा। यूँ लगा जैसे अब से वो भी उसके होम-स्टे का हिस्सा हैं। उसने कहा, "कोई बात नहीं, वैसे भी अँधेरों में चलने के लिए रौशनी की नहीं, किसी के साथ की ज़रूरत होती है। कोई साथ होता है तो रौशनी अपने आप आ जाती है।"

"कैसे?" उदय ने पूछा, तो पाखी ने एक उड़ते जुगनू को पकड़ते हुए कहा- ऐसे। दोनों साथ चलते हुए मुस्कुरा दिए। पाखी ने सोचा, जिनपर मुस्कुराहट इतनी फबती है, वो लोग अंदर से इतने उदास क्यों होते हैं। तभी होम-स्टे के बाहर जलती हुई पीली रौशनी उनके चेहरे पर पड़ने लगी। उदय का आश्वस्त-सा मुस्कुराता हुआ चेहरा देखकर पाखी मन ही मन प्यार से भर गई। ऐसा एहसास उसे पहले कभी नहीं हुआ था।

अगले दिन पाखी उन्हें आसपास की जगहों पर घुमाने ले गई। दोपहर उन्होंने लैंडोर बेकहाउस में लंच किया और शाम को वह उन्हें लाल-टिब्बा का सूर्यास्त दिखाने ले गई। लौटते हुए अँधेरा घिर आया था। होम-स्टे पहुँचने पर उदय थकान से चूर-चूर था, मगर अमु था कि उसे अभी पाखी से कहानी भी सुननी थी, सो, वह कहानी सुनने की ज़िद लेकर बैठ गया। अमु को पाखी के पास छोड़ उदय कमरे में चला गया। जब काफ़ी देर तक अमु वापस कमरे में नहीं आया तो उदय उसे देखने पहुँचा। वह पाखी को अपने स्कूल की बातें बता रहा था और पाखी उसकी बातों पर

हँसे जा रही थी। उदय को एक पल को सुकून मिला। वो भी मुस्कुराया, मगर दूसरे ही पल ख़ुद को संयत करते हुए बोला, "अमु, चलो सो जाओ।" अमु ने रुकने की ज़िद की तो उसने उसे फुसलाते हुए कहा, "चलो! जल्दी से सो जाओ, नहीं तो आँखों के नीचे डार्क सर्कल्स हो जाएँगे और वो मुझे बिल्कुल भी पसंद नहीं। चलो! डैडी की बात सुनो।" उनकी बात सुनकर पाखी खिलखिला दी और उदय की तरफ़ देखते हुए अमु से बोली, "फिर तो अमु मुझे भी सो जाना चाहिए। नहीं तो, मेरे भी डार्क सर्कल्स आ जाएँगे।" अमु हँसने लगा और उदय के साथ-साथ पाखी भी झेंपते हुए मुस्कुराने लगी।

***

कल तो संडे है न!

मसूरी और लैंडोर की सुहानी वादियों में घूमते, हँसते-खेलते, मुस्कुराते उदय और अमु की छुट्टियाँ ख़त्म होने के क़रीब आ गईं। कब दिन बीता, कब रात गई, उदय और अमु को जैसे कोई ख़याल ही नहीं। बहुत दिनों बाद उदय खुल के हँस पा रहा था या यूँ कहें खुल के जी पा रहा था। ऐसा नहीं था कि उसका माज़ी उसे पुकार नहीं रहा था, लेकिन उसने पाखी के पास रहकर, ख़ुद के साथ बीत रहे लम्हों को दोबारा जीना सीख लिया था। दोबारा इसलिए, क्योंकि प्रियंवदा के जाने के बाद उसे ज़िंदगी के साथ-साथ ख़ुद से भी शिकायत हो गई थी। उसे लगता था कि शायद वह प्रियंवदा के लिए उस वक़्त वो सब नहीं कर सका, जिसकी उसे सबसे ज़्यादा ज़रूरत थी। उसने उसका केवल साथ और वक़्त ही तो माँगा था। वो उसे ये सब दे सकता था। ये जानते हुए भी कि उसे दवाइयों से ज़्यादा उसके साथ और मानसिक संबल की ज़रूरत थी, वो उसे इतना प्यार नहीं कर सका और वह अपने छोटे-से अमु और अपनी बसी-बसाई ख़ूबसूरत दुनिया को छोड़कर कहीं दूर, बहुत दूर चली गई। इतनी दूर कि वहाँ से सिर्फ़ उसकी याद आ सकती थी।

अवसाद ऐसा ही फ़साद है। दिल के एक कोने में बैठे-बैठे, वह कब पूरे अस्तित्व पर क़ाबिज़ हो जाता है, पता ही नहीं चलता। इंसान के पास सब कुछ होने पर भी वह ख़ुद को अकेला ही पाता है। ना-मालूम उसे ख़ुद से या ज़िंदगी से क्या चाहिए? कभी जो अकेलापन काटने को दौड़ता है, वही दूसरे पल दिल का सुकून बन जाता है। प्रियंवदा के साथ भी उन दिनों कुछ ऐसा ही था। दुनिया के लोगों के अनुसार उसके पास क्या नहीं था। अच्छा घर, मनचाहा वर, पूरे रजवाड़े की संपदा और नन्हे-से बच्चे की माँ होने का गौरव। मगर हमेशा सब कुछ होना ही सब नहीं होता। प्रियंवदा और उदय कॉलेज के दिनों से साथ थे और एक-दूसरे के प्यार में थे। उदय का ज़िंदगी को खुल के जीने का नज़रिया, खिलंदड़ा रवैया और प्रियंवदा से प्यार करने का कोई बहाना न छोड़ना, यही वे सब ख़ूबसूरत वजहें थीं, जिनसे प्रियंवदा उसकी तरफ़ झुकती चली गई। शादी के एक-दो साल तक तो सब बहुत अच्छा रहा। मगर फिर अपने रजवाड़े के कामों की व्यस्तता के चलते उदय का फ़ोकस बदलने लगा और उसके व्यवहार में भी तब्दीलियाँ नज़र आने लगीं। उसके सामाजिक जीवन का दायरा इतना बढ़ गया कि प्रियंवदा के लिए कभी-कभी वक़्त ही नहीं निकल पाता। प्रियंवदा ने परिवार में घुलने-मिलने की बहुत कोशिश की, मगर जब दिल नहीं लगता, तो कहीं नहीं लगता। उसका दिल तो उदय में लगा हुआ था, उसके साथ न होने पर वह मुरझाए फूल-सी पड़ी रहती। कोई रास-रंग, त्यौहार-उत्सव, घूमना-फिरना उसको न भाता। उसने धीरे-धीरे ख़ुद को एक कमरे तक सीमित कर लिया था।

प्रियंवदा को उस वक़्त सिर्फ़ उदय का साथ और प्यार चाहिए था। वह उसे अक्सर कहती, 'क्यों न कुछ दिनों के लिए कहीं चल चलें?' मगर असलियत में वह कहना चाहती थी कि चलो कहीं दूर चले चलें, जहाँ तुम वो रहो, जो तुम पहले थे। अभी तुम वो उदय नहीं, जिससे मैंने प्यार किया था। वो तो कोई और ही था, उसका दुनिया को देखने का फ़्रेम बिल्कुल अलग था। तुम तो ख़ुद को बहुत ही बदल चुके हो। मैं जानती

हूँ, ज़िम्मेदारियाँ हैं ज़माने भर की, लेकिन क्या उसका दबाव तुमपर इतना बढ़ गया है कि मुझसे प्यार करना भी तुम्हारे लिए एक काम हो गया है।"

वह दिन भर इसी उधेड़बुन में गुम रहती थी, लेकिन उदय के आने पर कह कुछ न पाती। उसका अब उस हवेली में दम घुटने लगा था। उसे बेचैनी होती। उसे लगता मानो, उसका मन उसे कहीं दूर उड़ जाने को कह रहा हो। लेकिन प्यार की डोर इतनी मज़बूत थी कि वह उदय-अमु का मुँह देखकर ख़ुद को रोक ले रही थी। हताशा से घिरे उस कमरे में उसे सिर्फ़ एक झरोखा ही सुख देता था, जहाँ से वह अक्सर आसमान को तकती रहती। उसे कभी-कभी लगता, वह एक बादल का टुकड़ा है, जिसने अपने लिए हवेली की दीवारें चुन ली हैं, जहाँ उदय का अक्स कभी-कभी नज़र आ जाता है। सबसे बुरा तब होता है, जब नज़दीकियों में भी दूरियाँ आ जाएँ। प्रियंवदा के परिवार वालों ने उसे कितना समझाया था कि उदय और प्रियंवदा एक-दूसरे से प्यार ज़रूर करते हैं, लेकिन उनकी दुनिया, उनका रहन-सहन, उनके रीति-रिवाज, ज़िंदगी की ख़्वाहिशें बिल्कुल अलग हैं। प्रियंवदा को केवल उदय चाहिए था और उदय को उसके पूरे जहान के साथ प्रियंवदा। उसने कई बार उदय को अपने दिल की बात समझाने की कोशिश की, मगर वह उन बातों पर कान न धर सका।

धीरे-धीरे अवसाद उसकी ज़िंदगी में अपनी पैठ बनाने लगा। कभी तो कुछ दिन उसे सब कुछ सही लगता, मगर फिर अचानक से ख़ालीपन खाने को दौड़ने लगता, अकेले में दम घुटने लगता। ऐसा लगता, मानो साँस नहीं आ रही और वह रोने लग जाती। परिवार के लोग पूछते भी तो कुछ बता नहीं पाती। माँ से कुछ कहने को होती, तो वह बोलने लगती, 'हमने तो तुझे पहले ही समझाया था। अब क्या कर सकते हैं?' प्रियंवदा की ऐसी हालत पर डॉक्टर ने उसे कुछ एंटी-डिप्रेसेंट दवाइयाँ लिखीं और उदय को हिदायत दी कि उसे कहीं बाहर घुमा लाए और सब लोग उसके साथ ज़्यादा वक़्त बिताएँ। उसे अकेला न छोड़ें। अब वह एंटी-डिप्रेसेंट

दवाइयाँ खाकर सोती-जागती रहती। न उसे अपनी सुध-बुध थी और न अपने छोटे-से अमु की। उसकी तबियत में बदलाव को न देखते हुए डॉक्टर ने उदय को फिर से हिदायत दी, जिसपर वो प्रियंवदा को लेकर उसके मायके रामगढ़ (नैनीताल का एक छोटा-सा गाँव) गया।

माँ से मिलने के बाद वह उनसे लिपटकर बहुत रोई। माँ ने सोचा कि शायद बहुत दिनों के बाद मुलाक़ात होने की वजह से वह इतना रो रही है। उदय उन्हें प्रियंवदा की मानसिक स्थिति के बारे में ज़्यादा कुछ नहीं कह पाया। सिर्फ़ इतना कहा कि प्रियंवदा का मन थोड़ा बुझा-बुझा-सा लग रहा था, इसलिए सोचा आपसे मिला लाऊँ।

उदय वहाँ जो एक-दो दिन रुका, प्रियंवदा खोई-खोई ही मिली। अमु का ख़याल भी उसकी माँ ही रख रही थी। एक दिन उदय ने जैसे ही उसका हाथ पकड़ अपनी बाँहों में भरने की कोशिश की, प्रियंवदा ने उन्हें झटके से धकेल दिया और उँगलियों के इशारे से चले जाने को कहा। उदय के जाने के बाद वह सुबक-सुबक रोने लगी। सुबकते हुए कहने लगी, 'तुमने मेरा दिल तोड़ दिया है उदय। तुम वो उदय नहीं रहे, जिससे मैंने प्यार किया था और जिसकी दुनिया सिर्फ़ मैं थी। अब तुम्हारी अपनी एक दुनिया है, मगर उस दुनिया में मेरा अस्तित्व न के बराबर है।'

उदय के वापस लौटने के कुछ दिनों बाद ही प्रियंवदा की माँ का फ़ोन आया। उन्होंने रोते हुए बताया कि प्रियम नहीं रही। बाद में पता चला कि उसने एक रात पहले, अपनी माँ के साथ बैठकर डिनर किया, अमु को सीने से लगाकर ख़ूब प्यार किया और सोने चली गई। मगर उसके बाद कभी नहीं उठी। उसकी पलकें भीगी हुई थीं और उसके मोबाइल में उसकी और उदय की तस्वीरें खुली हुई थीं। उसने रात को नींद की ढेरों गोलियाँ खा ली थीं। उसके बाद वह जो सोई तो फिर कभी नहीं उठी। ज़िंदगी का ऐसा ही है, वह दुनिया से रूठी होती है, मगर बेवफ़ाई ख़ुद से कर बैठती है।

प्रियंवदा के जाने के बाद उदय और अमु की ज़िंदगी बिल्कुल ठहरे

हुए पानी-सी बहती रही। उदय अपने बेटे को सँभालता और थोड़ा बहुत अपने कारोबार को देख लेता। कोई तीसरा उनके बीच आ भी नहीं सकता था। हो न हो, वो अमु को वो सारा प्यार, दुलार, अपनापन और ख़ुशियाँ दे देना चाहता था, जो वो प्रियंवदा को न दे सका। शायद पश्चाताप करने का और अपने परिवार को बचाने का उसे यही तरीक़ा समझ आया। एक दिन अमु स्कूल से आया और उदय से कहने लगा, "डैडी, सब अपनी फ़ैमिली के साथ समर ब्रेक पर कहीं न कहीं घूमने जा रहे हैं। क्या हम भी कहीं घूमने जा सकते हैं?" उदय के दिलो-दिमाग़ में प्रियंवदा की आवाज़ गूँजने लगी, "क्या हम कुछ दिनों के लिए कहीं जा सकते हैं? वहाँ, जहाँ सिर्फ़ हम दोनों हों।" उदय को सिरहन-सी महसूस हुई और उसने अमु के सिर पर हाथ फेरते हुए, अपना सिर हिला दिया।

***

पाखी के होम-स्टे में रहते हुए उन्हें पता भी नहीं चला कि कब छुट्टियों के दिन ख़त्म हो गए हैं। एक रोज़ सुबह लुइ के साथ खेलते हुए, आसपास रह रहे सैलानियों को सामान पैक करके जाते हुए देख, उदय ने पूछा, "कल तो संडे है न?" पाखी ने मुस्कुराते हुए उसे देखा और कहा, "वो कल को ही था, आज मंडे है।" वो ठगा का ठगा खड़ा रह गया। वो समझ ही नहीं पाया कि वह उस जगह का असर था या पाखी की कंपनी का। मगर उसके भीतर रह-रहकर संजीदा वाला उदय ज़िंदा हो उठता। वो झूठ-मूठ में नाराज़गी दिखाते हुए बोला, "अरे! आप लोगों को बताना चाहिए था न। आज से अमु के स्कूल खुल गए हैं, हमें इतवार को ही वापस जाना था।"

पहले तो उदय के नाराज़गी भरे लहजे से पाखी थोड़ा डरी, मगर फिर ख़ुद को काम-डाउन करते हुए बोली, "तो क्या हुआ, अमु कल स्कूल चला जाएगा। कौन-सा उसको बोर्ड के इम्तिहान देने हैं। जस्ट चिल उदय सा!" फिर भी अपनी पुरानी आदतों में लौटते हुए वो जल्दी-जल्दी वापसी की फ़्लाइट देखने लगा।

उदय ने जब अमु को चलने का प्लान बताया तो वह थोड़ा उदास हो गया। बच्चे का ही तो मन था अमु में। वह पाखी का हाथ पकड़ते हुए बोला, "डैडी, क्या हम पाखी को भी अपने साथ ले चल सकते हैं?" उदय ये बात सुनकर थोड़ा सकपका गया। अमु को थोड़ा डाँटने के अंदाज़ में बोला, "तुम्हारी फ़रमाइशें कुछ ज़्यादा नहीं बढ़ रहीं?" पाखी ने उस माहौल को सँभालते हुए कहा, "सुनो अमु! अभी स्कूल रीओपन हो गए हैं न, तो अभी तो जाना पड़ेगा। वैसे भी तुम्हारे टीचर भी तो तुम्हारा वेट कर रहे होंगे न और अभी तो मुझे भी कॉलेज जाना है। फिर जब छुट्टियाँ होंगी तो मैं आऊँगी तुम्हारे घर।"

'टीचर वेट कर रहे होंगे', यह सुनकर अमु को थोड़ा स्पेशल फ़ील हुआ। उसने कहा, "ठीक है, मगर आप जल्दी आना।" उदय ने कुछ कहा नहीं, पर जाने क्यों उसे पाखी अच्छी लगने लगी थी। ज़िंदगी को लेकर उसका नज़रिया थोड़ा अलग था। उदय यह सब सोच ही रहा था कि तभी अमु ने पाखी का मोबाइल लेते हुए कहा, "डैडी इसमें पाखू का नंबर सेव कर लो, मैं रोज़ पाखू और ईजा से स्टोरी सुनूँगा।" उसकी बात पर सब हँसने लगे। उदय ने पाखी का नंबर सेव करके, उसे Hi... लिखकर भेज दिया। पाखी का स्माइली रिप्लाई-बैक में आया।

उनके जाते ही सारा वक़्त होम-स्टे उदास था। थोड़ी ईजा उदास थी, लुई भी थोड़ा उदास था और पाखी अपने हिस्से के साथ-साथ उन सभी के हिस्से की उदास थी। उसने मैसेज पर 'Happy journey Amu' लिखा, फिर उसे डिलीट कर 'Happy journey to both of you, Paakhi Homestay will miss you.' लिखकर भेज दिया। उदय ने पाखी के आगे सिर्फ़ 'will miss you' पढ़ा और आसमान की ओर ऐसे देखने लग गया जैसे उपरवाले से पूछ रहा हो कि Boss! प्लान क्या है तुम्हारा? और आसमान ने अपने नीलेपन में बादल की क़लम से पाखी लिख दिया हो।

***

रीड मैसेज वाला ब्लू टिक

मसूरी से लौटने के बाद उदय और अमु दोनों को ऐसा लगने लगा था कि वे दोनों किसी से ख़ूबसूरत ख़्वाब से बाहर निकल आए हों। मसूरी में बिताए दिनों ने उदय को ज़िंदगी जीने का नया तरीक़ा सिखा दिया था। उसकी आँखों के सामने अक्सर पाखी का चेहरा झिलमिला जाता। उसको सोचते ही उसे ऐसे लगता, जैसे मरुस्थल की गर्मियों में कोई शोख़ हवा का झोंका उसके साथ चल रहा हो। अमु भी स्कूल जाने लगा था, मगर अक्सर पाखी की बातें लेकर बैठ जाता। कभी उसको मैसेज तो कभी कॉल कर लिया करता। पाखी का भी रोज़ सुबह ख़ुद ही अमु के लिए गुड मॉर्निंग का वॉयस नोट आ जाता और वह फटाफट तैयार होकर स्कूल चला जाता। कभी-कभी पाखी की बात उदय से भी हो जाया करती। दोनों बात कर लेते तो लगता कुछ अटका हुआ था दिल में, बात कर लेने के बाद ठीक लगने लगता। पाखी तो मानो बादलों के ऊपर उड़ान भरने लगी थी। दिन-रात बीत जाते, मगर उदय के साथ बीते वो तिनके भर के पल आँखों से ओझल ही नहीं होते। इस ख़ुमारी की वजह न वह ख़ुद समझ पाती और न उदय से ही पूछ पाती।

एक दिन अमु के सो जाने पर पाखी ने उदय को मैसेज किया और बोली, "अच्छा एक बात बताइए, जिस पल हम अपने प्यार को याद कर रहे होते हैं... क्या वो भी उस पल हमें याद कर रहा होता है?" पाखी के सवाल का जवाब उदय के पास नहीं था, लेकिन उसका वो मैसेज पढ़कर उस पल वह मन ही मन मुस्कुराया बहुत था। रिप्लाई करते वक़्त भी उसके दिल में आया कि वह 'हाँ' लिख दे मगर 'पता नहीं' लिखकर मैसेज सेंड कर दिया। उस दिन रात बड़ी गहरी थी। खिड़की के पल्लों पर कुछ थप-थप-सा बज रहा था। तूफ़ान आने का अंदेशा लग रहा था। बिजली जा चुकी थी। माचिस ढूँढ़ने के लिए मोबाइल उठाया तो पाखी का मैसेज फ़्लैश कर रहा था। इनबॉक्स के उस 'ब्लू टिक' और पाखी

के 'हम्म' ने उसे रात भर जगाए रखा। बिस्तर भी नाराज़ हो चुका था, करवटें बदलने से। उदय उठकर खड़ा हो गया, उसके बाद मोबाइल में साढ़े-पाँच का अलार्म भी बज उठा। अलार्म बंद करते हुए सोचा कि उसको गुड मॉर्निंग लिख के भेज दे, मगर लिखा कुछ नहीं। चैट क्लियर करके अमु को जगाने बढ़ गया।

उस सुबह अमु के लिए पाखी का वॉयस नोट तब तक नहीं आया था। अमु ने आँख खोलने के साथ ही पूछा, "पाखू का मैसेज आया?" उदय ना कहता, उसके पहले ही मोबाइल में कुछ ब्लिंक हुआ। अमु ने झटके से मोबाइल खींच लिया। पाखी का वॉइस नोट था, 'हाए अमु, गुड मॉर्निंग, सॉरी यार! पूरी रात ठीक से सो नहीं पाई, इसलिए अभी निन्नी आ गई थी, मगर तुम अब मत सोना, झट से तैयार हो जाओ स्कूल जाने के लिए। चलो! मैं थोड़ा-सा सो लेती हूँ, नहीं तो आँखों के नीचे डार्क सर्कल्स हो जाएँगे और तुम जानते हो, किसी को डार्क सर्कल्स बिल्कुल नहीं पसंद। अच्छा, ठीक बाए... अपना ख़याल रखना और स्कूल से लौटकर मैसेज करना... मुआह!'

अमु भी मुआह और ढेर सारी किस्सी का वॉइस नोट उसे भेजकर तैयार होने लगा और बहुत देर तक सोचता रहा कि किसे नहीं पसंद डार्क सर्कल्स। फिर अचानक उसे कुछ याद आया और वह मुस्कुराने लगा। स्कूल जाने के पहले उसने पाखू को दोबारा से दो-तीन किस वाली इमोजी और 'मिस यू' लिखकर भेज दिया।

उदय के होटल निकलने से तक़रीबन दस मिनट पहले, मोबाइल का मैसेज टोन बजा। पाखी का मैसेज था, 'मिस यू टू!' और तीन-चार किस वाले इमोजी। उदय को जाने क्या हुआ, दिल इतनी ज़ोर के धौंक रहा था, जैसे वो मैराथन पर हो। उसने झट से चार-पाँच किस वाले इमोजी भेज दिए और मैसेज के ब्लू-टिक होने का इंतज़ार करने लगा। उसी पल एक किस वाला और एक शर्माने वाला पाखी का इमोजी आया और उसका मैसेज भी रीड कर लिया गया। दोनों ने आकाश की तरफ़ देखा, उनके

बीच यह नीलापन ही उनको क़रीब रखने का ज़रिया था। उदय ने अमु के आने तक कई दफ़ा उस ब्लू टिक को देखा और मुस्कुराता रहा!

पहले कुछ दिन तो यह सब अमु को ठीक लगता रहा, मगर एक दिन जब अमु के स्कूल में पीटीएम हुआ तो वहाँ से लौटने के बाद वह थोड़ा उदास रहने लगा। खाना भी बेमन से ही खाता और शाम को अपने दोस्तों के साथ पार्क में खेलने भी कभी-कभार जाता। पाखी से जब तक बात करता ख़ुश रहता, उसके बाद फिर उदास हो जाता। एक दिन उदय जब ऑफ़िस से लौटा, तो देखा अमु अपने कमरे में चुपचाप लेटा हुआ है। उन्होंने जब उसे उठाने की कोशिश की, तो पता चला उसे बुख़ार आया हुआ है। उदय ने जल्दी से डॉक्टर को कॉल किया और अमु के माथे पर ठंडे पानी की पट्टी करने लगा। डॉक्टर ने कुछ दवाइयाँ और टेस्ट्स लिखे और अमु का पूरा ख़याल रखने को कहा। नौकरों से पता चला कि वह कुछ दिनों से उदास लग रहा है, खाना भी ठीक से नहीं खा रहा, तो उसे अमु की बड़ी चिंता हुई। अगले दिन जब उदय ने अकेले में अमु से बात की तो पूछने पर पता चला कि पीटीएम में उसने नोटिस किया कि उसकी फ़ैमिली इन्कंप्लीट है। सब अपने दोनों पेरेंट्स के साथ आए थे। उसे उस वक़्त जाने क्यों पाखू की बहुत याद आने लगी थी। वह सोचने लगा, मसूरी में जब वह पाखू के साथ घूमता, खेलता, ईजा से कहानियाँ सुनता, तब उसे कितना अच्छा लगता था। उसे महसूस ही नहीं होता था कि वह डैडी के बिज़ी रहने पर अकेला है। उसने आँखों में आँसू लिए कहा, "डैडी, क्या हम पाखू को अपने घर बुला सकते हैं?" उदय ने काफ़ी समझाने की कोशिश की। उन्होंने कहा कि पाखी की ईजा उन्हें नहीं भेजेंगी और अगर उन्होंने भेज भी दिया तो पाखी की पढ़ाई का नुक़सान होगा और फिर उनका होम-स्टे कौन सँभालेगा? अमु ने सब कुछ सुनकर सिर लटका लिया और अपने कमरे में जाकर सुबकने लगा। बच्चे के कोमल मन पर किसी के दुलार का इतना असर होगा, यह देखकर उदय भी हैरान था। अमु का बुख़ार उतरने का नाम ही नहीं ले रहा था।

एक दिन बुख़ार में ही वह पाखू-पाखू कहकर चिल्लाने लगा। उसी पल पाखी का फ़ोन आया, उदय ने बात की और उसे वह बहुत परेशान लगा। उन्होंने बताया कि उसकी बीमारी ख़त्म नहीं हो रही और वह उसे बहुत याद कर रहा है। यही वो दिन था जब पाखी अपनी पढ़ाई, अपने सपने, अपनी ईजा के सवालों, सभी कुछ को दरकिनार करके अमु के पास जोधपुर चली आई थी।

***

पाखी होम-स्टे, जोधपुर

अमु के अब बिल्कुल ठीक हो जाने पर पाखी ने उदय से मसूरी वापस जाने की इच्छा जताई। उदय और अमु में से कोई भी उसकी इच्छा से ख़ुश नहीं था। जहाँ उदय पाखी को दिल ही दिल प्यार करने लगे थे, वहीं अमु पाखू को अपने पास से जाने ही नहीं देना चाहता था। ऐसा नहीं था कि पाखी को अमु से लगाव नहीं था, या वह उदय को पसंद नहीं करती थी, मगर पाखी के लिए हमेशा के लिए जोधपुर रुकना संभव नहीं था। वह समझती थी कि उसकी ईजा उसके जोधपुर जाने के फ़ैसले से कितनी नाराज़ थी और फिर साथ ही उसने अपने लिए कई सपने देख रखे थे, जिन्हें वह जीना चाहती थी। वह अपनी पढ़ाई पूरी करके होम-स्टे के बिज़नेस को आगे बढ़ाना चाहती थी, एक बिज़नेस वुमन बनना चाहती थी। वह वहाँ ज़्यादा दिन नहीं रुक सकती थी, मगर असमंजस यह था कि वह अमु-उदय को इतना प्यार करने लगी थी कि उन्हें यूँ अकेले छोड़ भी नहीं पा रही थी। पाखी इन्हीं सब दुविधाओं में उलझी हुई थी कि एक दिन ईजा का फ़ोन आ गया। उनकी आवाज़ से बेहद नाराज़गी ज़ाहिर हो रही थी। पाखी ने इसका ज़िक्र अमु से नहीं किया, मगर उसे समझा-बुझाकर और उदय को सारी बातें बताकर वह जल्दी ही मसूरी वापस लौट आई। मसूरी लौटने के बाद ईजा का ग़ुस्सा तब उसपर फूट पड़ा, जब उसने उनकी इच्छा के विरुद्ध जाकर अपने सपनों को पूरा करने की

बात बताई। पाखी होम-स्टे के बिज़नेस को आगे बढ़ाने और होम-स्टे की एक शाखा जोधपुर में खोलने की बात सुनते ही ईजा बिफर पड़ी। उन्होंने बहुत-सी ऊल-जुलूल बातें कीं और ग़ुस्से में कड़कड़ाते हुए बोली, "हम इज़्ज़त बेचकर धन नहीं कमाते, तुमने जितनी अपने मन की करनी थी, कर ली। अब पाखी होम-स्टे कहीं नहीं खुलेगा और तू उन लोगों से कोई सिलसिला नहीं रखेगी।" उन्हें लगता था यह सब पाठ-पट्टी उदय का पढ़ाया हुआ है। इसलिए उन्होंने आगे जोड़ते हुए कहा, "अब तेरा ब्याह ही समाज में हमारी नाक बचा सकता है।"

ईजा का बिफरना देख और उनके ख़यालात सुनकर पाखी बोली तो कुछ नहीं, मगर उसे दिल-ही-दिल में बहुत धक्का लगा। उसके आँसू बह निकले और वह सोचने लगी कि एक लड़की की ज़िंदगी लूडो के खेल जैसी है। वह अपने घर से निकलकर अपना सपना हासिल करना चाहती है, मगर हर दूसरा व्यक्ति (तीसरी गोटी) उसका सपना तोड़ने पर उतारू रहता है और उसपर ये माँएँ न जाने हम लड़कियों को अपनी इज़्ज़त का टोकरा समझना कब बंद करेंगी!'

पाखी यह सब सोच ही रही थी कि उन्होंने पाखी का मोबाइल स्विच ऑफ़ करके अपने पास रख लिया। हफ़्ते भर पाखी से कोई बात न हो पाने पर अमु और उदय परेशान हो गए। उदय ने एक-दो बार ईजा के नंबर पर भी कॉल किया। कई बार कॉल करने पर जब उनका कॉल नहीं उठा तो सामाजिक बंदिशों को समझते हुए उन्होंने ख़ुद भी कॉल ट्राय करना बंद कर दिया। उन्होंने अमु को भी समझाया कि पाखू के घर बार-बार फ़ोन करना ठीक नहीं, लेकिन अमु किसी तरह से मान ही नहीं रहा था। वह बार-बार उदय से रिक्वेस्ट किए जाए। इसपर एक दिन उदय ने उसे एक चाँटा जड़ दिया और वह पूरे दिन रोता रहा। उसके बाद उसने खाना-पीना फिर बंद कर दिया। आख़िरकार हारकर एक दिन उदय अपने बेटे को लेकर एक बार फिर पाखी होम-स्टे के दरवाज़े पर खड़ा मिला। ईजा उन दोनों को देखकर सकपका गईं। उन्होंने उन दोनों को कहीं और जाने के

लिए तो नहीं कहा, मगर पाखी से मिलने की इजाज़त भी नहीं दी। उन्होंने आतिथ्य में कोई कमी नहीं रखी, लेकिन उनकी मुस्कराहट में पहले वाली गर्मजोशी ग़ायब थी। रात होने पर उदय ने उन्हें रोकते हुए पाखी के बारे में पूछ ही लिया। अपनी मन:स्थिति को स्थिर करने के बाद उन्होंने सारी बातें बताईं कि किस तरह पाखी के जोधपुर चले जाने पर उन्हें लोगों के वाहियात सवालों का सामना करना पड़ा। यह बताते हुए उनकी आवाज़ भर्रा गई थी। उन्होंने बताया कि वह पाखी के लिए लड़के भी देख रही हैं। उदय वह सब बातें सुनकर कुछ नहीं बोला, सिर्फ़ इतना कहा, "पाखी ने कुछ भी ग़लत नहीं किया, आप उसपर भरोसा कर सकती हैं।" थोड़ी देर तक मौन पसरा रहा, फिर ईजा के जाते क़दमों की आहट ने पूरे होम-स्टे को अजीब-सी ख़ामोशी में तब्दील कर दिया।

अगली सुबह, उदय जल्दी ही वॉक पर निकल गया। वो जानता था कि पाखी उसी समय लुई को घुमाने निकलती है और उस पल उससे मुलाक़ात करना ठीक रहेगा। टहलते हुए उदय ने पाखी को देखा और दोनों सड़क के किनारे वाली बेंच पर बैठ गए। पाखी की आँखें उदास थीं और ज़ुबान ख़ामोश, मगर माथे पर कोई शिकन नहीं थी। उसे अपने लिए हुए फ़ैसले पर कोई मलाल नहीं था।

उदय ने पाखी के हाथों को अपने हाथ में लेते हुए उससे कहा, "क्या मैं एक बात पूछ सकता हूँ?" पाखी ने हाँ में सर हिलाया। उसने उसे बताया कि कैसे उसके चले आने के बाद उन दोनों की ज़िंदगी में दोबारा वीरानी पसर गई। वह उनके लिए जीने की वजह बन चुकी है। उसने उससे कहा कभी नहीं, मगर वह दिल-ही-दिल में उसे प्यार करने लगा है। वो जानता है कि ये सब बताना एक तरह से ख़ुदग़र्ज़ी होगी, क्योंकि उसने भी अपनी ज़िंदगी में कई सपने देखे हैं, जिन्हें वह पूरा करना चाहती है और यह भी कि वे दोनों शायद उसके सपनों का कोई हिस्सा भी नहीं होंगे, मगर यदि वो अपने प्यार का इज़हार उससे नहीं करता, तो शायद वह उस पूरेपन के एहसास से महरूम रह जाता जो पाखी के साथ होने

पर उसने महसूस किया। यह सब सुनकर पाखी के उदास चेहरे पर लाली तैर गई। उसने उदय के हाथों पर अपनी पकड़ और मज़बूत करते हुए इज़हार किया कि वह भी उन्हें पसंद करने लगी है और उन दोनों के बिना नहीं रह सकती। फिर उनके बीच कुछ तय हुआ और वो एक के बाद एक होम-स्टे में वापस आ गए। चाय पीने के बाद उदय ईजा के पास गया और हाथ जोड़ते हुए उनसे पाखी का हाथ माँगा। उदय ने उनसे अपने और अमु पर यह एहसान करने को कहा, क्योंकि पाखी के बिना उनकी ज़िंदगी अधूरी है। ईजा ने कुछ देर सोचने के बाद उन्हें हाँ कर दिया। समाज के बड़े-बूढ़ों के सामने अँगूठी बदलने की रस्म पूरी हो गई।

सगाई होने के बाद उन्होंने ईजा से कहा, "अब चूँकि पाखी हमारी हो चुकी है, तो वह अपनी ज़िंदगी के लिए जो भी फ़ैसले लेगी, हमें मंज़ूर होगा और शायद आप भी इसमें कोई हस्तक्षेप नहीं करेंगी।" यह सुनते ही ईजा ने कहा, "अब पाखी आपके घर की इज़्ज़त है। जो आपको सही लगे, वह करिए।" यह सुनकर पाखी आश्वस्त भाव में उदय की तरफ़ देखकर मुस्कुराने लगी।

एक-दो दिन मसूरी रहकर उदय और अमु, वापस जोधपुर लौट गए। उसके बाद पाखी ने आगे की पढ़ाई के लिए दोबारा से कॉलेज जॉइन कर लिया और पाखी होम-स्टे को और बेहतर तरीक़े से चलाने लगी। उसने अगले पाखी होम-स्टे के लिए पैसे जोड़ते हुए एक दिन उदय को बताया कि वह होम-स्टे की अगली ब्रांच जोधपुर में खोलना चाहती है। यह सुनकर उदय-अमु बहुत ख़ुश हुए।

पाखी को उसकी ज़िंदगी उसके हिसाब से जीते देख उदय को प्रियंवदा याद आ गई। उसे लगा, जैसे प्रियंवदा कहीं दूर उसे देखकर मुस्कुरा रही है। अमु के हॉफ़-इयरली एग्ज़ाम के बाद सर्दियों की छुट्टियाँ पड़ चुकी थीं। अमु ने पाखी को फ़ोन करके बताया, "पाखू, होम-स्टे बुक कर लो। हम चार-दुकान का बन मस्का खाने मसूरी आ चुके हैं।"

बेआवाज़ यादें

यादों की बात करें तो वो कभी किसी का पता कहाँ पूछती हैं, वो तो बस चली आती हैं यूँही, बिना ये कहे कि मैं आ रही हूँ, ज़रा चाय बना लेना, दो चार लम्हे तुम संग तसल्ली से बिता लूँगी। वो तो एकदम झंझावात की तरह आती हैं, सरपट-सरपट एक के बाद एक। ऐसा ही कुछ उस समय हुआ जब दिल्ली जाती हुई मेरी कार अलीगढ़ से होते हुए गुज़री। वो 'अलीगढ़' लिखा साइन बोर्ड, जीटी रोड के किनारे खड़ा मेरा स्कूल, कुछ-कुछ वहाँ घूमते लोग, लगभग वैसे ही मालूम पड़ रहे थे, जैसा मैं उन्हें एक उम्र पहले छोड़ गई थी। बस ज़रा-ज़रा-सी शक्लें बदल गई थीं। अरे हाँ, उम्र का पूरा पड़ाव बीत चुका है और उसके संग बीतती जा रही हूँ मैं। मैंने ड्राईवर को रुकने के लिए कहा और स्कूल के सामने खुली किताब-कॉपी की दुकान की तरफ़ मुड़ गई। मैंने जब दुकानदार से पूछा कि यहाँ जो पहले फ़ॉटोग्राफ़र रहा करते थे, वो कहाँ गए? तो उसने बताया कि चचा तो अब रेलवे रोड वाली दुकान पर बैठते हैं। सुन के अतिया की वो बात याद हो आई, 'यार, कैसा होता है न, अगर कोई अपने घर का इंसान हमें छूता है तो कुछ भी नहीं होता, मगर कोई बाहरी टच करता है तो बॉडी में कैसा सेंसेशन होने लगता है।' और हम उसको चिढ़ाते हुए पूछ बैठे कि आख़िर मोहतरमा को किसके टच ने सेंसेशन दिलाया। बाद में पता चला, वो इसी दुकानदार के चचा

महाशय थे। अब सोच रही हूँ तो लगता है, वक़्त कितनी जल्दी उड़ जाता है परिंदों-सा। परिंदे तो फिर भी एक बार को अपने नीड़ की तरफ़ रुख़ कर लेते हैं, लेकिन ये 'वक़्त' नामुराद, एक बार उड़ जाता है तो वापस पलट के नहीं देखता। नहीं देखता कि अपने संग कितने लम्हे, मौसम और कितनी सदियाँ ले के उड़ चला है। वो बस इसी तरह लौटता है यादों के लिहाफ़ ओढ़े और हम बीते हुए लम्हों की परतों में घुसकर हर पल से हिसाब-किताब करने में लग जाते हैं। आज भी मैं ठीक उस दिन की तरह तलाशने में लगी थी, वो सपनीली नीली आँखें, जिनसे नज़र हटाते हुए मेरी ये आँखें ख़ूब रोई थीं। वो मेरा सपना, मेरा अपना, मुझसे दूर, बहुत दूर छूटा जा रहा था और मैं देखने के अलावा कुछ कर भी नहीं सकती थी।

ये वाक़िया, उस वक़्त का है या यूँ कह लीजिए मेरी ज़िंदगी के उस दौर का है जब बाली उमर, बचपन की दहलीज़ को छोड़ के जवानी की ओर धीरे-धीरे क़दम बढ़ा रही थी। आलम यह था कि जब क्लास की कोई एक लड़की फ़िल्म देखकर आती और स्कूल के ख़ाली पीरियड में बाक़ियों को आँखों देखा हाल सुनाती और बेचारे लड़के जो नहीं सुन पाते, वो ब्लैक बोर्ड पर बात करने के इल्ज़ाम में उनका नाम लिख देते। जब फ़िल्मों में चलने वाली हीरो-हेरोइन की लव-स्टोरी को हम सच समझा करते थे और उन्हें अपना आइडल मान बैठते थे; जब फ़िल्म में दोनों गाते 'हमने घर छोड़ा है, रस्मों को तोड़ा है... दूर कहीं जाएँगे, नई दुनिया बसाएँगे' तो वहीं बैठे-बैठे माँ-पापा हमें समझाते कि देखो बेटा ये फ़िल्म है, इसका वास्तविक दुनिया से कोई लेना देना नहीं और फ़िल्म से लौटने के बाद उनके दोस्तों के बीच यही डिस्कशन का टॉपिक होता कि आजकल फ़िल्मों में क्या बेहूदा दिखा रहे हैं। कोई संस्कार ही नहीं बचा। ये उस उमर की भी बात है, जब स्कूल से लौट के शाम को लड़के-लड़कियाँ साथ में आइस-पाइस, विष-अमृत खेलते और लड़का, अपनी पसंद वाली लड़की को जान बूझकर पहले आइस-पाइस नहीं बोलता और लड़की, नादान बनते हुए अपने वाले को 'अमृत' देने के बहाने छू

लेती। जैसे मैंने खेल-खेल में अपने वाले को छू लिया था और तब अतिया की बात सच लगी कि सच में सेंसेशन तो होता है यार। मैं उसको, उसके सभी दोस्तों की तरह 'आदि' बुलाती, जबकि उसका नाम 'आदिल' था और ये बात मुझे अतिया से मालूम पड़ी, क्योंकि वो उसकी ममेरी बहन थी। आदिल मेरी ही कॉलोनी में रहता था और अतिया, हमारे स्कूल के पीछे वाली कॉलोनी में। पता नहीं सुनने में फ़र्क़ था, या इस तरह के नामों के बीच कभी रहना नहीं हुआ, इसलिए उसके आदिल वाले 'ल' से मेरा कोई परिचय ही नहीं हो पाया था। बस परिचय था तो उसके 'ल से लट्टू' से। बहुत बढ़िया लट्टू फिरकाता। वो लट्टू फिरकते देखता और मैं उसकी आँखों में फिरकता लट्टू। नीले कंचे जैसी आँखों में पीला लट्टू हरा नज़र आता। वो कहते हैं न सावन के अंधे को सब हरा नज़र आता है। बस वैसे ही मुझे हर जगह बस आदि और सिर्फ़ आदि ही नज़र आता।

वो मेरे ही क्लास का था, बस क्लास का सेक्शन अलग था। शायद लट्टू देखने की बात वो भी जान चुका था, इसलिए क्लास ख़त्म होते ही वो किसी न किसी बहाने से मेरे क्लास के बाहर खड़ा हो जाता। उसे मालूम था कि मेरी सीट दरवाज़े के पास वाली है तो इस तरह से आकर खड़ा होता कि उसे मेरा पलक-दो पलक दीदार हो सके। किसी को शक होने का सवाल नहीं, क्योंकि अतिया भी मेरे बग़ल वाली सीट पर ही बैठा करती थी। पहले कुछ दिन तो मुझे लगा आदि अपनी बहन की सिक्योरिटी में वहाँ आकर खड़ा होता है, मगर एक दिन मुझे इल्म हुआ कि नहीं, बात कुछ और ही है। क्योंकि अतिया उन दिनों माहवारी की परेशानियों के चलते स्कूल नहीं आ रही थी और आदि अब भी वहीं आकर खड़ा हो रहा था। एक दिन जब उसने मुझसे क्लास में से निकलते वक़्त ये कहा कि अतिया कुछ दिन आ नहीं पाएगी, क्या मैं उसको होमवर्क बताने उसके घर जा सकती हूँ? तब मैंने थोड़ा अकड़ झाड़ते हुए उससे कहा कि तुम भी तो उसी क्लास में हो, बस सेक्शन ही तो अलग है। तुम नहीं नोट कर सकते, बस यहाँ आकर खड़े रहते हो, किसकी पहरेदारी में लगे

रहते हो? बसऽऽऽ, उस वक़्त वो जो क़ातिल मुस्कान से मुस्कुराते हुए गर्दन उचका के अपनी क्लास की ओर बढ़ा कि कहने-सुनने के लिए कुछ बचा ही नहीं था। मैं हैरत से शर्माते हुए वॉटर-कूलर की तरफ़ बढ़ गई। पानी पीते हुए बहुत देर तक मुस्कुराती रही और फिर लगा, उसका चेहरा मेरी मुस्कराहट से जा चिपका हो। वो जब तब याद हो आए और उसके साथ उसकी वो अदा। तौबा-तौबा मुझे जाने क्या हुए जा रहा था, पता ही नहीं चल पा रहा था। उसका वहाँ खड़ा होना मुसलसल जारी था। फिर उसे रोकता भी कौन? कौन फिर डूबता उसकी निगाहों के नीलेपन में, मगर मेरा डूबना बदस्तूर जारी था।

उसने कई दफ़ा मुझे अपनी चाहत का एहसास कराया, मगर मैं अपनी बंदिशों के चलते ख़ामोश ही रहती। उसे चाहते हुए भी उससे कुछ न कहती। एक दिन जब उर्दू का काम पूरा करने के लिए उससे कॉपी माँगी तो उसने कॉपी के संग एक स्लिप पर फ़राज़ साब की शायरी के साथ जो बात लिखी वो अब तलक दिल पर क़ाबिज़ है। वो कुछ ऐसा था—

अगर तुम्हारी अना ही का है सवाल तो फिर
चलो मैं हाथ बढ़ाता हूँ दोस्ती के लिए

उसने लिखा, 'अन्नू, हम जानते हैं कि आप हमें पसंद करती हैं और हम आपको। किसी को पसंद करना कोई गुनाह तो नहीं। हम आपको चाहते हैं, इसका मतलब ये बिल्कुल भी नहीं कि आप भी हमें चाहें ही, लेकिन हम महज़ एक अच्छे दोस्त तो हो सकते हैं न! तो अगर आप मेरी बात से इत्तिफ़ाक़ रखती हैं तो कॉपी लौटाने के बहाने हमारे घर ज़रूर आएँगी। हम इंतज़ार करेंगे।' उस दिन जब हम सब दोस्त स्कूल से घर लौट रहे थे, तो वो बिल्कुल ख़ामोश था और मेरा दिल ज़ोरों से धड़क रहा था। दोपहर से शाम होने भर में मैंने कई दफ़ा वो स्लिप पढ़ी और अपने सीने में दिल के ज़ोर-ज़ोर से धड़कने की आवाज़ को चुप कराती

रही। मगर कोई कब तक चुप रहेगा? अब तो पूरा बदन हड़ताल पर था, केवल दिमाग़ को छोड़कर। दिल कहता चल उठ, तू भी पसंद करती है उसे, दिमाग़ पानी डाल देता कि नहीं, पागल मत बन, अभी तेरी उम्र ही क्या है और फिर वो दूसरे मज़हब का जाया। फिर क़दम फड़क उठते और दिल बेचैन हो उठता कि इतना कुछ सोच के थोड़े ही चाहा था और फिर दोस्ती में क्या हर्जा है? और क़दम उठे और उसके घर की ओर बढ़ चले। 'देखा है पहली बार साजन की आँखों में प्यार' यही गाना बज रहा था, जब मैंने उसके घर की घंटी बजाई। घंटी बजने के अगले ही पल दरवाज़ा ऐसे खुला मानो मेरे ही इंतज़ार में बैठा हो। सामने आदिल था और मुझे देखते ही वो धीरे से गुनगुनाया 'अब जा के आया मेरे बेचैन दिल को क़रार।' मैंने भी धीमे से मुस्कुरा के पलकें झुका लीं। तभी उसकी अम्मी आ गईं और बोलीं, "अच्छा तो ये है अन्नू, बेटा कब से जनाब आपके ज़िक्र में ही मशग़ूल थे कि अन्नू ऐसी है, वैसी है और मैं हैरानी से सुनते हुए सोच रही थी कि पता नहीं इस बुद्धू ने मेरे बारे क्या-क्या बताया होगा।" उसकी अम्मी बड़े खुले विचारों की महिला थीं। उनसे बात करके लगा ही नहीं कि उनसे पहली बार मिली हूँ। मैंने उनके सामने आदिल की ख़ूब खिंचाई की और वो ख़ूब हँसीं। फिर हमारे खाने के वास्ते कुछ लेने किचेन में चली गईं। फिर क्या, अब तो आमने-सामने मैं और आदिल। मैं बिल्कुल चुप थी। उसने मुझे छेड़ते हुए कहा, "अब क्या हो गया, अभी तक तो चिड़िया की तरह चहक रही थीं।" फिर कुछ देर चुप हो के बोला, "हमें अच्छा लगा कि आप आईं और आपको?" जी में आ रहा था कि कह दूँ कि मुझे तुमसे ज़्यादा, मगर अपने को सँभालते हुए मैंने कहा, "मुझे तब अच्छा लगेगा, जब तुम मुझे आप कहना छोड़ तुम कहोगे।" वो मुस्कुरा उठा और आँख मारते हुए बोला, "जो हुकुम बेगम।" और मैं उसको मारने के लिए कॉपी लेकर उसके पीछे दौड़ पड़ी।

अब कभी कॉपी के बहाने हम दोनों अतिया के घर मिलने लगे, तो कभी आइस-पाइस के बहाने से उसकी छत की टंकी के पीछे।

इश्क़ की नर्म ख़्वाहिशों के बीच शहर में दहशत ने अपना पैठ बैठना शुरू किया। आदिल के अब्बू, जो कि उस वक़्त शहर के डिप्टी एसपी थे, आए दिन पापा से ज़िक्र किया करते कि मंदिर-मस्जिद विवाद के चलते दोनों मज़हबों में कितनी दूरियाँ बढ़ती जा रही हैं और दोनों ही इस बात से एक-दूसरे को दिलासा दिलाते कि वक़्त हर मरहम को भर देगा। बस ये करना है कि हर मुसीबत में सब एक-दूसरे के साथ रहें। मंदिर-मस्जिद विवाद से अलीगढ़ में आए दिन कर्फ़्यू लग जाता और हमारे स्कूल कि छुट्टियाँ हो जातीं। उसके बाद बीतते-बीतते वो दिसंबर-जनवरी के महीने भी बीत गए, जब हम रविवार को अतिया के घर धूप सेंकते हुए पढ़ाई करते और आँखों ही आँखों में इश्क़ के कितने ही सबक़ सीखते। इसी बीच फ़ाइनल एग्ज़ाम आ गया। रोज़ एग्ज़ाम जल्दी ख़त्म कर लेने के बाद भी हम देर तक रुके रहते। बातें ही नहीं ख़त्म होतीं अपनी। स्कूल के पीछे साइकिल-स्कूटर स्टैंड था, टिन शेड से ढ़का हुआ, वहीं अपनों-सपनों की बुनाई होती। जज़्बात के रेशे और होठों की सलाई से मख़मली सपने बुनते। उस रोज़ आख़िरी दिन था इम्तिहान का। शहर का माहौल उस वक़्त गर्म था। कभी भी कुछ घटने की पूरी संभावना। मगर इम्तेहान थे तो स्कूल भी ज़रूरी था। घर से सख़्त हिदायत थी कि एग्ज़ाम ख़त्म करके जल्द से जल्द घर लौट आना है। क्लास में एग्ज़ाम शुरू होने के एक घंटे बाद जो जाना चाहे जा सकता था। सो हम दोनों ने भी सोच लिया था कि जल्द ही एग्ज़ाम पूरा करके अपने सपनों की दुनिया में कुछ लम्हे गुज़ार लेंगे और फिर घंटी बजते ही घर निकल जाएँगे। मैं जब पहुँची तो आदि पहले से ही वहाँ मौजूद था। वो मुझे अपलक देखता रहा। थोड़ा परेशान था रोज़-रोज़ के दंगों, लड़ाई-झगड़ों से। पूछ बैठा, "तुम्हें मुझसे डर नहीं लगता?"

"डर क्यों लगेगा!" मैंने बेफ़िक्री से पूछा।

"मैं मुसलमान जो हूँ और तुम हिंदू। अभी जो हाल मचा है, तुम्हें मुझसे नफ़रत होनी चाहिए। मुझसे बात तो क्या, मेरी तरफ़ नज़र उठाकर

देखना भी नहीं चाहिए। तुम मुझपर कैसे इतना भरोसा कर बैठी कि इस माहौल में भी बिना किसी डर के, शिकन के, तुम मुझसे मिलने आ गईं। कहीं मैं तुम्हारे साथ कुछ ऐसा-वैसा कर बैठा तो तुम्हारा क्या रह जाएगा ? इतना ऐतबार कैसे कर सकती हो तुम मुझपर जबकि जबकि..." वो बोलते-बोलते हाँफ रहा था। उसके होंठ बुरी तरह फड़फड़ा रहे थे, चेहरा गुलाबी से लाल हो उठा था और उसकी नीली आँखें और गहराई ले चुकी थीं।

"जबकि क्या आदि ?" मैंने उस दिन पहली बार उसे बाँहों से पकड़ा। "तुम्हें क्या हो गया, मेरे लिए तुम बस मेरे आदि रहोगे, हमेशा-हमेशा के लिए। इतने सवाल और ऐसे सवाल क्यों ? आख़िर क्यों ?"

"क्योंकि मैं एक मुसलमान हूँ। हम दोनों अलग-अलग मज़हब से हैं। हमें मोहब्बत करने का कोई हक़ नहीं। हमारे अंदर सपने देखने की कोई आरज़ू नहीं होनी चाहिए।" कहते हुए उसने मुझे ज़ोर से पकड़ के दूर झटक दिया। टिन की बनी हुई दीवार झन्न से बोल उठी और तभी उसी झन्न से हज़ारों झनझनाहट शहर के माहौल में तैर गईं। हज़ारों बेगाने शोर, अनदेखी भयानक आवाज़ें, चीख़ें, चीख़ों में लिपटा डर, ज़ार-ज़ार दर्द से रो रहा था, चिल्ला रहा था। साथ में पुलिस के सायरन की गूँज और दहशत भर रही थी। शहर भर में कर्फ़्यू लग चुका था।

ये सब सुनते ही आदि ने मुझे दौड़कर अपने सीने से चिपका लिया। उसकी धड़कनें तेज़ थीं और तेज़ धड़कनों से उसकी साँसें मुझे समझा रही थीं कि घबराओ मत, मैं हूँ... मैं हूँ... मैं हूँ तुम्हारे साथ। मैंने उसे ज़ोर से धकेला और ज़ोर-ज़ोर से टिन पीटने लगी। वो झटके से मेरी तरफ़ लपका। अपनी ओर खींचते हुए ज़ोर का तमाचा मेरे गाल पर रसीद किया और बाँहों में जकड़, सीने से लगा लिया। मैं सिसकती रही और वो मुझे सहलाता रहा। मैं उसकी छुअन में एक अपनापन, एक ऐतबार महसूस कर रही थी। मैंने भी उतनी ही शिद्दत से उसे अपनी बाँहों में भर लिया और हम दोनों पत्थर की मूरत की तरह सिमटे हुए एक दूजे में अपनी

साँसें भर, देर तक सिसकते रहे। रोना थमा तो डर लगने लगा। धीरे-धीरे दोपहर से शाम हो आई थी और हमें खोजने के लिए न कोई आ रहा था और न हम बाहर निकल पा रहे थे।

आदि को अपने से ज़्यादा मेरी फ़िक्र हो रही थी। उसने धीमी आवाज़ में मुझे समझाया कि अगर कोई दस्तक होती है और अगर वो पुलिस होती है तो वो पहले सामने जाएगा, नहीं तो दोनों दम मार के छुपे रहेंगे। वो जानता क्या था, बल्कि उसे यक़ीन था कि उसके पापा हम सबको खोज रहे होंगे कि तभी टिन के पास पुलिस की गाड़ी का सायरन बजने की आवाज़ आई। कुछ देर बाद पास ही कुछ टोर्चें चमकीं और सीटियाँ बजीं। टिन पर डंडे की आवाज़ करते हुए आवाज़ गूँजी 'आदिल, आदिल', फिर दूसरी आवाज़ 'अंतरा, अंतरा'। हम रोते हुए चिल्ला उठे, "पापा हम यहाँ हैं।" एकदम सारा स्टैंड टोर्च की रौशनी से भर गया। अंकल और पापा दोनों हमारे सामने खड़े थे और मैं आदिल का हाथ थामे, उसके पीछे से दोनों को देख रही थी। दोनों की आँखें नाराज़गी, बेकसी-बेबसी और हम दोनों को खो देने के ख़याल से बेइंतिहा भीगी और लाल हो रखी थीं। अंकल ने पापा को इशारे में मुझे ले जाने को कहा और वो हमारी ओर बढ़ गए। पापा ने आदिल के कंधों को दबाते हुए उसके बालों को सहलाया और नज़रों से शुक्रगुज़ार होते हुए मुझे अपने दोनों बाज़ुओं से थामकर बाहर खड़ी जीप की ओर चल दिए। मैंने पीछे मुड़कर आदिल को देखा, उसकी आँखें एकटक सिर्फ़ और सिर्फ़ मुझे देखे जा रही थीं। टप-टप बहते हुए जैसे कहना चाह रही हों—

अब के हम बिछड़े तो शायद कभी ख़्वाबों में मिलें
जिस तरह सूखे हुए फूल किताबों में मिलें

मैंने पूछने की कोशिश भी की कि आख़िर आदिल हमारे साथ क्यों नहीं चल रहा? मगर बाहर खड़ी दो जीपें देखकर मैं समझ गई कि माजरा क्या है? पापा मुझे लेकर पहली जीप से घर की तरफ़ बढ़ चले। रास्ते भर

बस हमारे दरमियाँ ख़ामोशी पसरी रही। कोई बात नहीं हुई। हम घर पहुँच चुके थे। उतरते हुए पापा ने बस इतना कहा, “आदिल का कोई ज़िक्र नहीं। बिल्कुल चुप रहना है तुम्हें।” आस-पड़ोस के अंकल लोग इकट्ठे थे घर पर। घर में दाख़िल होते ही रिपोर्टरों की तरह सवाल पर सवाल दागते चले गए। कहाँ मिली बिटिया? कैसे मिली? क्या हुआ था? और सबसे तीर जैसा सवाल आदिल मिला क्या? मैंने बस पापा को गर्दन को ‘ना’ में हिलाते देखा और मैं बेचैनी से रो पड़ी। मम्मी तेज़ क़दमों से मुझे मेरे कमरे में लेकर चली गईं। कमरे का दरवाज़ा बंद करते ही वो मेरी ओर लपकीं। मुझे बाँहों में भर बहुत देर तक रोती रहीं और मैं पापा का ‘ना’ में गर्दन हिलता सोच हिचकती रही। सोचती रही कि आदिल ठीक होगा न। उसके पापा ने कुछ किया तो नहीं होगा। माँ के सीने से लग के दुआ कर रही थी कि वो ठीक हो। तभी महसूस करती हूँ कि माँ अपने दोनों हाथों से मेरे शर्ट के बटन खोल रही हैं। मैंने रोकने की कोशिश की तो एक तड़ाक से ज़ोर का चाँटा मेरे गाल पर रसीद किया और बिस्तर पर धकेल दिया। मेरा सर बिस्तर के कोने से जा टकराया। एक आह! की आवाज़ हुई और मुझे सब काला-काला नज़र आने लगा और मैं बेहोशी के काले चादर के नीचे दुबक गई। फिर देखती हूँ कि उस काले रंग के पीछे से चाँद की तरह उजली शक्ल वाला आदिल अपनी नीली आँखों को चमकाता हुआ मुझे देख सुकून से मुस्कुराने लगा। मानो कह रहा हो, ‘मैंने कहा था न, मैं तुम्हें कुछ नहीं होने दूँगा। तुम सलामती से अपने घर पहुँच गईं और मुझे क्या चाहिए। तुम्हें कुछ हो जाता तो मैं ख़ुद को कभी माफ़ नहीं कर पाता, क्योंकि तुम्हारी पाकीज़गी मेरे लिए बहुत मायने रखती है। ये हमारी मोहब्बत की जीत है। हम कहीं भी रहें, हमारी मोहब्बत ताउम्र हमारी धड़कनों और एक-दूसरे को छुई साँसों में हमेशा ज़िंदा रहेगी। तुम बस यूँही हमेशा मुस्कुराती रहना। तुम मुस्कुराते हुए बहुत अच्छी लगती हो, अन्नू।’

और मैं ‘सच’ कहते हुए उसका हाथ थामने की कोशिश करने लगी।

मगर वो, उसकी बोलती आँखें, उसकी हथेलियाँ धीरे-धीरे अँधेरे में गुम होती जा रही थीं और मैं रुक जाओ, रुक जाओ रटते-रटते अचानक से उठ बैठी। रात का घुप अँधेरा था और सन्नाटा था। मम्मी-पापा और नर्स भयानक सपने की तरह मेरे सामने बैठे थे। सर, दर्द से भरा हुआ, ज़ोरों से घूम रहा था। मैंने दोनों हाथों से माथे को पकड़ लिया। जब तक माँ आकर सँभालतीं, तब तक फिर बेहोश। शायद मैं बेहोश ही रहना चाहती थी जीवन भर, क्योंकि बाद में मुझे बताया गया कि मैं काफ़ी बार ऐसे ही बेहोश हो जाती और फिर आदिल को याद करते हुए होश में आती और फिर बेहोश हो जाती। बस इतना याद है, जब पहली बार होश आया था, तो मेरे कपड़े बदले हुए थे और माँ, अपनी बेदाग़ बेटी को गले से लगाकर ख़ूब रोना चाहती थी, मगर मैं फिर बेहोश हो गई थी।

जब होश आया, तब तक कर्फ़्यू ख़त्म हो चुका था। शहर वापस से अपनी रंग में रँगा हुआ था। बस एक रंग छुप गया था। वही नीली आँखों और पीले लट्टू से बना जादुई हरा रंग। सब फीका-फीका, केवल उदास भूरे रंगों से भरा था। पेड़ों से पत्ते झड़ गए थे और बरसात आने में अभी बहुत वक़्त था। मेरे दिल के आँगन में तो अब शायद ही सावन की हरियाली उतरे। स्कूल की छुट्टियाँ पड़ चुकी थीं। लौटने पर अतिया से पता चला कि उस दिन आदिल के पापा उसे अतिया के घर छोड़ आए थे, जिससे किसी को यह न एहसास हो कि हम दोनों साथ थे। फिर एक रोज़ बाद उसे ये कहकर वापस ले आए कि स्कूल में बंद रह गया था। इस आइडिया के लिए दोनों के घरवालों ने जाने कब तक ख़ुदा का शुक्रिया अदा किया होगा।

मेरा अस्पताल से लौटने के बाद घर से निकलना बंद था। वो तो अतिया को मेरे घर आने की इसलिए इजाज़त थी, क्योंकि उसने ही ख़बर दी थी कि आदिल को आगे की पढ़ाई के लिए उसके छोटे मामू, यानी आदिल के चचा के पास मुंबई भेज दिया गया है। मैं अकेले बैठे-बैठे सोचती कि क्या अब उसे मेरी याद नहीं आती होगी? जाने कौन-सी

क़समों की आयत उसकी अम्मी ने उसकी बाँह में बाँधी होगी, जो मेरी याद का टोना भी उसे तोड़ नहीं पा रहा था। बस टूट रही थी तो केवल मैं और मेरी उम्मीद। हर पीर-मज़ार, मंदिर-गुरुद्वारा बस एक ही दुआ माँगती कि एक बार वो नीली आँखों से मुस्कुराता हुआ कहीं मिल जाए। बस एक निगाह जी भर के देख लूँ उसे, फिर चाहे ज़िंदगी भर न मिले। जानती हूँ दुआएँ कभी क़ुबूल नहीं होतीं। जो हम सोचते हैं वो कभी नहीं मिलता। लेकिन फिर भी रोज़ दुआ माँगती हूँ, वो जहाँ भी हो ख़ुश हो और मैं बार-बार उसे पाने की ख़्वाहिश लिए उसके दयार पर हर जनम लौटूँ।

बोझल मन और सूनी आँखें लिए दोबारा गाड़ी में बैठते हुए बस इतना ख़याल आया कि इतनी बड़ी दुनिया में कोई सपने की तरह कहीं खो जाए, कोई अपना आँखों से ओझल हो जाए, उसके पहले ढूँढ़ लो उसे। आँखों में भर के रूह में जगह दे दो उसे। क्योंकि जब वो नहीं होगा, उसकी बेचैनी होगी, उसकी यादें होंगी और एक बार फिर फ़राज़ जेहन में तैर गए—

हुआ है तुझ से बिछड़ने के बाद ये मालूम
कि तू नहीं था तिरे साथ एक दुनिया थी

आउट-डेटेड

धुंध और कोहरे से भरे अँधेरे, सुनसान रास्ते से बस गुज़रती जा रही थी और उसके साथ धीमे-धीमे छीज रहा था मैं—बीत रहा था मैं। एक पल सोचा कि देखूँ समय क्या हुआ है, लेकिन फिर लगा, वो तो गुज़र चुका है। बस में बैठते हुए जब ख़याल हो आया कि घड़ी कहीं गिर गई है तो कितनी तस्सली हुई थी कि चलो, अब इस साले के पीछे नहीं भागना पड़ेगा। माँ की कोख में, पहली दस्तक से लेकर आख़िरी साँस तक पर, इसका ही क़ब्ज़ा रहता है। कमबख़्त से छुटकारा ही मुश्किल है। अभी भी उसी के बारे में सोच रहा हूँ, 'पता नहीं साला कितना समय हुआ है', यह सोचते हुए मोबाइल जेब से निकाला तो वह भी स्विच-ऑफ़ हो चुका था। मेरी निगाह बग़ल वाले के मोबाइल पर गई, वो कैंडी-क्रश खेल रहा था। अँधेरे, सुनसान रास्ते में एक वो इंसान ही उजाले की किरण-सा महसूस हुआ। वैसे मुझे मोबाइल में गेम खेलने वालों से सख़्त नफ़रत है। ख़ासतौर से उन लड़कों से जो बाक़ी बातों में ज़िम्मेदार नागरिक होने का सर्टिफ़िकेट दिखाते हैं, लेकिन कैंडी-क्रश जैसे खेल में वक़्त को ज़ाया करते हैं। आख़िर वक़्त की कोई क़ीमत है कि नहीं? मैंने महसूस किया कि मैं उन बड़े-बूढ़े लोगों की तरह सोचने लगा हूँ, जिन्हें समय ने अपनी ढाई-चाल से मात देकर पुराना और फ़िज़ूल का सामान कर दिया है। ठीक वैसे ही जैसे इस मोबाइल की वजह से अलार्म घड़ी, कैल्क्युलेटर,

फ़ोन-डायरी जैसी चीज़ें आउट-डेटेड हो गई हैं। समय, सब को आउट-डेटेड कर देता है। 'आउट-डेटेड... आउट-डेटेड... आउट-डेटेड।' मेरे दिल-ओ-दिमाग़ में ये शब्द जैसे जड़ हो गया। घड़ी के पेंडुलम की तरह टिक-टिक करने लगा। दिन भर का वाक़िया, दोबारा से ख़ुद को दोहराने लगा। वापस से मामा का ख़याल हो आया, जो समय की डिक्शनरी से कब का आउट-डेटेड हो चुके थे और आज एक्सपायर भी हो गए।

मैं सोचने लगा, पहले ज़िंदगी कितनी सीधी-सरल रेखा में चलती थी और समय का भी एक ही डायमेंशन होता था, वर्तमान-टुडे। आज में जियो, कल की फ़िक्र नहीं, बीते कल की परवाह नहीं। अब तो समय भी थ्री-डी टीवी की तरह थ्री-डायमेंशनल हो गया है। एक ही दिमाग़ है और उसे सोचना है तीन समय को। बड़ी नाइंसाफ़ी है। लेकिन नाइंसाफ़ी हो भी तो क्यों न हो। अब हम दिमाग़ से सोचते हैं और पहले दिल से सोचते थे। ये कहना बेजा न होगा कि पहले हम दिल के राजा हुआ करते थे और अब दिमाग़ के ग़ुलाम। दिल की सुनते, दिल की करते, इसलिए समय भी सरल रेखा में था।

मैं, मामा और मेरा बचपन। कितना सीधा-सादा-सा बचपन। वह बचपन जहाँ मेरी सुबह, माँ के बनाए करारे नमक के परौठे और चाय की ख़ुशबु से होती और मैं लेटे-लेटे माँ के जगाने का इंतज़ार करता। फिर पंपिंग-सेट पर जाने के लिए मामा के कंधे पर सवार हो जाता। कभी उन्हें खेतों में पानी लगाते देखता तो कभी अपनी धुन में मगन गुनगुनाते सुनता और फिर उँगलियाँ थामे बाक़ी ममेरे भाइयों के साथ वापस लौट आता। गर्मी की छुट्टियों में मेरे दिन की शुरुआत ऐसे ही होती और मेरे इकलौते मामा का अबोला प्रेम हमेशा मुझ तक अपनी राह बना लेता। तीन-तीन बेटों का पिता होने के बावजूद वो मेरे मामा अधिक थे। एक विचित्र-सा आकर्षण था उनके व्यक्तित्व में। अब सोचता हूँ तो लगता है कि फ़िल्मों में किसान का किरदार निभाने वाले बलराज साहनी, दिलीप कुमार से लेकर मनोज कुमार तक में किसी के चेहरे पर वो चमक, वो कांति नहीं

थी जो मेरे मामा के चेहरे पर खिल आती थी, जब वो दिन भर खेतों में हल-फ़र्सा चलाकर, गाय-बैलों को सानी-पानी करके घर लौटते। मामा का दुलार मुझपर था, लेकिन मुझसे ज़्यादा अपनी बहन के लिए था। क्योंकि माँ के जाने के बाद मैं तो फिर भी सँभल गया, लेकिन मामा को, उनका पूरा परिवार मिलकर भी नहीं सँभाल पा रहा था। वो उम्र के साथ-साथ गुज़रते जा रहे थे। उनके मन में माँ की यादें गझिन होती रहीं और वो झीने पड़ते रहे। फिर एक दिन अरमानों की चादर इतनी झीनी पड़ गई कि 'एक बार पंकज के बोलाय दअ... तनिक देख लेई' की ख़्वाहिश करते ही चादर तार-तार हो गई और ज़िंदगी जाने कब की छन के बह निकली।

हाँ, ये सुबह-सुबह की ही तो बात थी। उनकी ख़्वाहिश हवा बनकर मुझ तक पहुँची भी, लेकिन हम ज़िंदगी के ऐसे जंजाल में फँस चुके हैं कि चाहकर भी ख़ुद को उससे मुक्त कर पाना मुश्किल हो चला है। उस वक़्त भोर के चार बज रहे थे, जब कोई गीली चप्पलों से चाँय-चाँय करता हुआ घर में घुस आया था और दरवाज़े की ओट से अपलक मुझे देखे जा रहा था। अँधेरे में चेहरा नहीं पहचान पाया। मैं बुरी तरह डर गया और उठ बैठा। मैंने ख़ुद को समझाने का प्रयास किया, 'क्यों बेवजह डर रहा हूँ, सपना ही तो था, रहा होगा कोई।' लेकिन मन को तसल्ली नहीं दे पाया। लेटे-लेटे सोचता रहा कि आख़िर ऐसा सपना क्यों आया और वो बूढ़ा आदमी आख़िर था कौन? कहीं मामा तो नहीं? मगर उनसे तो एक-डेढ़ महीने पहले ही बात हुई थी। आवाज़ से थोड़े बीमार लग रहे थे। उस पल सोचा भी कि एक-दो रोज़ के लिए उनसे मिल आऊँगा, लेकिन ये जो रोज़ दस-बारह घंटे की नौकरी है, वो इतना ख़ून चूस लेती है कि रविवार आते-आते ख़ून में केवल आलस ही बचता है। बस नाश्ता करो और औंधे मुँह करके घंटों पड़े रहो। दोपहर तक तो बच्चे भी कुछ नहीं बोलते, अपने कार्टून-टीवी-मोबाइल-गेम में बिज़ी रहते हैं, लेकिन उसके बाद फ़रमाइशों की लिस्ट शोर मचाने लगती है। किसी को शाम को फ़िल्म देखनी होती है, तो किसी को पेंसिल-रबर चाहिए रहता है।

साधना भी मुस्कुराती निगाहों से उनकी हाँ में हाँ मिलाती चलती है। मैं उनकी चाहतों में मुख़्तसर-सी ख़ुशी ढूँढ़ते हुए दोबारा सोमवार को नौकरी के दरवाज़े को खटखटाता हुआ खड़ा मिल जाता हूँ।

इसी उधेड़बुन में करवट बदली तो दोबारा नींद लग गई। सुबह देर से उठा, चाय का कप ख़ाली ही किया था कि गाँव से फ़ोन आ गया। ख़बर सुनते ही मैं सन्न रह गया। मेरा चेहरा देख के साधना अवाक्, उसने धीमे से पूछा, "क्या हुआ?" मैं कुछ कह नहीं पाया, बस उठा और फटाफट छुट्टी की अर्ज़ी लिखने लगा। अर्ज़ी, साधना के हाथों में थमाते हुए सिर्फ़ इतना कह पाया कि लगता है मेरी बुनियाद की एक और ईंट दरक रही है। उसकी आँखें सवालों से भर गईं। मैंने कपड़े पहनते हुए उससे कहा, "मामा, मुझे बहुत याद कर रहे हैं।" बाक़ी बातें आँसुओं के संग बही जा रही थीं।

मैं किसी भी तरह मामा के आख़िरी दर्शन करने पहुँचना चाहता हूँ। मैं जल्दबाज़ी में हूँ, भागा-दौड़ी मची है। तभी दुनिया की रिवायतों से बेख़बर मेरा सात साल का दीपू, टाटा-स्काइ रीचार्ज कराने की ज़िद करने लगा। मैं बद-हवास उसे एक ओर धकेलते हुए बाहर निकल गया। जीप अपनी रफ़्तार से दौड़ी जा रही है और मेरी निगाहें उससे तेज़ आगे की दूरियाँ नाप रही हैं। कभी हाथ मोबाइल पर जा रहा है और कभी शर्ट के दूसरे वाले बटन पर। मामा अक्सर मेरे शर्ट का बटन खोल दिया करते। कहते, "हीरो बनेगा हमार बचवा।" मैं हीरो तो नहीं बना, लेकिन आज उन्हें याद करते हुए वो बटन खोल दिया। तभी फिर फ़ोन बज उठा, विजय (छोटे ममेरे भाई) की आवाज़ आई, "भइया, अब घाटे तर पहुँचि है, पिताजी ना हयन।"

मैं सन्न रह गया। ख़ुद को ढाढ़स बँधाकर कहा, "अरे! इतनी जल्दी क्या है, मुझे पहुँचने दो।"

उधर से मौसेरे भाई की आवाज़ आई, "भैया, इहाँ सबेरे-सबेरे चौहद्दी में एक अउर जने एक्सपायर हो गए हैं, तो दूनो माटी को साथ

में ले जाने का प्लान है। हम सब रुके हैं, तू जल्दी पहुँचा बस।" कहते हुए फ़ोन कट गया।

मैं सोच में पड़ गया। इंसान इतना प्रैक्टिकल कैसे हो सकता है भला! आवाज़ में एक आने का कंपन नहीं, रुलाई तो दूर की बात है। वही इंसान जो अब तक साँस ले रहा था, ज़िंदा था, उसकी पूछ थी; अब जो प्राण ने ही साथ छोड़ दिया, तो ये बेग़ैरत दुनिया काहे का मलाल करेगी। सभी को लोकाचार से मुक्त होने की जल्दी है। किसी को दो पल की फ़ुर्सत कहाँ? इंसान आडंबर का ऐसा पुतला हो चुका है, जिसमें भावनाओं की नदी सूख चुकी है। ज्यों-ज्यों समय गुज़रा जा रहा है, मेरे हाथ-पाँव की झुरझुरी बढ़ती जा रही है। पता नहीं, मेरे पहुँचने तक सब रुकेंगे भी या नहीं।

कहीं पहुँचने की बेचैनी दूरियों को और लंबा कर जाती है। ऐसे तो रॉबर्ट्सगंज से बनारस पहुँचने में तीन घंटे लगते थे, आज यह सफ़र जाने कितने घंटों में तब्दील हो गया है। क़स्बा-नगर, जाम-झाम, उलूस-जुलूस, भीड़-भाड़ को पार करते हुए किसी तरह पहुँचा मणिकर्णिका घाट, यानी श्मशान, यानी जीवन की आख़िरी मंज़िल। शिथिल शरीर और बुझे मन से, आती हुई हर अर्थी को देख रहा हूँ। धूसर धुएँ से भरे श्मशान में चटकीले रंगों और गमकती ख़ुशबुओं से सजे निर्जीव बदन। कफ़न से ढका झूठ, जीवन के आख़िरी सच को जी चुका है। मन ऐसा विराग से भर गया कि 'ब्रह्म-सत्यम जगत-मिथ्या' वाक्य सार्थक महसूस होने लगा। तभी विजय ने पीछे से कंधे को दबाया, "भईया, बड़ा देर कई देहलै माटी त राख होइ गयल।" बदन को तो जैसे काठ मार गया। मैं खिन्न हो, बेजान-सा, वहीं पास की दीवार से लगकर बैठ गया। लग रहा था, मानो कोई युग समाप्त हो गया हो और मैं उसके अंतिम सिरे पर हाथ झुलाए, मन आधा किए अकेला रह गया हूँ। अब माँ की तरह मामा को भी कभी नहीं देख पाऊँगा। इस निर्दयी समय के लिए, जो गुज़र चुका है, वह सब अप्रासंगिक है, सब आउट-डेटेड है। लेकिन यादों का क्या करें, उन्हें कैसे आउट-डेटेड करें!

"हाँ, भैया! रॉबर्ट्सगंज..." कहते हुए कंडक्टर ने मेरे कंधे को झकझोरा और मैं दोबारा से अपनी ज़िंदगी की बिसात पर समय की ढ़ाई चाल से मात खाने के लिए एक ख़ाना आगे बढ़ गया।

रिटर्न गिफ़्ट

वे रोज़ बेसबब एक-दूसरे से व्हाट्सऐप पर चैट करते; कोई काम रहता तो भी, नहीं रहता तो भी। काम की तो कोई बात नहीं होती, लेकिन बात हो जाती तो लगता काम बन गया। अब हर लम्हे पर ख़ुशी क़ाबिज़ रहेगी और दिन अच्छा गुज़र जाएगा। जाने क्या दोनों के बीच अनकहा था कि जो उन दोनों को आपस में बाँधे रखता। एक दिन विपिन का हर दिन की तरह मैसेज आया, 'क्या कर रही हो?' वो अक्सर ऐसे ही मैसेज करता था और उसपर रिद्धी का छोटा-सा जवाब होता, 'कुछ नहीं।'

वो कह उठता, 'कुछ क्यों नहीं? क्यों घर में बैठी रहती हो? अरे जाओ! दुनिया की रंगीनियाँ लूट आओ, जब बूढ़ी हो जाओगी तब लूट के क्या करोगी?'

इसपर ज़ोर से हँस पड़ती और ढेर सारे मुस्की वाले स्माइली उसको भेज देती। मगर आज विपिन ने दूसरी बात की, 'क्यों, कुछ नहीं। ग़लत बात। मैं तुम्हारे शहर आ रहा हूँ और तुम कुछ नहीं कर रही। ये भी कोई बात होती है भला।' अपने में मुस्कुराते हुए विपिन ने वो टेक्स्ट रिद्धी को भेज दिया।

'व्हाट? क्या? अरे!' रिद्धी सकपका गई और फिर मैसेज किया 'कब? क्यों? कैसे?'

'बाप रे! इतने सवाल, अरे भई एक काम के सिलसिले में आ रहा

हूँ, न कि तुम्हें इंटरव्यू देने।'

'सॉरी, मेरा मतलब था कि अचानक से!' फिर उसने कुछ सोचते हुए लिखा, 'अच्छा आओ।'

'तुम ख़ुश नहीं हुईं?' विपिन ने उदासी वाला स्माइली भेज के पूछा।

'अरे नहीं, ऐसी बात नहीं है, अच्छा बताओ तो सही, कब आ रहे हो?'

तभी विपिन ने कॉल कर दिया, "बस दो-तीन घंटे में तुम्हारे पास।"

जब उससे अपनी बेसब्री छुपाई नहीं जाती तो वो ऐसे ही कॉल कर दिया करता। ये भी नहीं सोचता कि घर में रिद्धी के पति होंगे तो वो क्या सोचेंगे? उसे ये कोई सोचने वाली बात नहीं लगती। रिद्धी पर अपना अनकहा अधिकार समझता।

"रे बाबा! इतनी जल्दी!"

"क्यों? तुम्हें पार्लर जाना है क्या?" विपिन ने चुटकी ली।

"क्या विपिन, कुछ भी बोलते हो तुम। आज कहीं भी नहीं मिल सकते, मुझे इनके साथ बाहर जाना है।" रिद्धी, अपनी उदासी छुपा ले गई कि आज उसका जन्मदिन है और निखिल शहर से बाहर गए हुए हैं।

"क्या यार, पति के चक्कर में अपने टेंपरेरी-बॉयफ्रेंड को छोड़ रही हो, जो पहली बार तुम्हारे शहर, केवल किसी ख़ास वजह से आ रहा है।"

"ख़ास वजह, इतनी देर से बात कर रहे हो, एक बर्थडे विश तो तुमसे किया नहीं गया। आए बड़े ख़ास वजह से।" रिद्धी ने तुनकते हुए कहा।

विपिन ज़ोर से हँसा और हँसते-हँसते बोला, "बस यही तुनक सुनने के लिए ही तो फ़ोन किया था, हैप्पी बर्थडे जानेमन... जाने-तमन्ना!"

"थैंक यू, थैंक यू, मगर तुम्हें इससे ज़्यादा आउट-डेटेड कॉम्प्लिमेंट नहीं मिला?"

"क्यों, कैसे आउट-डेटेड? वो गाना नहीं सुना– प्यार में दिल पे मार दे गोली... जाने-तमन्ना मर के भी तेरा पीछा छोड़ू ना ना ना।"

"विपिन!"

अच्छा ठीक है बाबा, तुम कभी नहीं समझोगी। चलो छोड़ो ये सब, अब बातें ही करती रहोगी कि मिलने का प्लान भी बताओगी, बहुत ज़रूरी काम है।

रिद्धी, विपिन की बातों से परेशान हो गई थी। वो समझ नहीं पा रही थी कि उसे कैसे समझाये कि वो जैसा सोच रहा है वैसा कुछ नहीं है। ख़्वामख़्वाह उसपर अपना समय बर्बाद कर रहा है। उसका एक बार मन हुआ कि उसे 'ना' कह दे लेकिन फिर लगा, इतनी दूर से जाने किस काम से यहाँ आ रहा है, मिल ही लेती हूँ। उसने विपिन को कहा कि वो उसे ख़ुद रिसीव करने आएगी। विपिन ख़ुशी से उछल पड़ा, लेकिन उसे क्या पता था रिद्धी उसे इसलिए रिसीव करने आ रही है, जिससे वहीं-कहीं पास के रेस्तराँ में मिल के बात ख़त्म करें। वो कहाँ जानता था कि निखिल को उसके बारे कहाँ कुछ पता है।

विपिन पाँच साल पहले तक केवल उसका क्लासमेट हुआ करता था, जिसके डील-डौल पर कॉलेज की आधी लड़कियाँ फ़िदा थीं और आधी लड़कियाँ उसके फ़ोटोग्राफ़िक स्किल पर, लेकिन वो, वो केवल रिद्धी पर फ़िदा था। वो चोरी-छुपे रिद्धी की जाने कितनी तस्वीरें खींच चुका था। रिद्धी को दोस्तों के लिए पार्टी अरेंज करने का बहुत शौक़ था। कोई भी इवेंट होता, रिद्धी के टचअप के बिना अधूरा लगता और फिर उसपर विपिन की शानदार फ़ोटोग्राफ़ी यादों को जानदार कर जाती। सारे दोस्त उनको साथ में कंपनी खोलने को कहते। विपिन मुस्कुराते हुए कह उठता, 'कंपनी क्या, मैं तो पार्टनर बनने को तैयार हूँ और वो भी लाइफ़ वाला, मगर कोई हाँ कहे तो बात बने न!' अक्सर 'प्यार माँगा है तुम्ही से, न इनकार करो...' गाना गुनगुनाते हुए उसके पास से गुज़र जाता। रिद्धी शर्म से दोहरा के गुलाबी हो जाती। लेकिन सब कुछ जानते हुए भी रिद्धी अंजान बनी रहती, क्योंकि वो अपने घरवालों की रूढ़िवादी सोच में जकड़ी हुई थी। जिनके लिए 'प्यार भी कोई करने की चीज़ होती है क्या? लड़कियाँ भी कभी प्यार करती हैं क्या? जैसे सवाल अहम थे। उसे माँ

की बात याद है, 'देख बेटा कॉलेज पढ़ने को भेज रहे हैं, कोई इशक-विशक का चक्कर न पाल लियो और मान ले जो कोई पसंद आ भी गयो तो पिहले देख लियो अपने जात-बिरादरी कै होवे।' अब माँ को कौन समझाये कि प्यार जात-बिरादरी पूछ के नहीं होता, दिल का कोई धरम नहीं होता। प्यार कोई कपड़ा थोड़े ही है कि लेबल और ब्रांड देख के ख़रीदा जा सके। इसलिए रिद्धी ने अपने ख़्वाहिशों को पंख ही नहीं बख़्शे।

कॉलेज ख़त्म होते-होते रिद्धी की शादी कर दी गई और सुंदर, पढ़ा-लिखा, समझदार निखिल उसके जीवन में दाख़िल हो गया। उसने रिद्धी को दुनिया को दूसरे नज़रिये से देखने का सलीक़ा सिखाया। उसे एहसास कराया कि उसका भी कोई अस्तित्व है। वो उससे केवल इसलिए प्यार न करे, क्योंकि वो उसका पति है, बल्कि इसलिए चाहे क्योंकि वो चाहना चाहती है। ख़ुद के चाहने और थोपे हुए चाहने में जो अंतर है वो उसको पहले समझे। रिद्धी पहले समझ न सकी, वो उदास हुई, फिर काफ़ी रोई, फिर एक दिन निखिल से पूछ बैठी, "जो मुझे तुमसे प्यार नहीं हुआ तो, कोई और ऑप्शन है क्या?" निखिल बहुत देर तक ज़ोर-ज़ोर से हँसता रहा और रिद्धी मेमने की तरह उसका मुँह निहारती रही। सोच-सोच के डरती रही कि कहीं निखिल उसके सवालों को सुनकर नाराज़ न हो जाए, मगर ऐसा कुछ नहीं हुआ। उसने धीमे से रिद्धी को बाँहों में भर लिया और बोला, "नहीं कोई ऑप्शन नहीं है, मेरी भोली हिरनी। तुमसे जिसको न प्यार हो जाए। लेकिन जब तुम्हें मैं प्यार करने लायक़ लगूँ, तब तुम मुझे चाहो, मुझे प्यार करो और फिर इतना करो कि कभी किसी ने किसी को न किया हो।" रिद्धी मुस्कुरा दी और बोली, "बस इसी बात पर मैं अपनी पूरी ज़िंदगी तुम पर निसार कर सकती हूँ। तुम्हारे वजूद पर मेरा वजूद निर्भर है।" "नहीं, नहीं रिद्धी। ये तो मैं बिल्कुल नहीं चाहूँगा कि तुम मेरी वजह से अपनी आइडैंटिटी खोओ, तुम तुम हो और मैं मैं हूँ।" रिद्धी ने उसकी बात काटते हुए कहा, "नहीं, तुम और मैं, हम हैं।"

निखिल फिर उसके भोलेपन पर मर-मिटा और उसकी सादगी

में खोता चला गया। लेकिन ज़िंदगी का भी मौसम बदलता रहता है। चिलचिलाती धूप कभी न कभी जीवन में क़दम रखती ही है। ठीक वैसे ही उन दोनों के जीवन में रिद्धी की इनफ़र्टिलिटी ने क़दम रखा। शादी के पाँच साल गुज़र चुके थे, मगर उनके घर में नन्हे मेहमान की किलकारी नहीं गूँजी। फिर डॉक्टर और हॉस्पिटल के चक्कर काटने शुरू हुए और उसपर निखिल के नौकरी की व्यस्तता। कभी टूर के सिलसिले में चेन्नई तो कभी कोलकाता और कभी मुंबई। वहीं मुंबई यात्रा के दौरान उसे पता चला कि वहाँ रिद्धी का इलाज संभव है, मगर वहाँ इलाज से ज़्यादा ठहरने का ख़र्चा था। घर लौटा तो रिद्धी उसकी व्यस्तताओं और अपने ख़ालीपन से खिझी हुई थी। उसने आते ही अख़बार उसके सामने रख दिया और बताया कि वो इवेंट प्लानिंग का कोर्स करना चाहती है। मुंबई का एक इंस्टीट्यूट छह महीने का कोर्स करा रहा है। इसके बाद वो पार्टी-प्लैनर का काम शुरू करना चाहती है। निखिल इस बात से ख़ुश था कि रिद्धी ने अपने को अवसाद से बचाने का तरीक़ा ढूँढ़ निकाला है और इधर उसको, रिद्धी का मुंबई में इलाज कराने का रास्ता भी मिल गया। रिद्धी का एड्मिशन हो गया और डॉक्टर से बात भी। साथ ही वोमेंस हॉस्टल भी मिल गया, जहाँ वो उसे इत्मीनान से रख सकता था। अब दोनों ख़ुश थे और सपनों के सच होने की राह देखने लगे।

कोर्स करते हुए रिद्धी को दो महीने हो चुके थे। एक दिन फ़ोटोग्राफ़िक टैक्निक की क्लास के लिए फ़िल्म-फ्रैटरनिटी से विपिन राय आने वाले थे। जाने क्यों एक पल को अचानक, उसे अपने कॉलेज वाला विपिन याद हो आया। वो अपने बचपने पर अंदर तक सकुचा गई। मगर सामने क्या देखती है, ये तो सच में विपिन ही है, जो अब सर विपिन राय बन चुके हैं। उसे समझ नहीं आ रहा था कि वो बस मुस्कुराए या ख़ुशी से सबको बता डाले कि वो उसका क्लासमेट है। क्लासमेट! क्या वो केवल क्लासमेट था? वो इन्हीं सवालों के घेरे में उलझी थी कि सुनी-सुनाई आवाज़ में, 'अरे! रिद्धी तुम?' सुनकर चौंक गई। उसके पहले विपिन

ने ही उसे पहचान लिया था। वो ज़रा भी नहीं बदला। वही साँवले चेहरे पर मुस्कुराती शरारती आँखें और वही होठों पर तैरती उससे मिलने की ख़ुशी। उसने क्लास ख़त्म होने के बाद उसे कॉफ़ी के लिए कैंटीन चलने का ऑफ़र दिया। दोनों क्लास के बाद कैंटीन की ओर चल दिए। दोनों के बीच एक ख़ामोशी भी चल रही थी, जिसे दोनों धकेल के पीछे छोड़ देना चाहते थे। कॉफ़ी की चुस्की के साथ विपिन ने ख़ामोशी को परे धकेला और पूछ बैठा, "और बताओ, कैसी हो? यहाँ कैसे आना हुआ?"

"बताती हूँ, पहले कॉफ़ी तो पियो। अच्छी हूँ और यहाँ इवेंट प्लानिंग के कोर्स के सिलसिले में आई हूँ। तुम्हें यहाँ देखकर अच्छा लगा, मुझे बिल्कुल भी अंदाज़ा नहीं था कि यहाँ तुमसे यूँ मुलाक़ात हो जाएगी।" विपिन मुस्कुरा उठा और उसे छेड़ते हुए बोला, "तुम भी तो पति के संग एकांतवास में चली गई थी। कहाँ से किसी की ख़बर रखोगी। अच्छा किया जो यहाँ चली आईं, वरना कॉलेज के बाद तुमसे दोबारा मिलने का कोई चांस ही नहीं था।"

रिद्धी ये सब सुनके शर्माते हुए बोली, "ये बात नहीं है सर!"

सर सुनते ही विपिन उछल पड़ा, "ओए मैडम! सर तुम अपने उनको बुलाना मुझे नहीं, मुझे केवल विपिन पुकारो।" तभी रिद्धी का फ़ोन बज उठा, उधर निखिल था। वो इक्सक्यूज-मी कर के उठ गई। थोड़ी देर बाद वापस लौटी तो देखा विपिन उसे ही देख रहा था। उसने कहा, "मुझे लगा तुम चले गए होगे।"

"तुमने जाने के लिए कहा कहाँ था, मैं तो कब से वहीं ठहरा हूँ।" विपिन ने एक गहरी साँस छोड़ते हुए कहा।

"मतलब?"

"मतलब कुछ नहीं, हमारी बातों के बीच में कबाब में हड्डी कौन बना? पहले ये बताओ?"

रिद्धी हँसते हुए बोली, "ओए मिस्टर, वो कबाब में हड्डी नहीं मेरे हसबेंड थे निखिल।" रिद्धी उससे पहले कुछ और कहती, विपिन बोल

उठा, "तुम मुस्कुराते हुए अभी भी उतनी ही प्यारी दिखती हो जितनी कि पहले। मिस ब्यूटीफ़ुल स्माइल।"

"ओए! मिस नहीं, मिसेज़।" कहते-कहते उसके गाल लाल हो गए।

"क्या ओए? कॉम्प्लिमेंट एक्सैप्ट करना सीखो। पहले कभी किसी ने कॉम्प्लिमेंट नहीं दिया क्या?"

"थैंक्स!" रिद्धी धीमे से बोली।

"बस थैंक्स! कंजूस।"

"अरे कंजूस कैसे। अच्छा बाबा, थैंक यू वेरी वेरी वेरी मच विपिन सर।" कहते हुए रिद्धी खिलखिला दी और उसने झट से रिद्धी कि एक पिक्चर खींच ली।

रिद्धी पूछ बैठी, "अभी तुम्हारा शौक़ गया नहीं।"

"मैडम जी शौक़ के बदौलत ही तो मुंबई में ये मक़ाम बना पाया कि अब दोस्त भी सर कहते हैं।" रिद्धी शर्मा गई और बोली, "अच्छा बाबा, अब नहीं बोलुँगी सर। अब चलती हूँ, कल से काम की बातें शुरू और ये फ़िज़ूल की बातें बंद। इनकी कोई ज़रूरत नहीं।"

विपिन उसकी बातें सुनता रहा और पूछ बैठा, "पिछले जनम में तुम बनिया थीं क्या?"

रिद्धी आश्चर्य से भर गई, बोली, "क्यों?"

"कब से देख रहा हूँ, तोल-मोल के बोल रही हो? ग्राम-मिलीग्राम में हँस रही हो और अब ये ज़रूरत वाली बात। मैडम, कभी-कभी कोई काम बिना ज़रूरत के भी कर लिया करो। ज़रूरत के हिसाब से तो सब चलते हैं, लेकिन जो बेहिसाब चलते हैं, वो ही असल में ज़िंदगी जीते हैं। अब ज़रूरत भूलो और बमुश्किल साढ़े-तीन महीने बचे हैं, उन्हें जम के जियो। तभी जो सीखने, समझने, हासिल करने आई हो, कर पाओगी।" विपिन की बातों से रिद्धी को उसपर विश्वास हो आया और बोली, "ठीक है मैं कोशिश करूँगी।"

अब वो दोनों रोज़ मिलते, कभी सुबह तो कभी शाम। कभी रिद्धी

हॉस्पिटल से होते हुए उसके शूट पर पहुँच जाती, तो कभी विपिन उसे हॉस्टल छोड़ने के बहाने समंदर के किनारे घुमा लाता। एक दिन बीच पर टहलते हुए रिद्धी उदास लग रही थी। उसे निखिल की याद आ रही थी। उसने आने के लिए कहा था, मगर उसे काम के सिलसिले में दूसरी जगह का टूर मिल गया था। विपिन माहौल को हल्का करने के लिए बोला, "यार, तुम मुस्कुराया करो। मुझे अच्छा लगता है।"

"अच्छा... तो तुम्हें अच्छा लगने के लिए मैं यूँही बेबात मुस्कुराती रहूँ?" रिद्धी ने थोड़ा खीझते हुए कहा।

"तो क्यों नहीं? क्या तुम्हें किसी को ख़ुश देखना अच्छा नहीं लगता? और फिर मैं किसी की बात क्यों करूँ? तुम्हें मेरा ख़ुश रहना अच्छा नहीं लगता? कुछ तो ख़याल करो मेरा, आख़िर मैं तुम्हारा टेंपरेरी-बॉयफ्रेंड जो हूँ।"

"ओए! ये कब हुए तुम? मैंने तो तुम्हें नहीं बनाया ऐसा कुछ भी।" रिद्धी ने लगभग चिल्लाते हुए कहा।

"तो अब बना लो, कॉलेज में तो सारे साल डरती ही रही। अब परमानेंट बनने का तो चांस गया, कम से कम, जब तक यहाँ हो, टेंपरेरी वाला ही बना लो।"

"टेंपरेरी-बॉयफ्रेंड!" रिद्धी ज़ोर से हँस पड़ी और वो भी मस्ती में कह गई, "चलो ठीक है, आज से तुम मेरे टेंपरेरी-बॉयफ्रेंड!"

दोनों की बेबाक हँसी से समंदर की रेत और चमकने लगी थी और वो घंटों समंदर के किनारे बैठे रहे और एक-दूसरे को अपने जीवन के अनछूए पहलुओं से भिगोते रहे। कभी रिद्धी उसे अपने और निखिल के क़िस्से सुनाती तो कभी विपिन अपने स्ट्रगल की कहानी सुनाता। रिद्धी अपने बारे में बताते हुए विपिन से बार-बार पूछती कि वो बातों से बोर तो नहीं हो रहा? वो कहता, नहीं, दोस्त कभी बोर नहीं होते।

रिद्धी ने पूछा, "कभी भी नहीं।"

"हाँ, कभी भी नहीं। एटलीस्ट मैं तो कभी नहीं।"

“तुम्हारी शादी हो जाएगी, क्या तब भी नहीं?” थोड़े बचपने से रिद्धी ने पूछा।

विपिन ने दृढ़ता से कहा, “नहीं, तब भी नहीं।”

उस दिन पहली बार रिद्धी को लगा कि काश! ये लम्हा यहीं ठहर जाए। सदियाँ, लम्हे, वक़्त सब जादू की तरह छू हो जाएँ और यहाँ बस वो दोनों बच जाएँ। रिद्धी बता देना चाहती थी कि वो कॉलेज के दिनों में, उसे कितना पसंद करती थी, लेकिन कुछ सोच के चुप रह गई।

पहली बार ऐसा हुआ कि रिद्धी को निखिल का ख़याल नहीं आया। वो दोनों ख़ामोशी से सागर की लहरों को तकते रहे और उन लहरों के शोर में, अपने अंतर्मन के कोलाहल को घोलते रहे। दोनों एक-दूसरे से बहुत कुछ कहना चाहते थे, मगर कह कुछ भी न सके।

***

अभी रिद्धी, विपिन को रिसीव करने के लिए तैयार होने ही जा रही थी कि फ़ोन बज उठा। निखिल था फ़ोन पर। “हैप्पी बर्थडे शोनू। सॉरी स्वीटू, बहुत कोशिश की, लेकिन कोई फ़्लाइट ही नहीं मिली आज के लिए।”

“इट्स ओके... थैंक यू।”

“बस थैंक यू, तुम उदास हो न।” निखिल ने छेड़ा।

“तो क्या नाचूँ, तुम भी कैसे सवाल पूछते हो?” पता नहीं विपिन के आने की अकुताहट थी या निखिल का उसके बर्थडे पर न पहुँच पाने का रंज, रिद्धी का मूड अपने क़ाबू में नहीं था।

“अरे पागल! मुझे पता था तुम ऐसा ही कुछ जवाब दोगी। अब ख़ुश हो जाओ, आ रहा हूँ मैं! रात तक अपनी हसीना की बाँहों में!”

“सच्ची?”

“मुच्ची! मेरी कुच्ची-पुच्ची।”

“ठीक है! थैंक यू, जल्दी आओ।”

“आ रहा हूँ बाबा। लेकिन ये क्या अजनबियों कि तरह थैंक यू, थैंक

यू लगा रखा है? कुछ हुआ है क्या?"

"नहीं, कुछ भी तो नहीं।" कहते हुए रिद्धी सकपका गई। जाने क्यों वो विपिन के आने की बात निखिल को नहीं बता पाई। उसने मुंबई में रहने के दौरान से लेकर लौटने के बाद तक भी, विपिन के बारे में कहाँ कुछ बताया था। वो निखिल के स्वभाव से परिचित थी। वो कहता तो कुछ नहीं, मगर उसे ये भी पसंद नहीं आता कि कोई उसकी कुच्ची-पुच्ची को उससे ज़्यादा अपना माने। वो जानती थी कि ये ग़लत भी था, लेकिन अगर कोई उसे पसंद करता है, तो उसपर उसका तो कोई ज़ोर नहीं। मगर ये बात कौन निखिल को समझाए?

रिद्धी फ़ोन रख जल्दी-जल्दी तैयार होने लगी। उसने पीला कुर्ता निकाला, फिर उसे याद आया कि निखिल को साड़ी पसंद है और वो भी आसमानी रंग क़ी, लेकिन आज उसका जन्मदिन है तो वो अपने पसंद का रंग पहनेगी। तैयार होकर वो सारे बालों को समेटकर बाएँ कंधे पर ले आई। वो बहुत ख़ूबसूरत लग रही थी, लेकिन फिर सारे बालों को पीछे कर क्लचर लगा लिया। उसे याद हो आया कि विपिन को उसके कंधे पर झुके बाल बहुत पसंद हैं, मगर अगले ही पल उसने फिर बालों को खोल के आगे कर लिया। मन ही मन बोली, 'मुझे भी ऐसे ही अच्छे लगते हैं।' ये सब सोचते हुए उसे विपिन की बात याद हो आई, 'जो काम तुम्हें पसंद हो, वो करो तो कभी पछतावा नहीं मिलेगा ज़िंदगी से।'

तभी विपिन का मैसेज आ गया, 'मोहतरमा, आ गया आपके शहर। स्वागत नहीं करेंगी हमारा?'

'बस आ रही हूँ।' लिखकर उसने जल्दी से रिप्लाइ किया और उससे मिलने चल निकली। वैसे तो उन दोनों की अक्सर ही बात हुआ करती थी, लेकिन आज मिलना, पूरे चार महीने बाद हो रहा था। अजीब-सी ख़ुशी रिद्धी के दिल में घर करके बैठी थी। लग रहा था एयरपोर्ट न हो गया, माउंट एवरेस्ट हो गया। वो पहुँच ही नहीं पा रही थी।

विपिन उसे वहीं एअरपोर्ट के पास वाले रेस्त्रां के बाहर खड़ा मिला।

पूरे चार महीने बाद दोनों मिले थे और एक-दूसरे को बस देखे जा रहे थे। दोनों की ख़ुशी छिपाए नहीं छिप रही थी। मन क़ाबू से बाहर हुए जा रहा था, मगर दोनों ने अपने को रोकते हुए केवल मुस्कुराते हुए हाथ मिलाया। हाथ छूते ही विपिन बोल उठा, "अरे! ये क्या, तुम्हारा हाथ ठंडा? क्या हुआ तुम्हें? सब ठीक?"

रिद्धि ने ख़ुद को सहज करते हुआ कहा, "हाँ, हाँ सब बढ़िया है।"

"तो फिर मुस्कुराओ यार। आज तुम्हारा बर्थडे है।" रेस्त्रां में, उसने कुर्सी खींचते हुए उसे पहले बैठने का इशारा किया। उसके बाद अपने साथ लाए लाल गुलाबों का बुके गिफ़्ट किया, जिसपर लिखा था– फ़ॉर द मोस्ट ब्यूटीफ़ुल गर्ल इन द वर्ल्ड। रिद्धि उसकी ख़ूबसूरती पर फ़िदा हो ही रही थी कि विपिन ने एक स्पेशल गिफ़्ट, यानी उसकी तस्वीरों के कोलाज वाला फ़ोटो फ्रेम, उसको गिफ़्ट किया। ज़िंदगी के हर रंग से सजी, बेहतरीन लम्हों को समेटे, उसकी ख़ूबसूरत तस्वीरें, जिनसे वो भी अंजान थी!

रिद्धि, केवल हैरानी ज़ाहिर करते हुए चुपचाप उसका ये प्यार भरा जेस्चर नोटिस कर रही थी। वो समझ नहीं पा रही थी कि इतना प्यार वो कहाँ समेटकर रखे। वो झूठ-मूठ का तुनकते हुए बोली, "अरे! इतना सब कुछ करने की क्या ज़रूरत थी विपिन। अब पिट्टी-पिट्टी होगी तुम्हारी।"

"हाय! काश! तुम पीटती, मुझे कितना मज़ा आता।"

"तुम बिल्कुल पागल हो।" कहते-कहते रिद्धि मुस्कुरा दी।

"अच्छा अब मुस्कुराती ही रहोगी कि कुछ मँगाओगी भी खाने के लिए, भूख लगी है। तुमसे मिलने की ख़ुशी में सुबह से कुछ खाया तक नहीं।" उसकी आँखों में आँखें डालते हुए विपिन ने कहा। वो जाने क्या खोजने की कोशिश में था।

"आव... सॉरी, सॉरी... अभी मँगाती हूँ।" उसी ख़ुशी में उसने भी सुबह से कुछ नहीं खाया था, मगर वो बता नहीं पाई विपिन को।

आर्डर देने के बाद दोनों बातों का सिरा खोजने लगे, जहाँ से वो

आगे बढ़ सकें। विपिन ने पहले खोजा और पूछ बैठा, "इन चार महीनों में मुझे मिस किया?"

"मिस? नहीं तो! मिस कैसे करती, रोज़ तो लगभग हमारी बात हो जाती है।" रिद्धि इधर-उधर देखते हुए कह तो गई, मगर उस सवाल को सुनने के बाद उसकी आँखों में जो बादल उमड़ आए, उनको वो कहाँ छुपाती। पलकें झुकाते ही रुख़्सारों पर उतर आए और वो आँखें नीची कर कोलाज को देखने लगी। वो सोचने लगी कि घर से चली थी तो सोच रखा था कि कैसे वो विपिन को समझाएगी कि अब वो बचपने वाली बातें न करे। उसका घर है, पति है, एक अपनी दुनिया है... मगर यहाँ उससे मिलते ही सारे ख़याल धुँआ हो गए।

दोनों कॉफ़ी ख़त्म करने तक रास्तों की, मौसमों की, शहरों की बातें करते रहे। जब दिल कुछ और कहना सुनना चाह रहा हो और जज़्बात अपना रास्ता न तलाश कर पा रहे हों, तब यही सब टॉपिक उम्मीद बँधाए रहते हैं कि कभी तो दिल के जज़्बात, अल्फ़ाज़ की गाड़ी में सवार हो, ज़ुबान का रास्ता इख़्तियार करेंगे। रिद्धि ने कहा, "चलो कहीं और चलें, खुली हवा में।"

"हाँ चलो, फ़रवरी की गुलाबी सर्दी की धूप में जयपुर की बात ही कुछ और है। पता नहीं फिर कब मुलाक़ात हो!" धीमे से कहते हुए विपिन चुप हो गया।

"तुमने ऐसे क्यों कहा?"

"नहीं, बस ऐसे ही।" और दोनों एअरपोर्ट से थोड़ी दूर जवाहर सर्किल पार्क चले आए। हल्की सुनहरी धूप, गुनगुनी सर्दी और यहाँ-वहाँ बिखरे लोग। वो दोनों थोड़ा धूप-छाँव देखकर पास लगे बेंच पर बैठ गए। विपिन ने माहौल को हल्का करते हुए कहा, "हम्म, अब जाके समझ आया कि ये शहर इतना ख़ूबसूरत कैसे है?"

"कैसे?"

"अरे! तुम जो रहती हो यहाँ।"

"हा हा हा..." हँसते हुए रिद्धि के गोरे गाल सुर्ख़ हो उठे, "तुम भी न, कुछ भी बोलते हो।" फिर वो अपनी हँसी रोकते हुए पूछ बैठी, "अच्छा, लेकिन तुमने ये क्यों कहा कि पता नहीं फिर कब मुलाक़ात हो!"

"अरे वो तो ऐसे ही बोल दिया... यूँही।"

"जब बात छिपा नहीं सकते तो छिपाते क्यों हो? जबकि तुम जानते हो मैं पहचान लेती हूँ। बताओ न क्या बात है?"

विपिन अपने दर्द को हँसी में उड़ाते हुए बोला, "रिद्धि, अब तुम्हारा ये टेंपरेरी बॉयफ्रेंड, किसी का परमानेंट बॉयफ्रेंड, यानी कि हस्बैंड बनने वाला है, मेरी शादी हो रही है।"

"अरे वाह! अच्छा... कांग्रेचुलेशंस...!" रिद्धि की आवाज़ चौंकते हुए ख़ामोशी के समंदर में डूब गई। विपिन ने उसका हाथ पकड़ लिया, जो कि बर्फ़ से भी ज़्यादा ठंडा था। वो उसकी मन:स्थिति समझ रहा था। उसने बात को आगे बढ़ाते हुए कहा, "अब तुम तो मिल नहीं सकती, तो किसी से तो शादी करनी पड़ेगी न।" रिद्धी ने कोई जवाब नहीं दिया। माहौल में एकाएक छा गई चुप्पी को तोड़ने के लिए, बात को बदलते हुए विपिन ने कहा, "लेकिन तुम्हारे बर्थडे का रिटर्न गिफ़्ट लिए बिना नहीं जाऊँगा।"

"क्या चाहिए?" रिद्धि ने उदासी भरे लहजे में धीमे-से पूछा। मगर वो मन ही मन समझ नहीं पा रही थी कि आख़िर उसे क्या हुआ। वो विपिन की शादी की बात सुनकर ख़ुश क्यों नहीं हुई, जबकि उसे तो इस बात पर बहुत ख़ुश होना चाहिए था। उसके प्यारे दोस्त विपिन की नई दुनिया बसेगी। कोई होगी, जो उसके सुख-दुख को बाँटेगी। उससे प्यार करेगी और विपिन अपने में कितना ख़ुश रहेगा।

अपने में ख़ुश! शायद यही वो बात थी जो उसे उदास किए जा रही थी। अब वो अपने मन की बातें किससे कहेगी। ये जो बीते कुछ महीनों में, विपिन उसके मन का आईना हो गया है। उससे अच्छा-बुरा, हँसना-रोना सब कुछ साझा कर लेती थी, अब वो कैसे कर पाएगी? किससे

ज़माने भर के ग़म बयान करेगी और कौन ख़ामोशी से उसकी हर बात सुनेगा और हमेशा उसी के साथ खड़ा होगा। उसे इन बीते महीनों में एहसास ही नहीं हो पाया कि वो कितना ज़्यादा जुड़ चुकी है विपिन से। अब जबकि वो उसकी ज़िंदगी से दूर जा रहा है तो वो समझ ही नहीं पा रही कि उसे अपने मन से कैसे निकाले? उसकी यादों को, उसकी बातों को और मुंबई में बिताए उन लम्हों को समंदर की किस गहराई में छुपाए, जो वो फिर उसे मिल न सकें। वो, उसके सामने मन खोलकर रख देना, उसकी आदत बन चुकी थी। वो भला कैसे भुलाएगी इस आदत को?

"ओ मैडम! रिटर्न गिफ़्ट देने के नाम पर कहाँ खो गईं? मेरी फ़्लाइट का समय हो रहा है।" कहते हुए विपिन ने चुटकी बजाई।

"हाँ, मैंने पूछा तो, क्या चाहिए?" रिद्धि ने अपने जज़्बात को छुपाते हुए थोड़े रंज के साथ पूछा।

"बस इतना कि तुम एक बार कह दो कि तुम अपने इस टेंपरेरी बॉयफ्रेंड से प्यार करती हो और मेरे तुम्हारी ज़िंदगी से चले जाने के बाद तुम मुझे मिस करोगी। तुम मुझे कभी भूल नहीं पाओगी!" कहते-कहते विपिन अपने जज़्बात को सँभाल नहीं पाया और उसने रिद्धि का हाथ पकड़ लिया। उसकी आँखों से कुछ मोती रिद्धी की हथेलियों पर लुढ़क आए। वो मन ही मन चाहने लगा कि रिद्धि के गले लग के ख़ूब रोए और पूछे कि क्या वो उसके बिना रह पाएगी? लेकिन वो बस उसकी हथेलियों को सहलाता हुआ उसके जवाब का इंतज़ार करने लगा।

पूरे माहौल में अजीब-सी उदासी पसर गई। रिद्धि बिना किसी सहारे, जज़्बात की ऐसी रस्सी पर चल रही थी कि ज़रा से क़दम लड़खड़ाए नहीं कि ज़िंदगी बेपटरी। रिद्धी की आँखें डबडबा गईं। उसे विपिन का चेहरा धुँधला नज़र आने लगा। वो ज़ार-ज़ार रोना चाहती थी, लेकिन फिर अगले ही पल ख़ुद को अपने भीतर समेटते हुए बोली, "विपिन... मैं तुम से झूठ नहीं कह सकती कि मैंने तुम्हें बीते दिनों मिस नहीं किया। मगर अब मैं वही कहूँगी जो तुमसे दूर रहते हुए मैंने महसूस किया। ये

सच है कि मुंबई से लौटने के एकाध महीने तक तुम्हारी बहुत याद आई, मगर उसके बाद इवेंट के काम और निखिल के प्यार ने मुझे मोहलत ही नहीं दी कि मैं तुम्हें याद करने जैसा कुछ सोच सकूँ। फिर अक्सर तुमसे बात हो ही जाती थी, तो जो थोड़ा बहुत मिस करती भी थी वो कमी तुम अपनी मीठी बातों और चुहलबाज़ियों से ख़त्म कर देते थे। बड़ा रश्क़ हो चला था, मुझे मेरी क़िस्मत पर..." विपिन सूनी आँखों से चुपचाप रिद्धि की बातों को जज़्ब करने की कोशिश कर रहा था, मगर रिद्धि, विपिन की भावनाओं को अपने ऊपर हावी होने से रोकते हुए बोले जा रही थी, "ये सच है कि कॉलेज के समय कभी तुम मेरी चाहत रहे थे। उस वक़्त मैं तुम्हारी होना चाहती थी लेकिन हिम्मत नहीं कर पाई। उसके बाद निखिल ज़िंदगी में आए और मैंने ज़िंदगी का एक नया रंग देखा। उनका प्यार मिलने के बाद मेरी वो सारी ख़्वाहिशें हवा हो गईं। क़िस्मत से जब मुंबई में तुमसे दोबारा मुलाक़ात हुई तो उस वक़्त मैंने हमेंशा तुम्हें अपना हमनवा, अपना दोस्त ही माना। आज भी तुम मेरी ज़िंदगी का हिस्सा हो, मेरे दोस्त हो, ज़रूरत हो, आदत हो, मगर प्यार नहीं। मैं मानती हूँ कि तुम्हारे साथ रहते हुए, तुम्हारे अपनेपन के एहसास को अपने भीतर पनपने से रोक नहीं पाई, लेकिन बहुत चाहकर भी तुमसे उस तरह नहीं जुड़ सकी जिस तरह दो मन जुड़कर एक हो जाते हैं। कभी-कभी दिल करता था कि बेसिर-पैर की ख़्वाहिशें कर लूँ, जो दिल कहे वो कर लूँ, लेकिन फिर तुम्हारी ही बात याद हो आती थी। तुमने ही तो कहा था- जो दिल में आए वो करो, लेकिन इतना ख़याल रखो कि उससे किसी का दिल न दुखे। निखिल मुझसे बहुत प्यार करते हैं और मैं इतनी ख़ुदग़र्ज़ नहीं बन सकती कि अपनी ऐसी ख़्वाहिशों के लिए निखिल का दिल दुखाऊँ। इसलिए जितना ये सच है कि मैं तुम्हें भुला नहीं सकती, उतना ही ये भी सच है कि मैं तुमसे प्यार नहीं करती। मगर मैं पूरे दिल से चाहती हूँ कि तुम हमेशा मेरे दोस्त रहो।"

विपिन के मन में आया कि वो पूछ बैठे कि अब जो तुम मेरा दिल

दुखा रही हो, उसका क्या? रिद्धि ने उसके उतरते-चढ़ते भावों को पकड़ लिया और उसका हाथ अपने हाथों में लेकर उसे समझाने लगी, "मैं तुम्हारा दिल दुखाना नहीं चाहती, लेकिन हम प्यार के रिश्ते से इतर, उससे भी ऊँचे दर्जे के रिश्ते, दोस्ती को जी रहे हैं। इसमें कोई बंधन नहीं, बस समर्पण है, विश्वास है!"

विपिन को अपना जवाब मिल चुका था। वो मुस्कुराने लगा, बोला, "तुम इतना कुछ कैसे समझ लेती हो रिद्धि। मेरे मन की बात कैसे जान गईं। कैसे तुम्हें मेरे दर्द का एहसास हो गया।"

"बस ऐसे ही जैसे तुम फ़ोन पर जान लेते हो कि मैं कब उदास हूँ और कब ख़ुश।"

"हम्म, तो ये बात है। मतलब कि तुमने मुझसे मेरा इमोशंस पकड़ने वाला फ़ॉर्मुला चुरा लिया है।" विपिन ने आँख मारते हुए कहा।

"हाँ इसलिए सोचती हूँ कि उसके बदले में तुम्हें तुम्हारा रिटर्न गिफ़्ट दे ही दूँ। अब जबकि तुम अपनी ज़िंदगी की नई पारी शुरू करने जा रहे हो, तो मैं अपने इस अनमोल दोस्त को अपनी लाइफ़ में बहुत मिस करने वाली हूँ।"

"सच्ची!" विपिन ने छोटे बच्चे की तरह ख़ुश होते हुए पूछा।

"हाँ बाबा, सच्ची, अपनी क़सम। मैं जानती हूँ कि अचानक से अब ऐसा होगा कि हम दोनों को बात करने के लिए मौक़ा तलाशना होगा। लेकिन उससे दोस्ती तो नहीं ख़त्म होती। जब तक हम रहेंगे हमारी दोस्ती रहेगी। बोलो, डन?" रिद्धि ने विपिन का हाथ और मज़बूती से पकड़ते हुए पूछा।

"हाँ डन।" कहते हुए विपिन रिद्धि के गले लग गया। फिर दोनों ने एक-दूसरे की आँखों में देखा। दोनों की आँखें, उनके महीन रिश्ते के ऊपर छाई दुविधा के बादल छट जाने से, धूप की उजली किरण की तरह चमक रही थीं।

विपिन ने जाते हुए कहा, "बाय, लव यू।"

"बाय... मिस यू... कीप इन टच।"

"या... श्योर... थैंक्स फ़ॉर द लवली रिटर्न गिफ़्ट।" विपिन बाँह हिलाते हुए कैब में बैठ गया और अपनी मुस्कान रिद्धि की आँखों में छोड़ एअरपोर्ट की ओर बढ़ गया।

बस दो मिनट

आज तन्मय शायद सुजाता से आख़िरी बार मिलने वाला था। आज के बाद तन्मय शायद फिर कभी सुजाता के मुँह से वह तीन शब्द भी नहीं सुन पाएगा— बस, दो मिनट!

वह अक्सर इन तीन शब्दों से झुँझला जाता, लेकिन आज जबकि वह सुजाता से अलग हो जाएगा, उसके चेहरे पर उसको खो देने की कसक साफ़ झलक रही है। उसने एक बार फिर मोबाइल का पैटर्न लॉक खोला और थोड़ी देर पहले आया हुआ सुजाता का मैसेज पढ़ा, "रास्ते में बहुत जाम है, पहुँच रही हूँ... बस, दो मिनट।" तन्मय मैसेज बॉक्स से निकलकर उसकी प्रोफ़ाइल पर लगी तस्वीर देखने लगा। वही शोख़ साँवले चेहरे पे शरारती, चहकती आँखें... मानो अभी कई सवाल कर उठेंगी... 'क्या इसीलिए हमने एक-दूसरे के साथ इतना ख़ूबसूरत वक़्त गुज़ारा था कि आज अलग हो जाएँ? तुमने मुझे समझने की कोशिश भी नहीं की। तुम्हारी सोच का दायरा कितना छोटा है!' तन्मय ने झटके से फ़ोन से नज़रें हटा लीं। वह उन सवालों के जवाब देने के लिए ख़ुद को तैयार नहीं कर पाया था। हो न हो, सामाजिक वर्जनाओं और मान्यताओं के चलते वह अपने पुरुषत्व से आगे कभी कुछ सोच ही नहीं पाया।

बहरहाल वह बस दूर कहीं सुजाता के पहुँचने की राह देखने लगा और सोचने लगा कि बीते दो-तीन महीनों में ज़िंदगी ने कितनी करवटें बदल लीं।

***

बात ढाई महीने पहले की है, जब एक रोज़ तन्मय ने उकता के तृप्ति को फ़ोन किया, "यार तृप्ति! यह मुझे किसे रिसीव करने भेज दिया। इतनी देर हो गई, अभी तक एयरपोर्ट से बाहर नहीं निकली तुम्हारी वो दोस्त, अरे! क्या नाम बताया था... हम्म?"

"सुजाता।" तृप्ति ने चहकते हुए कहा।

"हाँ, हाँ, वही। एक्चुअली उसका नाम सुजाता नहीं बल्कि 'मिस दो मिनट' या फिर 'मिस मैगी' होना चाहिए।"

तृप्ति ने हँसते हुए बताया, "यह उसकी पुरानी आदत है। उसको जानने वाले सब लोग उसकी इस आदत के आगे सरेंडर कर चुके हैं, मगर वो है कि बाज़ ही नहीं आती।"

"हम्म, ठीक है! चलो, तुम्हारी 'बस दो मिनट' वाली मैम का फ़ोन आ रहा है... मिलता हूँ थोड़ी देर में।"

लेकिन तन्मय ने जैसे ही उसको पहली दफ़ा देखा, उसके दिलो-दिमाग़ में आतिफ़ असलम का गाना बजने लगा... 'पहली नज़र में ऐसा जादू कर दिया, तेरा बन बैठा है मेरा जिया।' सुजाता की हाइट, कट-टू-कट फ़िगर, साँवले रंग पर तीखे नैन-नक़्श। तन्मय समझ नहीं पा रहा था कि पहले हैलो कहे या पहले हाथ आगे बढ़ाए। वह कुछ करता उसके पहले सुजाता ने ही हाथ आगे बढ़ाते हुए कहा, "हाय, आय एम सॉरी, लगेज सेक्शन में ही ज़्यादा टाइम लग गया। मुझे लगा..."

"आपको लगा कि 'बस दो मिनट' में हो जाएगा।" तन्मय ने उसकी बात काटते हुए कहा।

"आप तो लगता है नाराज़ हो गए हैं।"

"अरे नहीं! जिसको जानते नहीं उससे क्या नाराज़गी, मैं तो आपकी बात को आगे बढ़ा रहा था। अब चलिए, नहीं तो तृप्ति हम दोनों को लेने एयरपोर्ट चली आएगी।" तन्मय अपनी बेहिसाब खिसियाहट को हँसी के पीछे छुपाते हुए बोला।

तन्मय को किसी के देर से आने, बहाने बनाने और सामने वाले इंसान को उल्लू समझने वालों से बेहद कोफ़्त मचती, वह मन ही मन सोचता, आख़िर लोगों को ऐसा करने में क्या मज़ा आता है? कोई सामने वाले इंसान को इतना बेवक़ूफ़ कैसे समझ सकता है!

उसने सुजाता से कह तो दिया, 'जिसे जानते नहीं' लेकिन उसके मन में सुजाता को और जानने-पहचानने की फ़ीलिंग बढ़ती ही जा रही थी। छरहरे साँवले बदन पर मॉव कलर की साड़ी और उसपर स्लीवलेस, डीप-नेक ब्लाउज़, पतली-पतली उँगलियों में साड़ी के रंग का नेल-पेंट और एक भी रिंग नहीं, एक कलाई में रोज़-गोल्ड फ़िनिश की घड़ी और दूसरी कलाई सूनी। उसके मन में 'क्लासिक स्टाइल!' कहने जैसा ही कुछ ख़याल उभर आया, लेकिन कुछ कह नहीं पाया।

सुजाता, तृप्ति की बेस्टी है या यूँ समझ लीजिए कि 'दे बोथ आर सोल पार्टनर्स' दो बदन एक जान टाइप। लेकिन अभी तृप्ति को अपनी जान से दूर अपनी कंपनी के काम से पेरिस जाना है और वो भी दो महीनों के लिए। तृप्ति ने कॉलेज के बाद एक कंपनी में सेल्स मैनेजर के तौर पर नौकरी करनी शुरू की और वहीं उसकी मुलाक़ात तन्मय से हुई। दोनों को नौकरी छोड़कर अपना कुछ करने का मन था और वो कहते हैं न कि दो लोगों की दोस्ती भी वहीं होती है, जहाँ दो लोगों के दुःख एक जैसे हो जाते हैं। तन्मय हिसाब-किताब में बहुत पक्का था और तृप्ति प्रॉडक्ट के सेल्स मैनेजमेंट में। अब बस उन्हें एक टैकी इंसान की ज़रूरत थी, जो उन्हें उनके बिज़नेस में टेक्निकल हेल्प कर सके और यह मसला भी सुजाता ने दूर कर दिया।

तृप्ति की सुजाता से दोस्ती बहुत पहले एक सोशल मीडिया प्लेटफ़ार्म पर हुई थी। तृप्ति ने अपनी एक फ़ोटो पोस्ट की जिसमें उसकी अपने नोज़पिन के साथ फ़ोटो थी और उसने लिखा था– me or nosepin ;) ? सुजाता ने उसकी फ़ोटो पर लिखा– both.

तृप्ति ने जब ये रिप्लाई देखा तो वह मुस्कुराए बिना न रह सकी और उसने सुजाता को पर्सनल मैसेज किया। उसने लिखा, 'Hi... love your reply.'

सुजाता ने जवाब दिया, '& I love everything you do. The way you carry yourself. Your soul, your vibe... everything of yours.'

तृप्ति मुस्कुराए बिना न रह सकी। उसने लिखा, 'शायद हम एक जैसी हैं, एक ही ट्राइब से हैं, हमें मिलना चाहिए।'

'Are you sure ?' सुजाता ने पूछा।

'Yeah' तृप्ति ने लिखा।

सुजाता कुछ देर तक तृप्ति के बारे में, उससे मिलने के बारे में सोचती रही। उसने ख़ुद से सवाल किया कि क्या हमें अपने शरीर को इतना बाँध के रखना चाहिए ? क्या उसे अपनी इच्छाओं को पूरे नहीं होना देना चाहिए ? काफ़ी उहापोह के बाद उसने तृप्ति से मिलने का मन बना लिया। कहते हैं न, दूरियाँ तभी तक पाँव बाँधती हैं जब तक मन न हामी भरे। एक बार मन ने 'हाँ' कह दिया तो कुछ भी मुमकिन है। उसके बाद कभी सुजाता दिल्ली चली जाती तृप्ति से मिलने और कभी तृप्ति बैंगलोर आ जाती। कुछ देर के लिए ही सही, जब दोनों एक-दूसरे के साथ होतीं, उन्हें लगता, काश ! वक़्त यहीं ठहर जाए। एक-दूसरे के बालों को सुलझाते हुए, बदन को सहलाते हुए, वे दोनों अपने मन की सारी गुत्थियाँ खोलने लगी थीं। तृप्ति ने अपने पुराने रिलेशनशिप का ज़िक्र किया और सुजाता ने उसकी लाइफ़ के सभी मेल-फ़ीमेल फ़्रेंड्स के बारे में बताया। मिलते-जुलते तृप्ति ने जान लिया था कि सुजाता को क्या-क्या और कौन-

कौन पसंद है और सुजाता ने जाना कि तृप्ति भी उसको पसंद करती है। फिर कुछेक सालों में दोनों की इतनी अच्छी बॉन्डिंग हो गई कि जब स्टार्टअप के ज़रिए तृप्ति ने लव मेकिंग प्रोडक्ट्स को सीधे कस्टमर्स तक पहुँचाने का बिज़नेस शुरू किया, तब तन्मय ने फ़ाइनेंस सँभाल लिया और सुजाता ने बैंगलोर में रहते हुए कंपनी की वेबसाइट और टेक्नीकलिटीज़ का ज़िम्मा उठा लिया। तृप्ति ने उस कंपनी का नाम 'माय म्यूज़' रखा, जिसमें सुजाता ने लव-मेकिंग प्रॉडक्ट्स के साथ-साथ डेटिंग एप को भी जोड़ दिया था। जिन प्रॉडक्ट को स्टोर से ख़रीदने में लोगों को, ख़ासतौर से महिलाओं को ख़ासी दिक़्क़त महसूस होती थी, अब एक क्लिक में वे कोई भी प्रोडक्ट अपने घर मँगा सकते थे। इसके साथ ही उस एप पर अपना प्रोफ़ाइल बनाकर अपने लिए सूटेबल पार्टनर भी चुन सकते थे। प्यार तो प्यार होता है। वह कब बंदिशों में बँधा है ? इसलिए तृप्ति और सुजाता ने मिलकर प्यार करने वालों के लिए एक बेहद ख़ूबसूरत दुनिया बना ली थी और उस रोज़ वे दोनों अपनी कंपनी के एप लॉन्चिंग के लिए दिल्ली में एक साथ हुई थीं। लेकिन तृप्ति की मानें तो अब वह सुजाता को दिल्ली से वापस नहीं जाने देना चाहती थी।

एयरपोर्ट से होटल आते वक़्त, जब सुजाता ने कार ड्राइव कर रहे तन्मय को देखा, तो उसे तन्मय थोड़ा तो इंट्रेस्टिंग लगा ही था। वह उसको चुपके से चेकआउट मारने लगी। उसने तिरछी नज़रों से देखते हुए महसूस किया कि अपनी नाक पर ग़ुस्सा बिठाए हुए भी वह बहुत क्यूट लग रहा था और उसपर उसके ऊपर वाले होंठ पर धरे तिल ने सुजाता की नज़रों को और उलझाए रखा। उसने आगे झुक आए बालों को कान के पीछे करते हुए उँगलियों के बीच से उसे कुछ पल और देखा और फिर झटके से साड़ी की प्लीट ठीक करते हुए बाहर देखने लगी। तभी उसे एहसास हो आया था कि तन्मय भी उसे फ़ुलऑन चेकआउट मार रहा है। पता नहीं क्यों, लेकिन सुजाता को अब ये सब करते हुए मज़ा आने लगा था। वह जैसे ही समझती कि तन्मय उसे देख रहा है, वह झट से सामने की

तरफ़ देखने लगती और वह सकपका के बाहर की तरफ़ देखते हुए साइड मिरर ठीक करने लगता। यही ख़ुराफ़ात करते हुए दोनों एप लॉन्चिंग के लोकेशन पर पहुँच गए।

तृप्ति वेन्यू पर ही थी। उसको देखते ही सुजाता मुस्कुराते हुए बाँहें खोलकर तृप्ति के पास आ गई और देर तक उसके गले लगी रही। ऐप लॉन्च के बाद सारी रात पार्टी चलती रही। तन्मय तो थोड़ी रात बाद ही अपने फ़्लैट पर वापस लौट गया, मगर तृप्ति और सुजाता आख़िर तक झूमती रहीं।

अगली दिन सुबह दोनों का हैंगओवर से बुरा हाल था। हर बार हैंगओवर के बाद दोनों दोबारा ज़्यादा न पीने की क़समें खातीं और फिर दोबारा वही करतीं। चूँकि तृप्ति को उसके अगले दिन ही पेरिस निकलना था, तो उस दिन दोनों ने साथ में टाइम स्पेंड करने का सोचा।

सुबह काउच पर बैठे हुए तृप्ति और सुजाता दोनों ब्लैक कॉफ़ी पी रही थीं कि तभी सुजाता को कुछ सूझा और वह अपनी आधी पी हुई कॉफ़ी टेबल पर रखकर घुमते हुए तृप्ति के पीछे पहुँची। उसके कानों के पास धीरे-से फूँक के गुनगुनाई, "हाल कैसा है जनाब का?" तृप्ति ने भी आख़िरी घूँट ख़त्म करते हुए पूछा, "क्या ख़याल है आपका?" इतना पूछते ही सुजाता ने झट से उसके चेहरे को अपने हाथों में लिया और अपने होठों को उसके होठों पर रख दिया। दोनों बहुत देर तक एक-दूसरे को चूमती रहीं। फिर बाथरूम में जाते हुए, दोनों ने एक-दूसरे की टीशर्ट उतार दी। शावर के नीचे खड़े होकर दोनों ने एक-दूसरे के बाक़ी बचे कपड़े भी उतार दिए और अपने जिस्म को घंटों ठंडा करती रहीं। मगर जिस्म की आग थी कि बुझती ही नहीं थी। सुजाता ने तृप्ति की बाँह पकड़ी और वैसे ही गीले बदन उसे बिस्तर पर धकेल दिया, फिर पानी टपकते बालों को पीछे करते हुए उसे गर्दन से लेकर सीने तक चूमने लगी। तृप्ति ने उसके एक हाथ को अपने बदन पर नीचे की ओर सरका दिया। सुजाता देर तक उसके भीतर अपनी ऊँगली घुमाती रही। तृप्ति आह की आवाज़ें

निकालने लगी। आवाज़ तेज़ होते ही सुजाता अपना सर तृप्ति की जाँघों के बीच ले गई और उसे चाटने लगी। तृप्ति के मुँह से एक ज़ोर की चीख़ निकली और उसकी आँखों के सामने कोई उजाला फूट पड़ा। तृप्ति कुछ देर तक हाथों से कसके लिहाफ़ पकड़े वहीं पड़ी रही और सुजाता उसकी जाँघों को हल्के हाथों से सहलाती रही। थोड़ी शांत होने के बाद तृप्ति ने उसे अपनी तरफ़ खींचा और उसके साँवले-से गोल उरोजों को सहलाने लगी। सुजाता उसके हाथों को पकड़कर अपनी कमर के पास ले गई और तृप्ति उसके उभरे हुए नितंबों पर ज़ोर से थपकी देने लगी। उसके बाद उसने तकिए के नीचे छुपाए डिल्डो-वाइब्रेटर को निकाला और उसके भीतर डाल दिया। सुजाता कुछ पल के लिए भौचक रह गई, मगर तृप्ति के 'just try it' कहने पर अपने अंदर ले लिया। सुजाता उफ़्फ़-आह करते हुए अपने चरम सुख तक पहुँच तो गई, मगर उसके भीतर कुछ ख़ाली-सा हो गया। तृप्ति उसकी जाँघ पर थपकी देकर मुस्कुराने लगी और बोली, "It works baby. You should use it until you find someone."

तृप्ति वहाँ से उठकर जा चुकी थी, मगर सुजाता कुछ देर वहीं निढाल पड़े सोचती रही कि क्या तृप्ति के दिल में उसके लिए कोई फ़ीलिंग्स नहीं हैं ? उसने किसी और को ढूँढ़ने के लिए क्यों कहा ? वह दोनों इतने दिनों से एक-दूसरे के साथ हैं। क्या वह उसके लिए सिर्फ़ एक म्यूज़ है ? आज जिस तरह उसने बर्ताव किया, उससे लगा, वह उसके लिए सिर्फ़ प्रॉडक्ट टेस्टर से ज़्यादा कुछ नहीं। वह अपने दिल में कैसे ख़्वाब सजाए बैठी है ? कल रात की पार्टी के बाद सुजाता ने तो सोच लिया था कि वह अपनी पूरी ज़िंदगी तृप्ति के साथ ही बिताएगी। वह तो तृप्ति से अपने दोनों के रिश्ते के बारे बात करने की सोच रही थी। मगर वह यह सब क्या कहकर चली गई। तभी तृप्ति ने बाहर से आवाज़ लगाई। इसपर वह 'coming, बस दो मिनट' कहके ख़ुद को समेटने लगी।

बाहर तन्मय आया हुआ था। सुजाता का 'बस दो मिनट' कहना सुन, मुस्कुराने लगा। तृप्ति भी थोड़ा मुस्कुराई फिर तन्मय को काम समझाने लगी। सुजाता के बाहर आते ही तन्मय उसको एकटक देखता ही रह गया। साँवले बदन पर ढीला सफ़ेद कुर्ता, नींद से भरी आँखें और उलझे हुए बाल। कोई लड़की इतनी भी हसीन कैसे हो सकती है? वह ये सब सोच ही रहा था कि तृप्ति ने उसके आगे चुटकी बजाई और वह झेंप गया। तृप्ति ने बताया कि वेबसाइट के कुछ काम की वजह से सुजाता कुछ दिन दिल्ली में ही रहेगी, तब तक वह उसकी दोस्त का ख़याल रखे। तन्मय ने उससे कहा कि उसे अपने इस दोस्त पर भी भरोसा होना चाहिए कि वह उसकी दोस्त का ख़याल रख लेगा। तभी सुजाता ने कॉफ़ी के लिए उन दोनों को किचन-काउंटर पर बुला लिया। दोनों ने एक-दूसरे से 'hi... hello' किया। तन्मय ने अपने मोबाइल में सुजाता का नंबर 'मैगी' नाम से सेव कर लिया (क्योंकि वह भी बस दो मिनट में तैयार होने का दावा करती है, मगर होती नहीं)।

तृप्ति के जाने के बाद तन्मय ऑफ़िस से निकलते वक़्त अक्सर सुजाता से फ़्लैट पर छोड़ने या कहीं घूमने की बात पूछ लेता और उसी बहाने दमभर को उसकी शोख़ी, नज़ाकत और ख़ूबसूरती को निहार लेता। वह, शाम को ऑफ़िस के बाद चेहरे पर दिखने वाली सुकून-सी थी। तन्मय वहीं खड़े-खड़े सोचता, ऐसा सुकून साथ में हो तो इंसान, दुनिया की कोई भी परेशानी दरकिनार कर दे। धीरे-धीरे वह सुजाता के 'बस दो मिनट' कहने पर चार मिनट रुकने को तैयार रहने लगा। इधर सुजाता भी तन्मय की परवाह को नज़रअंदाज़ नहीं कर पा रही थी। वह अब अक्सर शामों को तन्मय के साथ दिल्ली के गली-कूचे घूमने निकल जाती। दोनों यहाँ-वहाँ की बातों में भी एक-दूसरे के पसंद की बातें खोज लेते। उनकी बातें मौसमों से शुरू होतीं और दुनिया भर का टूर कर आतीं। अब बड़े शहरों के अकेलेपन ने तन्मय को खाना बंद कर दिया था। वे दोनों आए दिन, बिना हाथ पकड़े सीपी के इनर से आउटर सर्कल और आउटर से

इनर सर्कल में टहलते। कभी किसी पब में झूमते तो कभी किसी पीर बाबा की मज़ार पर मत्था टेकते दिख जाते। मगर दोनों ही खोज नहीं पा रहे थे कि दोनों को चाहिए क्या था? सुजाता के दिल में तृप्ति और अपने रिश्ते को लेकर अलग ही झंझावात मचा था।

आख़िर सुजाता के बंगलुरु वापस लौटने का दिन आ गया। तन्मय उसे एयरपोर्ट ले जाने के लिए दरवाज़े पर खड़ा था। पहली बार डोरबेल बजाने पर जब कोई आहट नहीं हुई तो उसने दोबारा डोरबेल बजाया। उस बार भीतर से आवाज़ आई, "बस दो मिनट।" फिर वो दो मिनट दस मिनट में बदल चुके थे। तन्मय हैरान-परेशान-सा दरवाज़े के आसपास टहलने लगा और अंत में हारकर उसने सुजाता को कॉल लगाया। सुजाता ने ख़ुद को सहेजते हुए झट से दरवाज़ा खोला और अभी तन्मय कुछ बोलता, उसके पहले ही वह उसके गले लग गई। उसकी आँखें सूजी हुई थीं। तन्मय ने उसे सोफ़े पर बिठाया और पानी लेने चला गया। सुजाता को जैसे साँस नहीं आ रही थी। पानी पकड़ाते हुए तन्मय ने पूछा, "कोई बात हो गई क्या? घर में सब ठीक है?" उसने हाँ में सर हिलाया। "तो फिर क्या हुआ, तुम रो क्यों रही थीं और इतनी देर से दरवाज़ा क्यों खोला?" उस पल उसके दिल में बहुत कुछ था कहने के लिए मगर वह कुछ बोल न सकी, बस गर्दन झुकाए ग्लास में रखे पानी को तकती रही। फिर धीरे से बोली, "मुझे एक कप कॉफ़ी पिला दो।" तन्मय कुछ न बोला और कॉफ़ी बनाने चला गया।

कभी-कभी ज़िंदगी हमें ऐसे दोराहे पर खड़ा कर देती है, जहाँ एक रस्ते आप जा नहीं सकते और दूसरे रस्ते पर चलने की न तो आप में हिम्मत होती है और न ही ज़िद। दरअसल आप दिल ही दिल में एक टॉरनेडो में फँसे होते हैं और आपके पास मोहलत सिर्फ़ इतनी होती है कि आप ख़ुद को बचाने का रास्ता ख़ुद ढूँढ़ लें। किसी और से मदद वाला वहाँ कोई विकल्प नहीं होता। यही सब सोचते हुए सुजाता ने अपने भीतर चल रहे तूफ़ान को स्थिर किया और एक बार में पूरे ग्लास भर का

पानी पी गई। तन्मय ने सुजाता की हालत को देखते हुए कुछ नहीं कहा और धीरे-से कॉफ़ी का मग उसके हाथ में थमा के पास में ही बैठ गया। वह उसके हाथों को धीरे-से सहलाने लगा और कहने लगा, "अगर कोई बात तुम्हें परेशान कर रही हो तो मुझे बता सकती हो।" तन्मय जिस तरह उसकी परवाह कर रहा था, सुजाता से ख़ुद को रोका नहीं गया। सुजाता ने कॉफ़ी मग टेबल पर रखा और उसके सीने पर सर टिका दिया। वह बहुत देर तक उसके सर को सहलाता रहा। सुजाता के दिल में बार-बार आए कि सब उड़ेल दे, लेकिन वह चुप होकर उसके पास लेटी रही। तभी उसके मोबाइल में अलार्म बज उठा। उसने अलार्म बंद किया और तैयार होने के लिए उठने लगी। तन्मय ने उसका हाथ पकड़ते हुए कहा, "तुम चाहो तो एक-दो दिन बाद चली जाना, अभी तुम्हारी तबियत ठीक नहीं लग रही।" सुजाता ने अपने को दृढ़ करते हुए कहा, "ना! आई एम फ़ाइन।" थोड़ी देर बाद सुजाता तैयार होकर सामान के साथ बाहर आई।

एयरपोर्ट पर तन्मय ने उसे रोकने वाली निगाहों से देखा, मगर फिर सी-ऑफ़ करके वापस आने लगा। फ़्लाइट का इंतज़ार करती सुजाता और कार चलाता तन्मय अपने-अपने अकेलेपन के साथ अपने घर वापस चले गए।

सुजाता के जाने के बाद तन्मय को पहली बार दिल्ली की गलियाँ सूनी लगीं और शामें बिल्कुल ख़ाली। वह उनमें अपना पुराना वाला सुकून तलाशता, मगर उसके हाथ कुछ नहीं आता। वह अक्सर सुजाता को मैसेज करके उसका हाल-चाल पूछ लेता तो कभी एक-दूसरे के साथ वाली सेल्फ़ी भेज देता। लेकिन वो कहते हैं न, किसी को याद करना यदि चाहत है तो किसी की याद आना, मोहब्बत! तन्मय को कितने ही दिनों से सुजाता की याद आ रही थी और वह भी बेहिसाब। मगर उँगलियाँ थीं कि मोबाइल के कीपैड पर फिसलती ही नहीं। हर बार मैसेज करने बैठता, बेचैनी में कुछ लिखता, फिर मिटा देता, कभी अपने ऐसे पागलपन पर मुस्कुरा देता। मोबाइल लेकर घंटों टहलता, व्हाट्सएप खोलता, उसकी

तस्वीर चूमता, फिर स्क्रीन-ऑफ़। ये पागलपंती तब तक बदस्तूर जारी रही, जब एक दिन यकायक सुजाता की तस्वीर को चूमते ही मैसेज-टोन बज उठा। उसने सकपका के देखा तो उसकी तरफ़ से ही 'हैलो' लिखकर तीन डॉट बना हुआ आया। इसने भी झट से हाय और तीन डॉट लिख के भेज दिया। फिर दोनों को बहुत देर तक 'टाइपिंग और थ्री डॉट' स्क्रीन के टॉप पर दिखता रहा। तभी अचानक से, धड़कन से भी तेज़ रफ़्तार से पाँच शब्द फ़्लैश किए, 'तुम्हारी याद आ रही है।' यह लिखने के बाद जाने कितनी देर सुजाता का दिल ज़ोरों के धड़का होगा। तन्मय ने भी उसी रफ़्तार, उसी बेचैनी से जवाब लिखा, 'तुम्हें भी?'

'यानी तुम्हें भी।' उसका जवाब मिलते ही दोनों ने एक जैसी हँसी वाली स्माइली भेजे।

सुजाता ने कहा, 'सेम पिंच।'

तन्मय ने कहा, 'आउच।'

उसने ज़ोरदार हँसी वाली स्माइली भेजा।

तन्मय ने लिखा, 'कॉल करूँ?'

उसने कहा, 'बस दो मिनट रुको।'

तन्मय ने कॉल कर दिया, "अरे यार! तुम नहीं जानती, तुम्हारे इस 'बस दो मिनट' में मैं दो बार जिऊँगा-मरूँगा।"

"अरे! ऐसे मत बोलो।" उसकी हथेलियाँ ऐसे उठीं, मानो उसके होठों पे रख गई हों।

"सच कह रहा हूँ यार... तुम मेरे पास, मेरे साथ क्यों नहीं रहतीं।"

"हम्म, ऐसा है? तो बस दो मिनट रुको।"

"दो मिनट? मतलब?"

"मतलब कि दरवाज़ा खोलो, मैं तुम्हारे पास आ चुकी हूँ।"

उस दिन फिर एक झटके में दरवाज़ा खुला, दरवाज़ा बंद हुआ। फिर कुछ दिन तक बंद ही रहा। सुजाता की साँवली छरहरी काया का अपने ऊपर लहराना, उसके खुले हुए बालों के भीतर से उसके उरोजों

का झाँकना देख और उसकी उँगलियों का दबाव अपने सीने पर महसूस करने भर से तन्मय बेतरह पिघल जाता। ऐसा लग रहा था, मानो किनारे का दामन छोड़ प्यासी लहरें समंदर के सीने पर सवार हो गई हों। तन्मय की देह से सुजाता की कामुकता बर्दाश्त नहीं होती। सुजाता उसके माथे को सहलाती और मुस्कुराते हुए बिस्तर की दूसरी तरफ़ पलट जाती। उसके बाद वह अपने बदन पर तन्मय के गर्म हाथों को महसूस करती। वह पीछे से उसकी गर्दन को चूमते हुए अपने हाथों को उसके उरोजों के पास ले आता। कामुकता में डूबे होने की वजह से वे एकदम रसभरे हुए जाते थे। तन्मय उन्हें हल्के हाथों से दबाता और सुजाता को ज़ोरों से चूमने लगता। दोनों सिमटकर एक बदन हो जाते। सुजाता अपने को रोक नहीं पाती और सीधे चित्त होकर तन्मय को प्यासी नज़रों से देखने लगती। तन्मय सबसे पहले उसके लबों को चूमता और चूमते हुए दोनों स्तनों के बीच से गुज़रते हुए उसकी नाभि पर दो पल को ठहरता, अपनी जीभ से नाभि को भिगोते हुए नीचे की तरफ़ चला आता। सुजाता अपने दोनों तलवों को तन्मय के कंधों पर रखके अपने शरीर को और ऊपर उठा लेती। एक हाथ से अपने स्तन को दबाते हुए दूसरे हाथ से तन्मय के बालों को सहलाने लगती और ख़ुद को अपने बदन की चाहना में डूबा हुआ पाती। अनेकों उत्तेजित करती हुई सिसकियों के साथ सुजाता अपने ऑर्गेज़्म पर पहुँच जाती। फिर उस पल में जो उसे भीतर से ख़ुशी महसूस होती, उसे लगता, इसी की चाहना तो उसके बदन को कब से थी। कुछ ऐसी ही अंतरंगता की कल्पना सुजाता ने कितनी ही बार तृप्ति के साथ की थी, मगर वह हमेशा उसे अधूरा ही रहने देती। उसमें सुजाता जैसा समर्पण नहीं था। अपने ऑर्गेज़्म के बाद सुजाता तन्मय को प्यार भरी नज़रों से देखती और वह उसे अपनी बाँहों में भींचकर उसके भीतर उतर जाता। उसके बाद बंद पलकों के साथ केवल होंठ खुलते, साँसें चलतीं, धड़कनें धौंकतीं और दोनों बहुत देर तक एक-दूसरे में गोते लगाते रहते, एक-दूसरे की गहराई में भटकते रहते और अंततः लंबी उच्छ्वास के बाद

अपनी-अपनी देह में वापस लौट जाते।

एक तरफ़ जहाँ तन्मय उन दोनों के रिश्ते को नाम देने का सोचने लगा था। वहीं सुजाता के मन के जाले और घने हुए जा रहे थे। वह समझ नहीं पा रही थी कि वह अपनी पहचान तन्मय के आगे किस तरह ज़ाहिर करे? क्योंकि तृप्ति ने तो तभी उसके और अपने रिश्ते को रेड फ़्लैग दिखा दिया था, जब उस दिन वह बंगलुरु के लिए निकल रही थी।

उस दिन जब सुजाता अपने बनाए डेटिंग ऐप 'माई म्यूज़' में आए ग्लिच को ठीक कर रही थी, तभी उसकी नज़र तृप्ति की प्रोफ़ाइल पर गई। तृप्ति ने भी उस ऐप पर अपनी प्रोफ़ाइल बना ली थी, जिसमें उसने 'लुकिंग फ़ॉर' के ऑप्शन में 'लेस्बियंस' कर रखा था। यह देखकर सुजाता सन्न रह गई। कहाँ वह तृप्ति के संग सारी उम्र गुज़ारने का सोच के बैठी थी और यहाँ तृप्ति थी कि वह सुजाता को बिना बताए डेटिंग ऐप पर नई पार्टनर तलाश रही थी। सुजाता उसे कॉल करके वह सब पूछने ही वाली थी कि तृप्ति का ख़ुद ही वीडियो-कॉल आ गया। उस दिन कॉल पर वह अपनी नई पार्टनर सिल्विया के साथ थी। सुजाता यह देखकर ख़ुद को रोक नहीं पाई और उनके रिश्ते को लेकर उन दोनों में बहुत बहस हुई। तन्मय के साथ मेक-आउट करने के बाद सुजाता यही सब सोच रही थी कि तन्मय उससे पूछ बैठा, "चाय पियोगी या कॉफ़ी?" जाने क्यों उस रोज़ उसे कॉफ़ी से उकताहट हो चली थी, सो उसने तन्मय से चाय का कह दिया।

कुछ रोज़ तन्मय के साथ रहने के बाद जब सुजाता दोबारा बंगलुरु जाने को तैयार हुई, तो तन्मय ने उसे रोकते हुए अपने दिल की बात कह दी। तन्मय ने कहा कि क्यों न वह दिल्ली ही शिफ़्ट हो जाए। इतने दिन साथ रह लिए हैं, क्यों न बाक़ी उम्र भी साथ रह लिया जाए। यह सब कहते हुए तन्मय सुजाता के चेहरे के भाव पढ़ने की कोशिश कर रहा था। उसने और आगे कहा कि अगर अभी कोई हिचक हो तो थोड़े समय के लिए हम दोनों लिवइन में भी रह सकते हैं। मगर सुजाता भावशून्य-सी

खड़ी रही। उसने सुजाता का हाथ थामते हुए कहा कि वह उसे पसंद करने लगा है। इसपर सुजाता ने उसे फीकी मुस्कान के साथ दो पल को देखा और फिर बिना कुछ जवाब दिए हाथ छुड़ाकर दरवाज़े की तरफ़ बढ़ गई। ऐसा नहीं था कि सुजाता उसे अपने दिल की बात बताना नहीं चाहती थी, लेकिन जिस पल तन्मय ने सुजाता को अपने साथ रहने के लिए कहा, उस पल वह कोई भी जवाब देने के लिए ख़ुद को तैयार नहीं कर पाई थी, इसलिए वह वहाँ से निकल जाना चाहती थी। एक टूटे हुए रिश्ते की टीस लिए हुए किसी भी नए रिश्ते को थामना, यह उसके लिए बहुत मुश्किल था। यह बात अलग है कि शारीरिक ज़रूरतों को पूरा करते-करते वह तन्मय को चाहने लगी थी, मगर वह यह भी चाहती थी कि इस बार वह जब किसी को अपने क़रीब लाए या किसी नए रिश्ते में क़दम बढ़ाए, तो उसे सुजाता की बाइसेक्सुएलिटी के बारे में, उसके वजूद के बारे में, सब कुछ पता हो।

सुजाता का अनमना-सा बर्ताव तन्मय को कुछ जँचा नहीं, उसने उखड़ते हुए कहा, "ठीक है! नहीं रुकना चाहती तो मत रुको, मगर ये तो बता के जाओ कि जो मेरे-तुम्हारे दरमियान इतने दिनों से चल रहा था, वह सब क्या था?"

सुजाता वहीं रुक गई, उसे तन्मय से ऐसे सवाल की उम्मीद नहीं थी। उसने हैरत भरी नज़र से उसे देखते हुए पूछा, "तुम्हीं बता दो क्या था?"

तन्मय उसके पास आते हुए बोला, "एक-दूसरे के लिए प्यार था।"

सुजाता ने दो क़दम पीछे हटते हुए कहा, "वह प्यार नहीं था, तन्मय। सिर्फ़ अट्रैक्शन था, इन्फ़ैचुएशन था, या यूँ कह लो, एक शारीरिक ज़रूरत भर थी। It was just a bodily need!"

"Seriously! Only attraction, bodily need, what rubbish you're talking Sujata?" तन्मय ने झुँझलाते हुए कहा।

"I am not saying anything wrong, Tanmay. That's the truth." सुजाता ने ख़ुद को दृढ़ करते हुए कहा।

"लेकिन मैं तुम्हें पसंद करता हूँ सुजाता, तुम यह बात क्यों नहीं समझ रही हो?"

सुजाता ने कहा कि वह भी उसे पसंद करती है, लेकिन अभी वह अपनी फ़ीलिंग्स को लेकर थोड़ी कन्फ्यूज़ है। किसी के साथ लिवइन में रहना उसके लिए बड़ी बात नहीं, लेकिन गर्लफ्रेंड और बॉयफ्रेंड बन के रह पाने के लिए, अभी वह तैयार नहीं है।

"तो क्या तुम किसी और लड़के से प्यार करती हो?" तन्मय ने उकता के पूछा।

"नहीं! मैं किसी से भी प्यार नहीं करती। मैं सिर्फ़ इतना समझा रही हूँ कि तुम अभी सिर्फ़ मेरे एक अच्छे दोस्त हो। मैं तुम्हें तृप्ति जितना ही पसंद करती हूँ और उतना ही चाहती भी हूँ, मगर तुमसे प्यार के बारे में अभी मैं सोच नहीं पा रही। तुम बस इतना समझो कि I am just exploring myself and my life."

"I am just exploring myself and my life? इसका क्या मतलब हुआ सुजाता? मैं क्या सिर्फ़ तुम्हारे लिए खिलौना था? और ये तृप्ति बीच में कहाँ से आ गई? वह तो सिर्फ़ तुम्हारी दोस्त है न? उसको चाहना कहाँ से बीच में आ गया।"

"यार तन्मय! तुम क्यों नहीं समझ रहे? मैं उसे चाहती थी और..."

"और क्या सुजाता? वह लड़की है, उसे पसंद करना, उसे चाहना अलग बात है... एक मिनट, वह एक लड़की है, तुम उससे प्यार थोड़े करोगी?"

"क्यों! मैं उससे प्यार क्यों नहीं कर सकती? मैं उसे क्यों नहीं चाह सकती? प्यार कब से इंसानों के बीच भेद करने लगा?"

तन्मय ने कहा, "हाँ ठीक है यार! मगर हमने तो आपस में सेक्स भी किया है। तुम और तृप्ति, आपस में सेक्स थोड़े करोगी!"

सुजाता बोली, "एक मिनट, hold on! I think you don't get my point."

"अरे! क्या नहीं समझ रहा?" तन्मय ने खिसियाते हुए कहा, "ओ ओ ओ, अब तुम मुझे बहकाने के लिए ये मत कहना कि तुम और तृप्ति लेस्बो हो।"

सुजाता अपना सर पकड़ के इधर-उधर घूमने लगी, तभी तन्मय फिर फुदक उठा और कहने लगा, "नहीं, नहीं, तुम लेस्बो नहीं हो सकती। तुम तो मेरे साथ सेक्सुअली इतनी ज़्यादा इन्वोल्वड थीं।"

सुजाता ने आँखें तरेरते हुए उसे देखा और ग़ुस्से में बोली, "तुमने लेस्बियन होने को ज्यों गाली के अंदाज़ में कहा है, मुझे तुम्हारी समझ पर क्या, तुम्हारी पढ़ाई पर भी शक हो रहा है। तुम 'my muse' जैसी कंपनी में पार्टनर हो और तुम्हारी सोच इतनी गिरी हुई, हद है!"

"अरे! मेरा वो मतलब नहीं था। लेकिन..."

तन्मय आगे कुछ कहता, उसके पहले ही सुजाता अपना सामान लेकर उसके फ़्लैट से बाहर निकल गई। वह काफ़ी देर तक तन्मय की बिल्डिंग के नीचे खड़ी रही और सोचती रही कि कहाँ जाए? उसने फ़्लाइट देखी, उसमें बुकिंग नहीं मिली और तृप्ति के फ़्लैट पर तो जाने का सोच ही नहीं सकती थी। जिसने दिल से ही निकाल दिया, उसके घर में क्या रहना। उसने एक होटल में कमरा बुक किया। वहाँ पहुँचकर फ़ोन बंद किया और शॉवर के नीचे खड़े होकर बहुत देर तक रोती रही। वह सोचती रही कि जीवन सीधा-सपाट क्यों नहीं होता? क्यों अपने लिए हर दिन, हर पल एक नई जंग लड़नी होती है? क्यों कभी-कभी ख़ुद से ही नाराज़गी हो जाती है और क्यों हम चाहकर भी वो सब नहीं कह पाते, वो सब बता नहीं पाते, जो हम बहुत पहले अपने लिए स्वीकार चुके हैं। क्यों हर कोई ऊपर से अलग दिखता है, मगर एक परत नीचे हरेक के भीतर से रिश्तों को लेकर वही आदिम सड़ाँध बास मार रही होती है? शॉवर से निकलकर सुजाता भीगे बदन ही बिस्तर पर जाकर पड़ गई।

उधर सुजाता के जाने के बाद तन्मय धम्म से सोफ़े पर बैठ गया। सुजाता के साथ हुई सारी बहस उसके सर के ऊपर से जा रही थी। थोड़ी

देर सोचने के बाद, उसने सुजाता को कई दफ़ा कॉल किया, मगर उसका फ़ोन नहीं उठा। वह कुछ देर तक इधर-उधर घूमता रहा। फिर उसने तृप्ति को फ़ोन किया और उसने अपनी और सुजाता की सारी कहानी कह सुनाई। तृप्ति चुप रहकर सारी बातें सुनती रही, मगर कहा कुछ भी नहीं। सिर्फ़ बोली कि वह अभी थोड़ी बिज़ी है, बाद में बात करेगी। फ़ोन रखने के थोड़ी देर बाद तन्मय को उसका मैसेज आया, 'मैं दो-तीन दिन में दिल्ली लौट रही हूँ, फिर मिलते हैं और बात करते हैं।' तन्मय ने जवाब में मैसेज टाइप किया, 'बस अभी के लिए इतना बता दो कि क्या तुम्हारे और सुजाता के बीच कुछ चल रहा है?' लेकिन उसे लगा कहीं तृप्ति भी सुजाता की तरह नाराज़ न हो जाए, सो उसने वो मैसेज वहीं डिलीट कर दिया और 'ओके' लिखकर भेज दिया।

तन्मय से बात होने के बाद तृप्ति को उस दिन का वाक़िया याद हो आया। सुजाता कितनी नाराज़ हुई थी सिल्विया को देखकर और उससे रिश्ते से निकलने का कारण पूछने लगी थी। उस पल तो तृप्ति ने कॉल ऑफ़ कर दिया, मगर बाद में जब उसने कॉल किया तो सुजाता जैसे फट पड़ी। वह चीख़ने-चिल्लाने के साथ-साथ रोने लगी। वह कभी उसे समझाने के लिए ग़ुस्सा करती तो कभी वापस लौट आने के लिए गिड़गिड़ाने लगती। उसने तृप्ति से अपने रिश्ते की कितनी दुहाई दी, अपने प्यार का भी इज़हार किया और यह भी एहसास कराया कि वह हमेशा उसे ही प्यार करेगी, ज़िंदगी के हर मोड़ पर उसकी पार्टनर बनकर उसका साथ देगी। उसने यहाँ तक समझाया कि उन दोनों ने मिलकर जो सुंदर सपना सँजोया है, उसे इस तरह एक झटके में तोड़ो मत, मगर उसकी किसी बात से तृप्ति पर कोई फ़र्क़ नहीं पड़ा। बल्कि उसने दलील दी, 'तुम्हें अपने बारे में सोचना चाहिए सुजाता। तुम्हारी आइडेंटिटी मुझसे बिल्कुल जुदा है। तुम्हारा दूसरे जेंडर की तरफ़ आकर्षित होना स्वाभाविक है। कहना नहीं चाहिए मगर, मुझे तुमसे लॉयल्टी की उम्मीद कम लगती है। तुम याद करो, तुमने उस दिन वो टूल कितना एंजॉय किया था। अभी

तो वह सिर्फ़ एक टूल भर था। सोचो! यदि उस जगह कोई आदमी होता! मुझे नहीं लगता, हमारा रिश्ता ज़्यादा दिन नहीं चल पाएगा।' ऐसा कहते हुए उसने फ़ोन रख दिया था। उस समय तृप्ति इतनी स्वार्थी और इनसिक्योर हो गई थी कि उसे यह भी महसूस नहीं हुआ कि उसके लिए सुजाता की मोहब्बत सच्ची है और वह इतनी कड़वी बातें कहकर सुजाता का दिल तोड़ रही है। वह सुजाता की मोहब्बत ही थी, जिसकी वजह से सुजाता उसके साथ रहते वक़्त वह सब करती जो तृप्ति चाहती। जब तक वह उसकी ज़िंदगी में थी, सुजाता ने सिर्फ़ उसे ही चाहा, उससे ही मोहब्बत की। उस दिन तन्मय की बात सुनने के बाद तृप्ति ख़ुद को गुनहगार समझने लगी। तृप्ति को लगा कि उसने अपनी दोस्त को, जो कभी उसकी सोल-पार्टनर थी, बीच मझधार में छोड़ दिया। वह अब चाहकर भी पीछे नहीं जा सकती थी, क्योंकि वह सिल्विया के साथ कमिटेड हो चुकी थी। इसलिए उसने सोचा कि वह दिल्ली पहुँचकर सुजाता से मिलेगी और उससे अपने किए के लिए माफ़ी माँगेगी।

इधर दिल्ली में तन्मय लगातार सुजाता को कॉल लगाता रहा, मैसेज करता रहा, लेकिन सुजाता का कोई जवाब नहीं मिला। उसका कहीं मन ही नहीं लग रहा था। तभी वह लैपटॉप पर कुछ सर्च करने लगा। उसने वह सारी बातें सर्च कीं, जो उसकी सोच पर सवाल खड़े किए जा रही थीं। उसके दिलो-दिमाग़ में उस पल सिर्फ़ सुजाता, उसकी बातें, उसके साथ गुज़ारे लम्हे ही घूम रहे थे। इधर सुजाता ख़ुद को अँधेरे कमरे में बंद करके ऐसे पड़ी थी, मानो वह मर चुकी हो। उसका वजूद दुनिया के लिए कोई मायने नहीं रखता। वह और उसका वजूद दोनों एक भँवर में फँसे हुए थे। एक तृप्ति है जो उसकी मोहब्बत के सीधेपन को समझ नहीं पाई और उसे सिरे से नकार बैठी। एक तन्मय है जिसकी सोच का दायरा इतना छोटा है कि वह सुजाता को उसके वजूद के साथ, उसकी अस्मिता के साथ कभी अपना ही नहीं पाएगा और एक वह ख़ुद है जो अपने घर में भी कभी किसी से खुलकर नहीं कह पाई कि वह बाइसेक्शुअल है। इस

दुनिया, इस समाज और अपने ही लोगों के बीच सवाल बनने से बचने के लिए ही तो हम 'सब जैसा दिखने वाला' एक मुखौटा पहन लेते हैं और यहीं से दुनिया की नज़रों से ख़ुद को बचाने का सिलसिला शुरू हो जाता है। वहीं उसी पल से हम ख़ुद की ख़्वाहिशों, ख़ुद के ख़्वाबों, ख़ुद को ज़िंदा रखने का गला घोंटना शुरू कर देते हैं। दिल के बैकस्टेज पर कुछ भी चलता रहे, लेकिन चेहरा हमेशा मुस्कुराता रहता है और हम अपनी ज़ुबान पर चुप्पी का ताला जड़ देते हैं। सुजाता ने जब अपनी पूरी ज़िंदगी पर ग़ौर किया तो उसने पाया कि कभी किसी ने उसे समझने की कोशिश ही नहीं की। एक रोज़ माँ को बताया तो माँ को लगा टीनएज में तो सब में लैंगिक परिवर्तन आते हैं। उस वक़्त दिमाग़ में ऐसी ही बेहूदा बेसिर-पैर की बातें चलने लगती हैं। उनके लिए वह एक फ़ेज़ था, जो कुछ साल में अपने आप चला जाएगा। कभी कोई सहेली पसंद आ जाती, तो कभी कोई दोस्त, लेकिन वह अपने दिल की बात कभी किसी से खुलकर नहीं कह पाई। बाद में जब तृप्ति उसकी ज़िंदगी में आई, तो उसे लगा कि अब उसकी दुनिया पूरी है। मगर तृप्ति को सुजाता पर भरोसा नहीं जमा और शायद इसलिए तृप्ति ने दूसरे देश में अलग राह चुन ली। इधर तन्मय इतना पढ़ा-लिखा होकर भी उसे क्यों न समझ सका? वैसे तो वह बहुत मॉडर्न है, फिर उसकी सोच पुराने ढर्रे की क्यों रह गई? इतना कुछ सोचते-सोचते सुजाता का सर फटने लगा। उसने अपने सर को झकझोरा और उठकर लाइट जला दी। फिर रूम सर्विस पर अपने लिए बीयर और कुछ खाने का आर्डर किया। उसके बाद पूल-साइड अपना आर्डर लाने का कहकर स्विमिंग पूल की तरफ़ निकल गई।

वह काफ़ी देर तक पूल में स्विमिंग करती रही। वह अपने पैरों और हाथों से पानी के साथ-साथ अपने साथ घटी अच्छी-बुरी सभी बातों को दूर धकेल देना चाहती थी। ऐसा करके वह सोच रही थी कि इससे उसे उन बातों से छुटकारा मिल जाएगा, मगर ऐसा होता कहाँ है। वे बातें यादें बनकर हमारे भीतर बस जाती हैं और साँस की तरह हमारे साथ चलने

लगती हैं। उसने अपने को पानी से बाहर निकाला और ज़ोर से साँस बाहर छोड़ा। रूम पर लौटने के बाद उसने फ़्लाइट बुक करने के लिए फ़ोन ऑन किया। फ़ोन पर तन्मय और तृप्ति के कई कॉल पड़े थे और तन्मय के कई सारे मैसेजेस। वह कहीं उससे माफ़ी माँग रहा था, तो कहीं उसे लौट आने को कह रहा था। उसे अपने बर्ताव पर पछतावा था। अभी वह ये सब पढ़ ही रही थी कि तन्मय का कॉल आ गया। उससे बस दो मिनट की बात हुई। उसने सुजाता से मिलने की बात कही और सुजाता ने कुछ सोचकर 'हाँ' कह दिया। तन्मय ने फ़ोन रखा ही था कि तन्मय के पास तृप्ति का कॉल आ गया। तन्मय ने तृप्ति को भी उसी कैफ़े में बुला लिया जहाँ सुजाता को बुलाया था।

सुजाता तय समय से बस दो मिनट की देरी पर तन्मय के बताए कैफ़े पहुँच गई। तृप्ति भी वहीं आई हुई थी। तृप्ति ने सुजाता को देखा और गले लगने के लिए धीरे-से आगे बढ़ी, तो सुजाता ने अपना दायाँ हाथ आगे कर दिया और हैलो कहा। तृप्ति दो पल को ठिठकी और फिर हाथ मिलाकर पीछे हट गई। तन्मय से भी सुजाता ऐसे ही पेश आई। तीनों के बीच एक ठंडी ख़ामोशी पसर गई थी। तन्मय ने उस ख़ामोशी को तोड़ने के लिए वेटर को बुलाया। उसने तृप्ति के लिए ब्लैक कॉफ़ी आर्डर की और सुजाता और अपने लिए चाय, मगर सुजाता ने वेटर को रोकते हुए कहा, "एक ब्लैक कॉफ़ी, एक चाय और एक फ्रैश लाइम सोडा।" उन दोनों ने उसे हैरानी से देखा, मगर सुजाता ने ऐसे दिखाया कि ये कोई नई बात नहीं, बस उन लोगों ने उसे जानने की कभी कोशिश नहीं की। आर्डर के बाद सुजाता ने तन्मय से पूछा कि उसे वहाँ बुलाने की कोई ख़ास वजह? तो तृप्ति ने बात को आगे बढ़ाते हुए कहा, "दरअसल, हम दोनों ही तुमसे माफ़ी माँगना चाहते हैं।"

"हा हा हा... दिल दुखाकर फिर माफ़ी? वाह! क्या बात है यार। तुम दोनों का अच्छा है, जब दिल आया, दिल से लगाया, नहीं तो बिना समझे-जाने ज़िंदगी से बाहर निकाल दिया।"

इसपर तन्मय ने कहा, "मैंने तुम्हें ज़िंदगी से बाहर नहीं निकाला। तुम ख़ुद गई थीं। मैं तुम्हें अपने साथ रखना चाहता था।"

"ये जो तुम्हारा 'चाहना' है न, वही तो पूरे फ़साद की जड़ है। तुम 'चाहते' हो सिर्फ़ इसलिए मैं तुम्हारी ज़िंदगी में रह जाऊँ, लेकिन किस तरह रह जाऊँ, यह तुमने कभी सोचा? मैं क्या चाहती हूँ, क्या तुमने इसपर कभी ग़ौर किया? नहीं! क्योंकि यदि ग़ौर कर लोगे, तो तुम्हारा मैन ईगो हर्ट नहीं हो जाएगा। जानते हो! तृप्ति का मेरी ज़िंदगी से जाने के बाद मैं बिल्कुल अकेली पड़ गई थी। उस वक़्त तुम्हारी परवाह, तुम्हारे किए हुए मैसेज मेरे लिए घाव पर मरहम का काम कर रहे थे। तुम्हें लगता होगा कि मैं तुम्हारे प्रति आकर्षित होकर तुम तक आई थी। मगर ऐसा नहीं था तन्मय, मैं तुममें अपना छूटा प्यार ढूँढ़ने आई थी। तुम्हारा प्यार मुझे तुम्हारी ओर धकेल भी रहा था, मगर मैं उस पल तृप्ति के साथ अपने किए प्यार से उबर नहीं पाई थी। मेरा दिल बिखरा हुआ था और मुझे ख़ुद को समेटने के लिए वक़्त चाहिए था। मैं चाहती थी कि मैं तुम्हें अपनी पूरी सच्चाई बताकर तुम्हें पाऊँ। मगर बाद में पता चला कि मानवीय रिश्तों को लेकर तुम्हारी सोच का दायरा बहुत छोटा है। उस दायरे में तो मेरा वजूद कहीं टिक ही नहीं सकता था। अगर थोड़ा भी ज़िंदा रहना है, तो साँस लेने की गुंजाइश तो बचाकर रखनी ही होगी न! सो मैंने उस दायरे से निकल जाना ही मुनासिब समझा।"

तन्मय के पास उन बातों के बाद कुछ कहने को बचा ही नहीं था और तृप्ति भी यह सब सुनकर भीगी आँखों से नीचे देखने लगी। तन्मय ने फिर हिम्मत करके पूछा, "तो, तुमने आगे के लिए क्या सोचा है?"

सुजाता कुछ बोलती, उसके पहले आर्डर आ गया। सुजाता ने फ्रैश लाइम सोडा हाथ में लेते हुए कहा, "अभी के लिए सिर्फ़ इतना ही कि मैं तुम सब की दुनिया से दूर, कहीं और जाना चाहती हूँ, वहाँ खुलकर जीना चाहती हूँ और वह भी बिना किसी प्यार-मोहब्बत वाले एक्स्ट्रा बैगेज के।"

दोनों ने एक साथ पूछा, "मगर कहाँ?"

सुजाता ने उठते हुए कहा, "यह तो अभी मुझे भी नहीं पता।"

उसके दिल में एक हल्कापन था और पैरों में जैसे पंख लग गए थे।

स्टेचू-रिलीज़

सब कुछ कितना धुँधला-धुँधला, भरमाया-सा लग रहा था, जैसे कोई सपना चल रहा हो। सुर्ख़ गुलाब की नन्ही कलियों से मदमाता केया की सुहागरात का कमरा भाभी, ननदों की चुहल से गुलज़ार हो रखा था। केया सकुचाई-सी, पलकें झुकाए बिस्तर के बीचो-बीच अपने ही ख़यालों में खोई हुई थी। कुछ आहट मिलने पर, उसे अकेला छोड़ भाभियाँ और ननदें कमरे से बाहर चली गईं। लेकिन उसको जैसे किसी आहट की भनक ही नहीं। उसके अपने आपे और बाहर तैरती आवाज़ों के बीच, जो ख़यालों की दीवार थी, वह इतनी ऊँची थी कि कोई भी आहट उसको फांदकर उस तक पहुँच ही नहीं पा रही थी। पलकों के गलियारे से वह जिसको रोज़ निहारती थी, वह आज वहाँ से धुँधला दिखाई दे रहा था, जाने कौन-सा सैलाब उनके बीच तैर गया था। कमरे में गमक रही गुलाबों की ख़ुशबु से उसका मन उबकाने लगा और वह दौड़ के वाशरूम के भीतर चली गई। जिन फूलों और ख़ुशबुओं की बातों से उसके रात-दिन महकते थे, आज वही ख़ुशबू उसका दम घोंट रही थी। वह दीवार के सहारे लगकर ख़ूब रोई, ख़ूब रोई। जब कोई कंधा नहीं होता तो दीवार होती है, सर लगा के रोने के लिए। ये अलग बात है कि वह तसल्ली के दो मीठे बोल नहीं बोल सकती, मगर स्टेचू हो, किसी को सहारा तो दे ही सकती है। वह भी तो उस दिन स्टेचू बना, केया को जाते देखता रह गया था और केया

उसको जल्द ही वापस लौट आने का कह गई थी।

केया से उसकी पहली मुलाक़ात उन ख़ुशबुओं के सहारे ही हुई थी। एक शाम जब केया फूलों के स्टोर से कुछ फूल ख़रीदने गई तो वहाँ वह दुकानदार से जानना चाह रही थी कि यदि कोई बीमार हो तो उसे कौन से फूल देने चाहिए? लेकिन फूल बेचने भर से कोई कहाँ जान सकता है, उन कमसिन, ख़ुशबूदार फूलों की तहज़ीब और तासीर। इसलिए वह तुनक के बोला, "देखिये मैडम जी! हम यहाँ फूल बेचने बैठे हैं, उसपर फ़िलॉसफ़ी लिखने नहीं। आपको जो अच्छा लग रहा हो, वो फूल ले लीजिए।"

"अरे! ऐसे कैसे ले लूँ? आपको कुछ तो पता रहना चाहिए न!" तभी किसी ने सन-फ़्लॉवर का एक मुस्कुराता-सा बंच उसके आगे करते हुए कहा, "आप इसे दे दीजिए। वह जो भी है, इसे देखते ही ठीक हो जाएगा।" केया ने पीछे मुड़ के देखा तो उन्हीं फूलों की तरह उजली मुस्कान फैलाता एक सत्ताईस-अट्ठाइस साल का साँवला-सा लड़का सन-फ़्लॉवर का बंच लिए खड़ा था। उसकी मुस्कराहट देखकर समझ पाना मुश्किल हो रहा था कि फूलों ने उससे मुस्कान उधार ली है या उसने फूलों से। केया कुछ बोलती, उसके पहले ही वह फिर बोल उठा, "वैसे आपको इन फूलों की क्या ज़रूरत, आपको देखकर तो कोई भी..." वह इससे आगे कुछ कहता, इससे पहले केया ने उसे टोका, "सुनो मिस्टर, स्टेचू!... इधर फ़्लर्ट नहीं चलेगा, आई एम बुक्ड।" उसने चमकती हुई अपनी डायमंड रिंग दिखाते हुए कहा। केया की आदत थी, वह अपनी बात कहने से पहले लोगों को स्टेचू कर दिया करती थी। 'रिलीज़' कहते हुए केया चलने लगी, तो उसने दौड़ते हुए ब्लूबेल फूल की एक कली उसके आगे कर दी।

"अब ये क्यों मिस्टर उम्मम... ?"

"सुमित... सुमित नाम है मेरा। यह फूल आपसे माफ़ी के लिए। ये ब्लूबेल उन्हीं को दिया जाता है, जिन्हें आप सॉरी कहना चाहते हो। ऐसे

मेरा आपसे फ़्लर्ट करने का कोई इरादा नहीं था, मगर आपको देखकर ख़ुद को रोक नहीं सका। ऐसे भी आप ग़लत इंसान से उलझी हुई थीं, तो मैं तो सिर्फ़ आपकी उलझन सुलझा रहा था।" केया ने वह ब्लूबेल सुमित से लेते हुए पूछा, "आप क्या बॉटनिस्ट हैं या पीएचडी कर रहे हैं फूलों पर?" सुमित ज़ोर-ज़ोर से हँस पड़ा, बोला, "अरे नहीं मैम... यह तो यूँही शौक़िया है।"

केया ने इधर-उधर देखा, पूछ बैठी, "ये मैम कौन? मैं केया हूँ। आप मुझे केया बुलाइए।"

ये सुनते ही सुमित ने भी इधर-उधर झाँका, "बाय द वे, ये 'आप' कौन? मैं कोई अंकल जी लग रहा हूँ क्या? तुम मुझे बस 'तुम' बुलाओ।" आँख मारते हुए उसने केया की चुटकी ली। केया मुस्कुराने लगी। सुमित ने बात को आगे बढ़ाते हुए कहा, "वैसे स्टेचू करके तो आप ने कुछ ऐसा ही किया था, पर अच्छा आइडिया है किसी को चुप कराने का।"

केया हँसने लगी और बोली, "लेकिन ये मेरा पेटेंट आइडिया है। इसका इस्तेमाल केवल मैं कर सकती हूँ, कोई और नहीं।" तभी दुकानदार ने बीच में टपकते हुए कहा, "आप लोगों की बात ख़त्म हो गई हो तो बता दीजिए कुछ लेना है या नहीं?" इसपर दोनों हँसने लगे। फिर केया ने सन-फ़्लॉवर वाला बुके ख़रीदा और सुमित ने ब्लूबेल के पैसे दिए और दोनों स्टोर से बाहर आ गए।

"अच्छा लगा तुमसे बात करके।" कहते हुए सुमित चलने को हुआ कि पीछे से आवाज़ आई, "अपना नंबर तो दे जाओ, मान लो कुछ और जानना रहा फूलों के बारे में तो फिर कहाँ खोजूँगी तुम्हें।" सुमित मुस्कुरा दिया। दोनों ने नंबर एक्सचेंज किया और अपने-अपने रस्ते चल पड़े। केया रास्ते भर उन ब्लूबेल की पंखुड़ियों को निहारती रही और सुमित को सोचती रही। उसकी बातों में इतनी दिल्लगी थी कि केया के चेहरे पर अनायास ही मुस्कान तैर गई। वह सोचते हुए चले जा रही थी कि वह कितना हँसमुख, दिलचस्प था। पूरा फूलों का विकिपीडिया लग रहा

था। यही सब सोचते हुए वह उस प्राइवेट क्लीनिक में दाख़िल हुई, जहाँ उसका मंगेतर रणवीर एडमिट था। अभी कुछ दिनों पहले, दोस्तों के संग वीकेंड मनाकर खंडाला से लौटते वक़्त उसकी बाइक चलती सड़क पर फिसल गई थी और वह बीच सड़क पर बहुत दूर तक घिसटता चला गया था। बस ग़नीमत इतनी थी कि पीछे से कोई बड़ी गाड़ी नहीं आ रही थी और उसके एक दो दोस्त भी साथ में ही थे, नहीं तो किसी को उसके बारे में पता भी नहीं चल पाता। ये ख़बर मिलते ही केया के घरवाले दौड़ते हुए रणवीर से मिलने क्लीनिक पहुँच गए थे और बाद में हालत गंभीर देखकर केया को भी वहीं बुला लिया था।

केया को देखते ही रणवीर की माँ उसे गले लगाते हुए बोली थी, "मेरी बहू के भाग्य तेज़ थे, जो हाईवे पर एक्सीडेंट के बाद भी रणवीर को कुछ नहीं हुआ, नहीं तो पता नहीं क्या होता।" फिर घर की सभी औरतों ने टीवी में सदियों से चल रहे डेली सोप की काकियों-मामियों की तरह उनकी हाँ में हाँ मिलाया। सगाई होते ही ये रिश्तों की बंदिशें केया को बिल्कुल भी रास नहीं आ रही थीं। केया ने ये सोचकर सर झुका लिया कि कहीं उसे उनकी कही बात पर हँसी न आ जाए। वह मन ही मन एकता कपूर को सलूट कर रही थी, जिन्होंने औरतों की दबी भावनाओं को जगाने के लिए सीरियल में ज़बरदस्त डायलॉग ईजाद किए थे। फिर अचानक से उसकी निगाहें इधर-उधर कुछ ढूँढ़ने लगीं। माँ उसकी परेशानियों को भाँप गईं। उन्होंने धीरे से रणवीर का कमरा बताया और केया को उससे मिल के आने को कहा।

अभी जुम्मा-जुम्मा ढेढ़ ही महीना हुआ था उनकी सगाई को, जिसमें वह बमुश्किल दो बार ही रणवीर से मिल पाई थी और वह भी पारिवारिक समारोहों में, बड़े फ़ॉर्मल तरीक़े से। अगर वह जानती कि एक ही शहर में शादी तय होने से इतनी पहरेदारी लग जाएगी, तो वह इस शादी के लिए कभी हाँ नहीं करती। मगर इकलौता बच्चा होने की वजह से वह माँ-पापा से दूर भी नहीं रहना चाहती थी। वैसे भी एक शहर, लड़का वैल-सेटल्ड,

छोटा परिवार, माँ-बाप को लड़कियों के लिए इससे ज़्यादा और क्या ही चाहिए होता है। वह तो बस इतना चाहते हैं कि बिना किसी ऊँच-नीच के, किसी अच्छे घर में लड़की का ब्याह हो जाए और उनकी ज़िम्मेदारी पूरी हो। उनकी डिक्शनरी में 'प्यार' नाम का शब्द ही अरेंज्ड-मैरिज के बाद आता है। शादी के बाद तो प्यार हो ही जाता है। अब उन्हें कौन बताए कि उसके बाद ऑप्शन ही क्या बचता है। इसलिए एक नए रिश्ते को पहचानने, केया रणवीर से मिलने उसके कमरे की ओर बढ़ गई। कमरा डेटॉल की गंध से भरा था। रणवीर, डाल से टूटे हुए फूल की तरह बिस्तर पर औंधे पड़ा था, लेकिन केया की आहट की भीनी ख़ुशबु ने उसे सीधा कर दिया। वह दाईं तरफ़ की सूजी आँख से केया को आते हुए देख रहा था। उसने अपने को व्यवस्थित करने की कोशिश की, मगर नाकाम रहा। तभी जैसे किन्हीं ख़ुशबूदार कोमल डालियों ने उसे थाम लिया। यह अँगूठी पहनाने के बाद रणवीर का केया की नर्माहट महसूस करने का दूसरा मौक़ा था। उसे लगा, जैसे ये उसका नर्म हाथ न होकर कोई मलहम हो, जो उसके दर्द को धीरे-धीरे अपने भीतर खींच रहा हो। केया ने नोटिस किया कि रणवीर को सच में बहुत ज़्यादा चोट आई है। दाएँ तरफ़ का पूरा चेहरा, गर्दन, बाँह और दोनों टाँगों पर बीटाडीन की लाल-भूरे धब्बे वाली पट्टियाँ बँधी थीं। बस ख़ैरियत इतनी थी कि सर में ज़्यादा चोट नहीं आई थी, नहीं तो जान जाने का भी ख़तरा था। उसे बाहर आई अपनी हँसी पर ग्लानि हुई। उसने मन बना लिया कि अब जब तक रणवीर ठीक नहीं हो जाता, वह रोज़ उससे मिलने आएगी। बहुत ही ख़ूबसूरत, चाँद की तरह शीतल तासीर वाला रणवीर चाँद की तरह बिल्कुल भी चंचल नहीं था। वह एमबीए करने के बाद ही अपने फ़ैमिली बिज़नेस में लग गया था। रणवीर स्मार्ट, गुड-लुकिंग और पढ़ा-लिखा था, पर कुछ बातों में वह पुराने ख़यालों का था, जैसे वह मौज-मस्ती, खुलेआम हँसी-ठठ्ठे को लड़कों की जागीर समझता था। कुछ मामलों में उसकी सोच उतनी प्रोग्रेसिव नहीं थी। वह कम ही बोलता और बोलने से

पहले चार दफ़ा सोचता। मन से बहुत गुन्ना था, अपनी बातें, ख़ुराफ़ात, ख़ुद तक ही रखता और जिसको एक बार अपना मान लेता, उसके लिए पज़ेसिव भी बहुत रहता। पर केया को ये सब कहाँ पता था। इक्के-दुक्के बार की मेल-मुलाक़ात में कोई किसी को कितना जान लेगा? ऐसे भी अरेंज्ड-मैरिज जैसे फ़ैसले कोई दिल से कहाँ करता है?

रणवीर का हाल-चाल पूछने के बाद, केया जब जाने को हुई तो उसने केया से सिर्फ़ इतना कहा, "तुम आई मुझसे मिलने, अच्छा लगा।" पर केया को समझ नहीं आया कि वह पूछ रहा है या बता रहा है। सो वह पूछ बैठी, "किसे अच्छा लगा?"

"ऑफ़कोर्स मुझे!"

"ओके... मुझे लगा तुम मुझसे पूछ रहे हो।"

"तुमसे क्या पूछना, तुम्हें तो मुझसे मिलते ही अच्छा लगने लगा था।" रणवीर ने चुहल करते हुए कहा।

"अच्छा... .ऐसा है क्या?"

"बिल्कुल, ऐसा ही है।"

"जी नहीं, ऐसा कुछ नहीं है। वो तो मुझे माँ ने कहा इसलिए मैं तुमसे मिलने चली आई। अब से नहीं आऊँगी मिलने।" केया ने उसे चिढ़ाते हुए कहा।

"आओगी नहीं तो जाओगी कहाँ मैडम?"

"कहीं भी जाऊँ, मेरी अपनी मर्ज़ी सर।"

"नहीं, बिल्कुल नहीं! मर्ज़ी तो मेरी ही चलेगी जानेमन।" बोलते हुए रणवीर की आँखें उसके सीने के उभारों पर अटक गईं, जिसे केया ने बिना रणवीर से नज़र मिलाए ही देख लिया था। उसका मन मटमैला हो उठा। वह वहाँ से जाने के लिए उठ खड़ी हुई। रणवीर ने उसे रोकना चाहा, मगर वह रुकी नहीं। यहाँ तक कि उसके बाय का भी जवाब नहीं दिया। रणवीर उसके इस रवैये को समझ नहीं पाया। शायद वह नहीं जानता था कि लड़कियाँ जादूगरनी होती हैं, उनके मन, फ़िल्टर पेपर से बने होते हैं।

वह हर ग़लत निगाह को, बदतमीज़ इशारों को ज़ुबान से भले ही न मना कर पाएँ, मगर क़दम पीछे ज़रूर खींच लेती हैं।

केया बुझे मन से घर वापस आ गई। 'मर्ज़ी तो मेरी ही चलेगी' और फिर रणवीर की आँखें! केया चाहकर भी भूल नहीं पा रही थी। वह अपने जीवन पर किसी दूसरे व्यक्ति का अच्छा ख़ासा दबाव महसूस करने लगी थी। उसके जी में आ रहा था कि सब कुछ वापस से रिवाइंड करके मुक्त हो जाए। मगर जीवन में रिवाइंड बटन कहाँ होता है? उसका एक बार प्ले मोड ऑन हो जाता है, तो साँसें थमने पर ही ऑफ़ होता है।

आज भी माँ के 'रिश्तों में एडजस्टमेंट' वाली दलील को मानकर ही वह फिर सन-फ़्लॉवर के साथ रणवीर से मिलने क्लीनिक पहुँच चुकी थी। सब मिलने-जुलने वाले आकर जा चुके थे और रणवीर बाईं ओर करवट लिए खिड़की के बाहर दूर तक फैले नीले आकाश को देख रहा था। धूप ने अपनी चमक से पूरे आकाश को सफ़ेद कर रखा था कि तभी एक झोंका हवा का जानी पहचानी गंध तैरा गया। उसने पलटकर पीछे देखा तो केया हाथों में सन-फ़्लॉवर का बंच लिए मुस्कुराते हुए खड़ी थी। "गुड मॉर्निंग! ये मैं नहीं, ये फूल कह रहे हैं।" केया ने चहकते हुए कहा।

"और तुम क्या कह रही हो?" रणवीर उस वक़्त केया से जाने क्या सुनना चाह रहा था। शायद फूलों के रंग उसके मन को उजला किए जा रहे थे।

"यही कि गेट वेल सून। अब जल्दी से ठीक हो जाओ। बहुत हो गया बिस्तर पर करवट बदलते-बदलते, अब घर चलना चाहिए।" केया ने माओं की तरह फ़िक्र जताते हुए कहा।

"तुम ठीक करो तब न मैं ठीक होऊँ! तुम तो पास ही नहीं आना चाहती हो। इतने अच्छे मौक़े को तुम कैसे हाथ से जाने दे सकती हो? सोच लो, फिर इस तरह से मिलना मुश्किल होगा। अपॉइंटमेंट लेना होगा मुझसे मिलने के लिए।"

“हम्म, वह मैं ले लूँगी, बस तुम जल्दी से ठीक हो जाओ।” कहते हुए केया फूलों का बंच रणवीर के बेड के पास पड़े वाज़ में सजाने लगी।

रणवीर ने केया को ग़ौर से देखा। वह हल्के गुलाबी रंग के सलवार-सूट में बेहद ख़ूबसूरत लग रही थी। लगता था, उसके रुख़्सारों पे सूरज ने आते-आते बोसा रख दिया हो। उसने मचलते हुए पूछा, “तुम्हें मुझसे मिलना अच्छा नहीं लगता क्या?”

केया ने कुछ नहीं कहा।

“इधर आओ मेरे पास।” कहते हुए रणवीर ने अचानक उसकी बाँह पकड़कर उसे अपनी ओर खींचा, तो वह सरसरा के उसके ऊपर आ गिरी और वह उसे कुछ घड़ी तक देखता रहा। केया ने नज़रें झुका लीं और ख़ुद को उठाने की कोशिश करने लगी, पर उसने महसूस किया कि रणवीर ने उसको कमर से जकड़ रखा है। जब उसने ख़ुद को छुड़ाने की कोशिश की, तो रणवीर ने एक हाथ से अपनी पकड़ और मज़बूत कर दूसरे हाथ से उसे अपने और क़रीब लाकर उसके सुर्ख़ होठों को ज़बरदस्ती चूमने की कोशिश की।

केया ने झटके से ख़ुद को छुड़ाया और बिफरते हुए बोली, “ये क्या मज़ाक़ है रणवीर?”

“मज़ाक़ नहीं, ये तो तुम्हारे लाए फूलों के बदले एक टोकन ऑफ़ लव था, मगर तुमने लिया ही नहीं। लेकर देखो, नहीं पसंद आएगा तो वापस कर देना।”

रणवीर की ऐसी लिजलिजी आवाज़ सुनकर केया के पूरे बदन में अजीब-सी झुरझुरी छूट गई। उसकी पलकों पर आँसू दस्तक देने ही वाले थे, पर उसने ख़ुद को भीतर से दृढ़ करते हुए कहा, “यह पसंद की बात नहीं है रणवीर। तुम सोचते तो कि मुझे तुम्हारा इस तरह करना ठीक लगेगा या नहीं! कुछ भी करने से पहले तुम्हें तो देखना चाहिए था कि मैं कंफ़र्टेबल हूँ या नहीं। एटलीस्ट पूछना तो चाहिए था।”

“ठीक लगेगा? पूछना तो चाहिए था? व्हाट रब्बिश यू आर टॉकिंग?

कम ऑन केया, अब कुछ महीनों में हमारी शादी होने वाली है, इसमें तुमसे पूछने जैसा क्या है ? ऐसा तो सब करते हैं, व्हाट अ बिग डील ?"

केया चुप रही, तो रणवीर नाराज़ हो उठा, "ये क्या बच्चों की तरह मुँह फुला के बैठ गई हो। जस्ट ग्रो-अप। ओफ़्फ़ो, चलो ठीक है... आगे से ऐसा नहीं होगा।" उसने बंच में से वह ब्लूबेल वाला स्टिक निकालकर केया को थमा दिया।

केया को लगा कि उस लड़के ने सॉरी के लिए ब्लूबेल फूल देने वाली बात कुछ नई नहीं बताई थी कि तभी रणवीर ने बात बदलते हुए पूछा, "ये अलग-सा फूल क्यों था बंच में ?"

अब केया सारा माजरा समझ गई और सुबह हार्मनी शॉप वाला सारा वाक़िया कह सुनाया। मगर वह फ़ोन नंबर एक्सचेंज वाली बात जाने क्यों रणवीर से छुपा ले गई। शायद उसने अपनी बातों के उतार चढ़ाव के साथ-साथ रणवीर के चेहरे के बदलते भावों को भी पढ़ लिया था।

सारी बात सुनने के बाद रणवीर अपनी नाराज़गी ज़ाहिर करते हुए बोला, "किसी अजनबी से इतनी बात ठीक नहीं। चलो अभी जाओ और अगली बार आना तो फूलों की फ़ॉर्मेलिटी करने की कोई ज़रूरत नहीं। ये मेरे दर्द की दवा नहीं हैं। ख़ैर..." कहते-कहते रणवीर बाहर खिड़की की ओर देखने लगा।

केया उदास चेहरे पर फीकी मुस्कान की परत चढ़ा, कमरे से बाहर निकलने लगी, तो देखा वह सन-फ़्लॉवर भी भरी दोपहरी में मुरझा गए। शायद उन्होंने भी उसके मन का हाल पढ़ लिया था।

वह भारी उदास क़दमों से घर लौटी, तो देखा उसकी माँ साड़ियों के पैकेट खोल रही थी। शादी वाले घरों की माँएँ हर दिन कुछ न कुछ थोड़ा-थोड़ा जोड़ती रहती हैं। माँ ने उसे देखते ही रणवीर का हाल पूछा, मगर वह बिना कुछ कहे अपने कमरे में उदासियों के साथ दाख़िल हो गई। वह समझ नहीं पा रही थी कि वह इन बातों को किससे शेयर करे। जो सहेलियाँ थीं, वह या तो शादी-शुदा थीं, जिनसे उसका कम ही वास्ता

पड़ता या फिर दूर रह रही थीं, वह भला उसका क्या दर्द दूर करतीं। वह चाहते हुए अपने ऊपर से उन बंदिशों को उठा नहीं पा रही थी। एक पिंजरे में बंद चिड़िया की तरह उसका मन फड़फड़ा रहा था। बार-बार कोशिश करने पर भी वह पिंजरे की चहारदीवारी से बाहर नहीं निकल पा रही थी और अंततः वह औंधे मुँह फफकते हुए बिस्तर पर गिर पड़ी।

माँ ने खाने के लिए भी बुलाया, मगर वह जानबूझकर नहीं उठी और बहाना बना दिया कि उसे भूख नहीं है। वह जानती थी कि एक बार वह माँ के आगे पड़ी तो वह सारा माजरा समझ जाएँगी और फिर उसे ही दुनियादारी की रस्में समझाने लग जाएँगी। अभी वह कुछ भी समझने के मूड में नहीं थी। दोपहर से शाम हो आई, मगर बुझे मन से पड़े-पड़े वह उसी सुबह वाले वाक़िए की चकर-घिन्नी में फँसी रही। तभी मोबाइल पर बारिश की बूँद-सा कुछ टपका, टप्प! कोई मैसेज आया था। उसका मन धक-सा कर गया कि कहीं रणवीर का मैसेज तो नहीं। मैसेज खोले कि नहीं। अगर रणवीर का मैसेज हुआ तो वह रिप्लाई करे या न करे? यही कुछ गुनते-बुनते धड़कते मन से उसने व्हाट्सऐप खोला, तो क्या देखती है कि वह तो सुमित का मैसेज है, 'हैलो! इट्स सुमित हियर...' और एक स्माइली।

केया के चेहरे पर कुछ खोए-पाए जैसी मुस्कान तैर गई। वह काफ़ी देर सोचने के बाद केवल एक स्माइली ही भेज पाई।

'उन्हें कैसा लगा गिफ़्ट?'

'ठीक-ठीक ही लगा।'

'तुम ठीक हो?'

फिर उसका कोई रिप्लाई नहीं गया। वह फिर फफक के रो पड़ी। वह अजनबी कैसे जान गया कि वह ठीक नहीं है, जबकि रणवीर नहीं जान पाया कि इस तरह के बिहेवियर पर कोई भी लड़की ओके नहीं रह पाएगी। केया अपने उलझनों के धागे को सुलझा ही रही थी कि तभी फ़ोन बज उठा। सुमित का फ़ोन था। उसने फ़ोन रिसीव किया, मगर कुछ बोल

नहीं पाई। उधर से आती हुई खनकती आवाज़ ने फ़ज़ा में मीठी ख़ुशबू घोल दी।

"हैलो... हैलो... अरे भई ये सुबह तलक स्टेचू कहने वाली को किसने स्टेचू कर दिया? हैलो... हैलो... कोई है? हैलो...।" केया घरघराई।

"किसी ने कुछ कहा क्या? मुझे कुछ सुनाई नहीं दिया।"

केया ने अपने को संयत करते हुए ज़ोर से कहा, "हाँ! हैलो।"

"थैंक गॉड... तुम्हारी आवाज़ तो आई। मैं तो फ़ोन ही काटने वाला था। मुझे लगा, कहीं ग़ुस्से में फ़ोन से निकलकर यह लड़की इस नाचीज़ को स्टेचू न कर दे।"

केया मुस्कुरा उठी। बोली, "नहीं ऐसा नहीं है। अभी तो मैं ख़ुद स्टेचू थी, तुमने हँसी दिलाकर रिलीज़ किया।"

"अच्छा तो ये बात है! फिर तो मुझे ट्रीट मिलनी चाहिए।"

"ट्रीट क्यों?"

"किसी के चेहरे पर मुस्कराहट लौटाना बड़ी मेहनत का काम है बॉस। मैं फ्री में कोई काम नहीं करता। मुझे तो ट्रीट चाहिए, वह भी अभी।"

"अभी... अरे! ऐसे कैसे?"

"क्यों? मुस्कुराई तुम आज और ट्रीट दोगी कभी और... ना बाबा ना, तुम्हारा क्या भरोसा, अगली बार आवाज़ ही नहीं पहचानी तो?" फिर सुमित सीरियस होते हुए बोला, "अरे यूँही कह रहा था, अब सही लग रहा है न?"

"हम्म... जर्मन बेकरी के पास वाले स्टारबक्स में मिलें?" केया ने बात आगे बढ़ाते हुए कहा।

"कब?"

"उम्म... अभी थोड़ी देर में।"

"अरे वाह! ठीक है, पहुँच के मिस्ड कॉल देना, मैं वहीं मिलूँगा।"

केया को लगा जैसे उसे मन के कर्फ़्यू से कुछ घंटों की राहत मिल

गई हो। वह फटाफट तैयार होकर जैसे ही बाहर निकलने को हुई, माँ पूछ बैठी, "रणवीर से मिलने जा रही है?"

केया थोड़ी ठिठकी, फिर हाँ में गर्दन हिलाते हुए घर से बाहर निकल गई। वह नहीं जानती थी कि वह सुमित से क्या बात करेगी, उसको कुछ भी रणवीर के बारे में, सुबह के वाक़िए के बारे में बता भी पाएगी या नहीं। फिर सोचने लगी कि रणवीर ने कैसे समझ लिया कि इंगेजमेंट हो जाने भर से कैसे भी छूने का लाइसेंस मिल जाता है और पतियों वाला रौब भी। उसकी हिम्मत कैसे पड़ी मुझे डाँट लगाने की, जबकि कभी माँ-पापा भी मुझसे ऊँची आवाज़ में बात नहीं करते। वह अभी कौन हो गया है जो मुझे सिखाएगा कि मैं किससे मिलूँ और किससे न मिलूँ? इन्हीं सब बातों को सोचते-सोचते केया कब कॉफ़ी हाउस के सामने आकर खड़ी हो गई, पता ही नहीं चला। सुमित हाथों को वेव करते हुए इशारा कर रहा था, मगर केया को कहाँ कोई सुध-बुध। वह तो अब भी यही सोचने में लगी थी कि उसने जितनी बातें सोचीं, क्यों नहीं रणवीर को स्टेचू कर उससे कह पाई? उस वक़्त क्या हो गया था उसे? तभी सुमित ने पास आकर कहा, "रिलीज़!"

केया सकपका गई। बोली, "सॉरी मैंने ध्यान ही नहीं दिया।"

"इट्स ओके... होता है कभी-कभी। बाय द वे, ट्रीट मिलेगी कि मैं वापस जाऊँ।" कहते हुए सुमित ने नोटिस किया कि केया की बड़ी-बड़ी आँखें लाल डोरों से भरी हुई हैं। जाने कितनी नदिया बही होंगी उन किनारों से।

"अरे चलो न..." कहते हुए दोनों कॉफ़ी हाउस में जाकर बैठ गए। केया ने पूछा, "क्या लोगे?"

"जो तुमको पसंद हो।" सुमित ने मेनू कार्ड उसकी ओर घुमाते हुए कहा। केया ने दो कोल्ड कॉफ़ी विद आइसक्रीम का आर्डर दिया और दोनों ऑर्डर आने का इंतज़ार करने लगे, लेकिन ये भी सोच रहे थे कि कहाँ से बात शुरू करें और क्या बात करें?

"तुम कहाँ रहते हो? क्या करते हो?" पूछकर केया ने ही बात की शुरुआत की।

"तुम इंटरव्यू ले रही हो मेरा?" पूछते हुए सुमित मुस्कुरा दिया।

"अरे नहीं! ऐसा नहीं है, मैं तो ऐसे ही..." केया के शब्द दिए की लौ की तरह लपलपाए और फिर मद्धम पड़ गए।

"मगर मुझे तो ऐसा ही लग रहा है और मैं तुम्हें बता दूँ कि मैं उदास लोगों को इंटरव्यू नहीं देता।" सुमित ने आँख मार के मुस्कुराते हुए कहा।

केया उसकी बात पे मुस्कुराने लगी।

"लो, अब देखो, मुस्कुराते हुए तुम्हारा चेहरा उन बोगनवेलिया के फूलों जैसा गुलाबी हो गया है। एक बात बताओ, तुमने उनको अपना रंग दिया है या उनसे तुम्हें मिला है, बोलो... बोलो।"

सुमित की बात सुन केया खुलकर हँसने लगी। वह अपनी हँसी को थामते हुए कहने ही जा रही थी, 'तुम भी न सुमित' लेकिन सुमित की अपने पर एकटक टिकी नज़र देखकर वह शर्म से छुई-मुई हो गई।

सुमित उसकी हया को देख मन ही मन गुलाब की तरह खिल उठा, मगर उसकी चुप्पी तोड़ने के लिए फिर बोला, "रिलीज़... कहाँ खो जाती हो?"

"कहीं नहीं... हाँ तो तुमने बताया नहीं, क्या करते हो?"

"ऐसा कुछ ख़ास नहीं यार, यहीं नेस-वाडिया कॉलेज ऑफ़ कॉमर्स में लेक्चरार हूँ। नेचर लवर हूँ, तो ख़ाली टाइम में फूल-पत्तियों पेड़-पंछियों से बातें कर लेता हूँ। कुछ अपनी कह लेता हूँ, कुछ उनकी सुन लेता हूँ। छुट्टियाँ पड़ती हैं, तो माँ-बाबा के पास मुंबई चला जाता हूँ, नहीं तो कहीं भी जहाँ ये क़दम ले जाएँ।"

"मतलब कि पक्के घुमक्कड़ हो।" केया ने मुस्कुराते हुए कहा।

"हाँ, जब तक शादी नहीं हो जाती, उसके बाद तो चक्की पीसिंग एँड पीसिंग।"

उसकी बात पे केया हँस पड़ी और पूछ बैठी, "कब है तुम्हारी शादी?"

"अरे, पहले लड़की तो मिले यार। मैं कोई वाडिया फ़ैमिली से तो हूँ नहीं कि सब मेरे रुपए-पैसों पर मर मिटें और न ही इतना हैंडसम हूँ कि कोई भी लड़की फ़िदा हो जाए।"

"कोई भी लड़की क्यों फ़िदा होगी? अरे, कोई अच्छी लड़की ही फ़िदा होगी। आफ़्टर ऑल तुम इतने अंडरस्टैंडिंग, केयरिंग और जॉली नेचर के हो। आख़िर किसी लड़की को इससे ज़्यादा और क्या चाहिए।" केया ने सुबह का वाक़िया याद करते हुए कहा।

"अब ऐसी बात तो कोई तुम जैसा प्यारा दोस्त ही कह सकता है।" सुमित की ये बात सुन केया ने मुस्कुराते हुए कहा, "ये तो है।" दोनों तरफ़ एक सुकून भरी मुस्कान तैर गई। दोनों ने अपनी दोस्ती के लिए कोल्ड-कॉफ़ी के ग्लास को लड़ाते हुए चीयर्स कहा। फिर उनकी बातों की डायरी ऐसी खुली कि जाने कितने ही क़िस्से कॉफ़ी-बींस की लज़्ज़त में घुलने लगे। इस बार फिर किसी तीसरे, यानी वेटर ने आके ही दख़्लअंदाज़ी की, "सर-मैम और कुछ?"

केया ने हड़बड़ा के अपनी घड़ी देखी तो एक घंटे से ऊपर हो चुका था। वह फटाफट वॉलेट से पैसे निकालने लगी। सुमित ने उसको रोक के बिल पे करते हुए कहा, "हो गई दोस्ती-यारी, क्या न तुम भी!"

"अरे, मैंने ट्रीट दी थी तो ये पैसे अब तुम रखो, पतियों वाला काम मत करो, मुझे बहुत कोफ़्त होती है।" केया बड़बड़ाते हुए बहुत कुछ ऐसा बोल गई जिसे सुमित सुन के हैरान रह गया।

"शादी का मन नहीं है क्या तुम्हारा।" सुमित ने थोड़ा सिरियस होते हुए पूछा।

"नहीं, ऐसी बात नहीं है। चलो, अब मैं चलती हूँ, अभी रणवीर से भी मिलने जाना है।" केया ने उससे झूठ बोला। दोनों कॉफ़ी-हाउस से बाहर आकर गुलमोहर से गुंछी गलियों के बीच से पैदल ही गुज़रने लगे।

दोनों के बीच कहीं से ख़ामोशी आकर ठहर गई थी। सुमित के दिल में केया की मासूमियत घर कर गई थी। वह कभी उसके चेहरे की उजली मुस्कुराहट के बारे में सोचता, तो कभी आँखों में तैरती उदासी के बारे में। कितना निश्छल है उसका मन, ये सोचते हुए सुमित कुछ और दूर उसके साथ चलना चाह रहा था। वह केया से बोल पड़ा, "तो फूल की दुकान तक साथ चलते हैं, फिर तुम आगे चली जाना।"

"तुम्हें कोई काम हो तो चल सकती हूँ, नहीं तो, वहाँ अब उन फूलों की कोई ज़रूरत नहीं।"

"क्यों, तुम्हारे फ़ियांसी को फूल पसंद नहीं आए?" सुमित ने बीच रास्ते रुकते हुए पूछा।

"नहीं, उन्हें किसी अजनबी से मेरा बात करना पसंद नहीं आया।"

"हम्म... लेकिन तुम तो अभी उस अजनबी के ही साथ हो। उन्हें पता चला तो?"

"पता चले तो चले, वह कैसे डिसाइड कर सकते हैं कि मैं किससे बात करूँ या न करूँ? मेरा भी कोई मन है या नहीं? या कि शादी तय हो गई तो मन गिरवी हो गया। सबकी अपनी आज़ादी है, अपना स्पेस है।" सुमित चुपचाप केया को एकटक देखे जा रहा था। उसने महसूस किया कि कोई ऐसी बात है जो केया अपने मन में दबाए हुए है, पर उसने कुछ कहा नहीं, सिर्फ़ उसके साथ चलते हुए उसका साथ निभाता रहा। उसका मौन आश्वासन ही उसकी हामी था। तभी किसी के कॉल ने उनके बीच की चुप्पी को तोड़ा। केया की माँ का फ़ोन था। उसे देर तक बाहर घूमने के लिए और रणवीर के पास जाने का बहाना बनाने के लिए डाँट रही थीं। केया ने बीच में ही फ़ोन काट दिया और ख़ुद को संयत करते हुए बोली, "तुमसे मिल के बहुत अच्छा लगा सुमित, अब चलती हूँ। फिर मिलेंगे।"

"मैं छोड़ दूँ?" सुमित को उसकी फ़िक्र हो आई थी।

"अरे नहीं, ख़ुद आई हूँ तो ख़ुद चली भी जाऊँगी।" कहते हुए वह ऑटो में बैठ गई। सुमित बहुत दूर तक उसको देखता रहा और अपने

हॉस्टल के कमरे में पहुँचकर भी बहुत देर तक उन्हीं गलियों में केया की बातों के साथ भटकता रहा। उसने महसूस किया कि कुछ तो ऐसी बात है जिससे केया इतनी असहज हो जा रही थी। पता नहीं! वह उसका, उसके मंगेतर से रिश्ता था या कुछ और? उसने यह भी सोचा कि पहले दिन जब उसकी मुलाक़ात केया से हुई थी, तब तो वह अपने रिश्ते को लेकर बहुत ख़ुश थी। फिर आख़िर क्या बात थी जो उसे परेशान किए हुए थी? वह उसकी बेचैनी महसूस करने लगा था, जिससे एक क़तरा आँसू का उसके गाल पर ढुलक आया और वह उसे ऐसे प्यार से सहलाने लगा जैसे वह केया को सहला रहा हो। वह बहुत देर तक सोचता रहा कि आख़िर उसका और केया का कैसा नाता है, जो दोनों को ही सुकून देता है। कुछ तो राब्ता है उनके दरमियान, लेकिन क्या?

अभी वह ये सब सोच ही रहा था कि कुछ वाइब्रेशन हुआ, देखा तो केया का मैसेज था, 'सॉरी यार। न जाने क्यों मैं तुमसे रूडली बिहेव करने लगी थी और जाने क्या-क्या कह गई तुमसे।' मैसेज पढ़ सुमित मुस्कुरा उठा और मैसेज पर उसकी मुस्कुराती तस्वीर देखकर बोला, सच में कुछ तो है तुमसे राबता!

उसने जल्दी से मैसेज टाइप किया, 'यार भी बोलती हो और सॉरी की फ़ॉर्मेलिटी भी करती हो। अब ये बताओ, ठीक से पहुँच गईं न, घर में सब ठीक?'

फिर सुमित ने उधर से देखा कुछ टाइप हो रहा है तो उसे तसल्ली हुई कि बात हो जाएगी।

'अच्छा, अब आगे से कोई सॉरी नहीं बोलूँगी। वैसे भी आज इतनी डाँट पड़ी कि अभी दो-चार दिन बाहर निकलने का कोई चांस नहीं।'

'क्यों, ज़्यादा देर तो नहीं हुई थी?'

'देर की बात पे नहीं, बल्कि मेरी मेरे क्लीनिक न पहुँचने पर। उसके बाद घर पहुँची तो सवालों का केबीसी चलने लगा। जितने ज़्यादा जवाब, उतनी ज़्यादा डाँट। अभी थोड़ी देर पहले गेम ख़त्म हुआ।' इस जवाब के

साथ केया ने ढेर सारे बोर वाले स्माइली भेजे।

'और तुम ढीठ लड़की, फिर भी मुझसे बात कर रही हो? क्यों? सो जाओ नहीं तो फिर गेम शुरू हो जाएगा।' सुमित ने परवाह करते हुए उदास स्माइली भेजा।

'अरे, ओहो, अच्छा सो जाती हूँ, मगर एक बात कहनी है।'

'हाँ, बोलो!'

'आज पता नहीं कैसे क्या हुआ, मुझे एहसास ही नहीं हुआ और मैं तुमसे वह सब कहती चली गई जिसे मैं अपनी माँ से भी नहीं कह पाई। ऐसा लग रहा था, मानो तुम मेरे मन के आईने हो गए हो और मैं तुमसे अपने मन की बात किए जा रही हूँ। कोई पर्दादारी ही नहीं थी। जबकि तुमसे तो अभी-अभी मुलाक़ात हुई थी और तुमसे तो कोई सात जनम वाला बंधन भी नहीं बँधने वाला। फिर ऐसा क्यों हुआ?'

'बंधन नहीं था इसलिए।' सुमित का यह जवाब पाकर केया हलचल से भर उठी, लेकिन बस 'हम्म' लिख के भेज पाई।

सुमित ने आगे लिखा, 'बंधन में तो शरीर बँधता है, मन और आत्मा नहीं। बिल्कुल ठीक वैसे ही जैसे बंधन में तो फूल होते हैं, उनकी ख़ूबसूरती होती है, लेकिन उसकी ख़ुशबू कभी किसी बंधन में नहीं रहती। वह आज़ाद रहती है, वह बिना सोचे सभी दिशाओं में फैलती है। किताबों में छुपा के रखे जाने पर भी इंसान के ख़यालों में आज़ाद रहती है। तुम्हें जब भी कोई परेशानी हो तुम बिना किसी पर्दादारी के अपने इस आईने से बात कर सकती हो। मैं स्टेचू होकर तुम्हारी हर बात सुन लूँगा।'

'हम्म... ओके... ठीक।'

'हम्म क्या... उसके बाद मुझे रिलीज़ क्या मेरा भूत करेगा।' लिखते हुए सुमित ने बड़ा-सा हँसता हुआ स्माइली भेजा।

'हा हा हा... नहीं, नहीं मैं कर दूँगी।' हँसते हुए केया ने जवाब लिखा।

'हाँ यार, कर देना... नहीं तो।' सुमित ने कुछ लिख के मिटा दिया और रिप्लाइ कर दिया। सुमित उससे कुछ कहते-कहते रुक गया।

'नहीं तो, क्या? क्या कह रहे हो?'

'कुछ नहीं बुद्धू, अब सो जाओ। इतनी रात गए किसी अजनबी से बात करना ठीक नहीं, प्यार हो जाता है। हा हा हा...।' सुमित ने अपने जज़्बात को हँसी में उड़ाते हुए रिप्लाइ किया।

'हम्म... मगर तुम अब अजनबी कहाँ। अच्छा, ठीक है... गुड नाइट।' केया ने रिप्लाइ किया।

गुड नाइट और एक स्माइली के बाद कोई मैसेज नहीं आया। केया बहुत देर तक फ़ोन को निहारती रही। दोनों बहुत देर तक अपने-अपने ख़यालों में करवटें बदलते रहे। अपनी-अपनी नींदों में जागते रहे। सुमित का मन जिन भावनाओं की नदी में डुबकी लगा रहा था, वह उसमें डूबे रहने चाहता था। तो दूसरी तरफ़ केया के दिल में भी कुछ अजीब-सी हिलोरें उठ रही थीं। ये कुछ वैसा ही था जैसे समंदर की मौजें, पूर्णिमा के चाँद को छूने की चाहत कर उठी हों और कोशिश कर के भी उसको पा न पा रही हों। उसका मन, नए मौसम की तैयारी में था, जहाँ प्यार की शबनमी बूंदें उसके सोये एहसासों को भिगोने की साज़िश कर रहीं थी, मगर केया उन मख़मली एहसासों को बिस्तर के सिरहाने से लगा दूसरी तरफ़ सर घूमा के सो गई।

वह कितना भी मुँह मोड़ ले, मगर अगली सुबह उसके मन का मौसम बदला हुआ था। नर्म एहसासों के सतरंगी इंद्रधनुष ने उसकी आँखों में ख़ुशी के नए रंग बिखेर दिए थे। अब वह ख़ुद को अकेला महसूस नहीं कर रही थी। कोई है, जो बिना जज किए उसकी बातों को सुन लेगा। बैठे-बैठे सोचने लगी कि आख़िर वह कैसे उससे दो ही मुलाक़ातों में इतना खुल गई? ऐसे तो इतनी रात गए वह किसी से भी बात नहीं करती, कल क्या हो गया था उसे? बहुत देर तक सोचने पर भी उसे किसी भी सवाल का कोई जवाब नहीं मिला। उसने अपने सर पर थपकी दी और नहाने के लिए चली गई। लौटी तो देखा रणवीर के चार मिस्ड कॉल थे। उसे कॉल करने ही जा रही थी कि उसकी नज़र व्हाट्सऐप के मैसेजेस

पर गई। देखा तो वहाँ भी रणवीर के मैसेजेस थे। उसके नीचे सुमित का मुस्कुराता चेहरा उसे 'हैलो' कह रहा था। उसने उसे पहले 'हैलो' लिखा फिर रणवीर के इनबॉक्स में गई, 'हैलो जानेमन, अभी तक नाराज़ हो? अरे, चलो मान भी जाओ। कुछ रोज़ में मेरी छुट्टी हो जाएगी क्लीनिक से, तो क्यों न ये प्यारे दिन हम मौज-मस्ती में काट लें। यू नो, व्हाट आई मीन (इसके बाद आँख-मारती हुई स्माइली) हा हा हा। तो कब आ रही हो मुझसे मिलने? हाँ, एक और बात, ये इतनी रात गए किससे बात कर थी? हम्म (एक खडूस-सा स्माइली)।'

केया को जी में आया कि फ़ोन उसके सर पर पटक दे। वह हैरान परेशान-सी कुछ देर सोचती रही, फिर 'कभी नहीं एंड इट्स नन ऑफ़ योर बिज़नेस। गेट वेल सून, बाय।' लिख के उसने फ़ोन बेड पर फेंक दिया। तभी उसकी माँ ने नाश्ते के लिए आवाज़ लगाई। "माँ, तुम क्यों नाश्ता लगा देती हो? जब भूख लगेगी मैं ख़ुद कर लूँगी।" केया ने बड़बड़ाते हुए कहा।

"मेरे संग कर ले नाश्ता बच्चे, फिर कुछ एक महीनों में तो तू चली जाएगी।" माँ ने लाड़ जताते हुए कहा।

"मुझे कहीं नहीं जाना, कोई शादी-वादी नहीं करनी। मैं ऐसे ही ठीक हूँ।"

"क्या हुआ, ऐसी बातें क्यों कर रही है? रणवीर को पहली बार मिल के तो तू बड़ी ख़ुश थी, अब क्या हो गया? कुछ कहा क्या उसने? देख रही हूँ कल से तेरे मूड का अता-पता नहीं चल रहा। कुछ हुआ क्या? माँ की आवाज़ में फ़िक्रमंदी साफ़ छलक रही थी।"

केया माँ को परेशान देख बोली, "नहीं, कुछ नहीं हुआ। बस ये समझो कि हर चमकने वाली चीज़ सोना नहीं होती।"

"मतलब?"

"मतलब कुछ नहीं। मैं चली वापस सोने, बड़ी नींद आ रही है।" केया ने बात टालते हुए कहा।

"अरे, सोने कहाँ चली? रणवीर का फ़ोन आया था, तुझे पूछ रहा था। बात कर ले या फिर, न हो तो जा उससे मिल आ। बेचारा, बिस्तर पर पड़े-पड़े परेशान हो रहा होगा।"

"कोई कहीं नहीं परेशान हो रहा। उसके घरवाले हैं न, देख लेंगे। वैसे भी तुम मुझे कल देर से लौटने के लिए बहुत डाँट चुकी हो, इसलिए अब मैं कहीं नहीं जा रही।" कहते हुए केया अपने कमरे की ओर चल पड़ी।

माँ ने रोकते हुए कहा, "अच्छा, अब नहीं कुछ कहूँगी, पर जा मिल आ उससे। ऐसे रिश्ते नहीं निभते।"

केया सब कुछ अनसुना करते हुए अपने कमरे में चली आई। वह माँ को कैसे समझाये कि अब के रिश्तों में उनके ज़माने वाली मिठास और सौंधी ख़ुशबू नहीं रह गई है। अब लोगों में प्यार कम और वासना अधिक है। तभी फ़ोन वाइब्रेट हुआ, देखा तो सुमित के मैसेजेस थे–

'व्हाट्स-अप? सॉरी, क्लास में था इसलिए रिप्लाइ में लेट हुआ। अभी एक पीरियड फ्री हूँ।

बिज़ी हो?'

थोड़ी देर बाद का एक और मैसेज था, 'कैच यू आफ़्टर फोर, टेक केयर।'

'यप ओके, फ़ाइन।' लिख के, सुमित का इनबॉक्स बंद किया तो रणवीर के मैसेज पर नज़र पड़ी। लिखा था, 'ऐसे कैसे कह सकती हो तुम? मैं तुम्हारा मंगेतर हूँ। मैसेज पढ़ते ही कॉल करो।"

केया फ़ोन को दोबारा बिस्तर पर फेंक के लेट गई। फिर थोड़ी देर बाद फ़ोन वाइब्रेट हुआ... एक बार, दो बार, तीन बार। केया के जी में आया फ़ोन स्विच-ऑफ़ कर दे। उठाकर देखा तो सुमित का मैसेज था–

'हैलो केया।'

सॉरी, आज शाम को नहीं मिल पाऊँगा।

अभी मुंबई जा रहा हूँ।'

'मुंबई? क्यों? पहले से कोई प्लान था?' केया ने हैरानी से पूछा।

'हाँ, प्लान तो था, मगर पक्का नहीं था। अभी डीन से बात की तो उसने छुट्टी अप्रूव कर दी। बस थोड़ी देर में निकल जाऊँगा।'

'हम्म... ठीक है। कोई ज़रूरी बात, अगर बताना चाहो तो...?' केया पता नहीं क्यों उसके जाने की ख़बर सुन के उदास हो गई थी।

'ऑफ़कोर्स यार, तुमसे क्या छुपाना। आज मॉम-डैड की एनिवेर्सरी है, अभी उनको बताया नहीं है कि मैं वहाँ आ रहा हूँ। पहुँच के सर्प्राइज़ दूँगा।'

सुमित के जल्दी-जल्दी टाइपिंग से ही उसकी ख़ुशी झलक रही थी।

'ठीक है। उन्हें मेरी तरफ़ से भी विश करना और फ़ोटो ज़रूर भेजना।'

'हाँ, हाँ, ज़रूर। तुम अपना ख़याल रखना। बाय।'

सुमित इतनी जल्दी में था कि केया पूछ भी नहीं पाई कि वह कब लौटेगा। फिर उसने ख़ुद को इस बात से तसल्ली दी कि जब फिर बात होगी तब पूछ लेगी। सुबह से दोपहर हुई, दोपहर से शाम। केया की उँगलियाँ बार-बार मैसेज बॉक्स कि तरफ़ जातीं और फिर लौट आतीं। वह सोचती कि सुमित से पूछे कि ठीक से पहुँच गया कि नहीं, क्या चल रहा है उधर? मगर फिर ख़ुद को समझाती कि उसको डिस्टर्ब करना ठीक नहीं। शाम ढलते-ढलते उसका मन भी ढलने लगा। एक अजनबी उदासी ने उसके मन पर पहरा डाल दिया था। वह कुछ भी करने बैठती, सुमित को सोचने लगती। कॉफ़ी पीते वक़्त उसकी बातें, ख़ुशबू की तरह उसके दिलो-दिमाग़ पर छाई रहतीं। कहीं भी मन न लगता हुआ देख, वह बेचैन क़दमों से वॉक पर निकल गई। इस टाइम पर वह केवल अपने जीवन और उसमें घट रही घटनाओं के बारे में सोचती थी। वह नोटिस कर रही थी कि उसका झुकाव पल-पल सुमित की तरफ़ बढ़ता जा रहा है। उसके साथ रहकर वह ज़्यादा ख़ुश महसूस करती है। रणवीर को भी उतना कहाँ जानती है? बस उतना कि किसी दूर के रिश्तेदार के सहारे माँ-बाप ने उसके लिए खाता-कमाता लड़का देखा, एक बार देखने के

लिए मिले और फिर सगाई और उसके बाद जो हो रहा है, इस बात का तो उसे अंदाज़ा भी नहीं था। वह सोचते-गुनते तेज़ क़दमों से जिस रास्ते निकल आई, वहाँ सुमित का ख़याल अमलतास के फूलों की तरह उसके ऊपर झरने लगा। उसने सोचा कि ये भी बिल्कुल सुमित जैसे ही हैं। वह उसके उदास होते ही अपनी बातों के फूल उसपर गिराने लगता और वह उन्हें समेटने में सारी परेशानियाँ भूल जाती।

तभी कुछ टप्प से एक दो बार टपका। केया ने फटाफट अपना फ़ोन निकाला। सुमित के मैसेजेस थे–

'हैलो केया, हाउ आर यू? ये देखो मॉम-डैड के पार्टी की पिक्स।' फिर दो चार तस्वीरें एक के बाद एक खुलती चली गईं। सुमित के मम्मी-पापा काफ़ी ख़ुश थे उसके वहाँ पहुँचने से।

केया ने 'टू गुड पिक्चर्स' लिख के भेजा और पूछा, 'बात हो सकती है क्या?'

सुमित का कॉल आ गया। केया को लगा जैसे सुकून भरा समंदर उसकी आँखों के आगे पसर गया हो। उसने फ़ोन तो उठा लिया, मगर कुछ बोल ही न पाए। बस इतना पूछा कि कब वापस आओगे?

"अभी देखो यार, वीकेंड पर तो यहीं रहने का प्लान है। काफ़ी दोस्तों से भी मिलना है। आगे का पता नहीं। तुम बताओ, तुम क्या कर रही थीं? किसी की ज़्यादा याद तो नहीं आई।" ये पूछते हुए मानो सुमित ने केया के दिल पे हाथ रख दिया हो। जी में आया कि वह सब कुछ कह डाले, जो उसने दिन भर उसकी याद में किया, मगर फिर थोड़ा संयत हुए बोली, "याद, किसकी याद? फ़र्स्ट क्लास वॉक कर रही हूँ।"

"अच्छा, वेरी गुड। एक फ़ोटो भेजो न अपनी, देखूँ सच बोल रही हो या झूठ।" सुमित खिंचाई के अंदाज़ में बोला।

"ओए! सच में वॉक कर रही हूँ। अब तो टहलते-टहलते उस फूल की दुकान पर भी आ गई जहाँ हम पहली बार मिले थे। तुम्हें तो किसी की याद नहीं आई न?" अब खिंचाई की बारी केया की थी।

सुमित उसकी इस शोख़ अदा पर मन ही मन मुस्कुराया। याद भी करती है और पूछती भी है किसकी याद? फिर उसको चिढ़ाने के लिए बोला, "नहीं, मुझे किसकी याद आएगी? हाँ, याद से याद आया कि अब जबकि तुम उस दुकान तक आ ही गई हो, तो तुम्हारे लिए वहाँ कुछ है। मुंबई आने से पहले तुम्हारे लिए छोड़ आया था। तुम ले लेना।"

"मेरे लिए।" केया आश्चर्य से भर गई।

"हाँ रे! मैंने सोचा, अगर किसी को मेरी याद आई और वह टहलते-टहलते उस दुकान पर पहुँचा, तो उसके लिए कुछ तो होना चाहिए। आफ़्टर-ऑल उस शहर में कोई तो है मुझे याद करने वाला।" सुमित की बात सुन के केया तो मानो शर्म से दोहरी हो गई। मानो किसी ने उसकी चोरी पकड़ ली हो। सुमित को एहसास हो गया था कि अब वह आगे कुछ नहीं कह पाएगी, इसलिए उसने जल्दी से बात ख़त्म करते हुए कहा, "अच्छा, अब मैं फ़ोन रखता हूँ। अपना ख़याल रखना और थैंक यू वाली एक फ़ोटो ज़रूर भेजना। बाय, टेक केयर।"

केया सिर्फ़ 'बाय' कह पाई और फ़ोन कट गया। दुकान में गई तो सफ़ेद डैफ़ोडिल्स और पर्पल आइरिस के फूलों का एक बूके था और उसके साथ एक नोट-कार्ड लगा हुआ था। वह तेज़ क़दमों से उन्हें लेकर घर पहुँची तो देखा माँ-पापा वहीं लिविंग रूम में बैठकर चाय पी रहे हैं। केया के पापा बैंकर हैं, इसलिए वह जल्दी ही घर आ जाते हैं। उन्होंने फूलों को देखते हुए पूछा, "ये किस के लिए केया, हमारे लिए हैं क्या?"

माँ उनके हाथ पर थपकी देते हुए बोली, "आप भी क्या बोलते हो जी, किसी को देने के लिए लाई होगी या किसी ख़ास ने दिए होंगे।" इस बात पर दोनों मुस्कुरा उठे और केया ये सोचते हुए कमरे में चली गई कि दिए तो किसी ख़ास ने ही हैं। वह बिस्तर पर लेट गई और बुके को अपने बग़ल में लिटा के वह नोट-कार्ड पढ़ने लगी जिसमें लिखा था—'जानता हूँ ये फूल तुमसे ज़्यादा ख़ूबसूरत और नाज़ुक मिज़ाज नहीं हैं, लेकिन फिर भी तुम्हारे इनोसेंस के लिए और हमारी दोस्ती के लिए इससे

बेहतरीन तोहफ़ा मुझे नहीं मिला। जिस दिन हमारी दोस्ती हुई थी, उस दिन मुझे तुम्हें कुछ देना चाहिए था, लेकिन दे नहीं पाया था। केया, तुम जैसी ज़हीन और ख़ूबसूरत लड़की मैंने पहले शायद ही देखी हो। तुम्हारे साथ रहने पर मेरी ज़िंदगी गुलज़ार रहती है, तो ये डैफ़ोडिल्स उसके लिए और ये आइरिस के फूल इसलिए, क्योंकि तुम्हारी दोस्ती मेरे लिए बहुत मायने रखती है और शायद तुम भी ऐसा ही मानती हो। अगर हाँ, तो एक फ़ोटो क्लिक करके मुझे भेज देना। जा तो रहा हूँ, मगर तुम्हें बहुत मिस करने वाला हूँ। टेक केयर।'

केया ने सुमित के लौटने तक उस कार्ड को जाने कितनी बार पढ़ा। जितनी बार पढ़े, उतनी ही ज़्यादा उसके प्यार की ख़ुशबू में घुलती चली जाए।

***

सुमित को गए चार दिन से ऊपर हो गए थे और दो दिन से उसका फ़ोन भी स्विच-ऑफ़ बता रहा था। सुमित से बात किए बिना, उससे मिले बिना केया अपना चैन-क़रार सब कुछ गँवा बैठी थी। ऐसा लगे उसके दिल पर अपना कोई ज़ोर ही न हो। सुमित की यादों में सोए-जागे, बेचैन हो वॉक पर निकल जाए, उन जाने-पहचाने रस्तों से उस बेगाने का पता पूछ आए। वह कभी टहलते हुए उसके कॉलेज की तरफ़ निकल जाए। सारी निगाहें उसकी तरफ़ होतीं, मगर उसकी निगाह केवल सुमित को तलाशतीं। इतनी तड़प कि कभी जी में आता सब कुछ छोड़ के कहीं दूर भाग जाए, तो कभी मन होता, सुमित मिल जाए तो उससे सारे शिकवे-शिकायतें कर डाले। उसको पकड़ पूछे कि आख़िर उसे छोड़कर इतने दिनों के लिए कहाँ चले गए थे और क्यों चले गए थे? दिल करता मिल जाए तो दो-चार चपत भी लगा दे, ब्याज़ के तौर पर। ऐसा सोचते-सोचते केया कभी उदास हो जाती, तो कभी मुस्कुरा पड़ती। अजीब कश्मकश ने उसे घेर लिया था।

एक रोज़ सुबह केया ने फ़ोन उठाया तो किसी अननोन नंबर से चार-पाँच मिस्ड कॉल पड़े थे। अभी कॉल बैक करती कि फिर फ़ोन आने लगा। उसने फ़ोन उठाया तो उधर से सुमित ने खनकती आवाज़ में 'हैलो' कहा। केया को एकबारगी को लगा कि कहीं वह सपना तो नहीं देख रही? उसके साथ अक्सर ऐसा होता था। वह नींद में कुछ सोचते हुए सोती तो उसी का सपना देखने लग जाती और फिर अंत में इतना डूब जाती कि जब तक कोई उसे उठा न दे, वह उसी सपने की आग़ोश में रोती-गाती कुम्हलाती रहती। लेकिन उस वक़्त वह होश में थी। वह बस हल्के से बोली, "हैलो, हाँ... कौन?"

"क्या रे? कुछ दिन बात नहीं हुई तो मुझे भूल गईं। देख ली तुम्हारी दोस्ती, देख लिया तुम्हारा..." कहते-कहते सुमित रुक गया।

"तो क्या करूँ? तुम्हें ख़याल था क्या मेरा?" केया एक बार को नाराज़ होने को हुई, फिर उसकी आवाज़ को उदासी ने घेर लिया।

"हम्म... मैं समझ सकता हूँ। क्या करूँ यार, एक दिन दोस्तों के साथ पूल-साइड पार्टी करने में फ़ोन स्विमिंग पूल में गिर गया। उसके बाद यहाँ वापस आया, नया फ़ोन ख़रीदा और ख़रीदते ही तुमको कॉल किया।"

"मेरा नंबर याद था?" केया ने मन ही मन मुस्कुरा के पूछा।

"ऑफ़कोर्स यार। अच्छा सुनो, अभी फ़ोन रखता हूँ और हाँ, आज शाम चार बजे मेरी तरफ़ से ट्रीट, उसी फ़्लोरा शॉप पे आना, मैं इंतज़ार करूँगा। बाय।"

केया के मन में हलचल मच गई, आख़िर ऐसी क्या बात हो गई जो सुमित ट्रीट दे रहा है? कहीं कोई लड़की तो नहीं मिल गई? 'नहीं, नहीं, ऐसा नहीं हो सकता।' फिर ख़ुद पर ही उसे हैरानी हुई कि उसने 'नहीं-नहीं' क्यों कहा? वह तो एंगेज्ड है, उसे ऐसा नहीं सोचना चाहिए। सुमित तो बस उसका दोस्त है, फिर क्यों वह इस तरह सोच गई।

सुमित से मिलने के लिए घर से निकलने लगी तो माँ ने इस बार कुछ

नहीं पूछा। वह समझी थीं कि केया, रणवीर से मिलने जा रही है। फ़्लोरा शॉप पर सुमित पहले से उसके इंतज़ार में था। उसने हाथों में गुलाब की नाज़ुक कली थाम रखी थी। केया को लगा, उसने यह फूल उस लड़की के लिए लिया है जिसे वह मिलाना चाहता है। उसके पहुँचते ही सुमित ख़ुश हो गया, बोला, "आज मैं बहुत ख़ुश हूँ, क्योंकि एक नहीं दो ख़ुशी की बातें हैं। अरे, नहीं बल्कि तीन।" और उसने सुर्ख़ गुलाब की वह कली केया के हाथों में दे दी।

"तो बताओ भी कि बस सस्पेंस ही क्रिएट करते रहोगे और ये मुझे क्यों दे रहे हो? जिसके लिए ख़रीदा है, उसे ही देना।" कहते हुए केया वह कली उसे वापस करने लगी।

"उसे ही तो दे रहा हूँ पागल। सॉरी! मगर तुम ऐसे क्यों बात कर रही हो? क्या हुआ तुम्हें?" सुमित ने जब इतने सवाल एक साथ किए तो केया भी जैसे होश में लौट आई।

"सॉरी, पता नहीं, मैं क्या सोच रही थी? हाँ तो तुम ख़ुशख़बरी तो सुनाओ।" कहते हुए केया ने बात सँभाली।

"पक्का?"

"हाँ बाबा पक्का।"

"तो फिर यहाँ से चलो रास्ते में बताता हूँ। कुछ दिखाना है तुमको।" वह दोनों ऑटो में बैठ गए। सुमित ने ख़ुशख़बरी सुनाते हुए एक लेटर उसके हाथ में रख दिया, जिसमें उसकी नौकरी टेंपरेरी से परमानेंट हो गई थी और साथ ही रहने के लिए कॉलेज की तरफ़ से दो कमरे का अपार्टमेंट भी मिल गया था। अब वह दोनों उस अपार्टमेंट के सामने खड़े थे। केया ये ख़बर पढ़कर बहुत ख़ुश हुई, मगर जाने क्यों मन-ही-मन उदास भी हो रही थी। जब उसने सुमित के फ़्लैट में क़दम रखा, तो सुमित ने दरवाज़े को चूम लिया। केया ने हैरानी से देखा तो वह बोला, "तुमने इसको पहली बार छुआ है, मगर मैं तो तुमको छू नहीं सकता, इसलिए इसको चूम लिया। पवित्र हो गया ये कमरा तुम्हारे क़दम रखने से।"

सुमित भावुक हो गया था। केया ने उसकी बात सुनकर हया से सर झुका लिया था, लेकिन फिर अपने को सँभालते हुए बोली, "हम्म, अब बस एक घर सँभालने वाली की कमी है, उसे भी ले आओ तो लाइफ़ सेट हो जाए तुम्हारी।"

"हम्म, बस यहीं तो सारा लोचा है।"

"लोचा?"

"हाँ, मतलब कि प्रोब्लेम।"

"क्या प्रॉबलम है?"

"अरे, कुछ नहीं। तुम ये खाओ, पूरणपोली। लौटते वक़्त माँ ने साथ में पूरणपोली रख दिया था। घर से लौटा तो इतनी ख़ुशियाँ एक साथ मिलीं कि सोचा किसको पहले बताऊँ, तो तुम ख़याल में पहले आईं और तुमको बिना पूछे यहाँ उठा लाया।" सुमित सारी बात एक साँस में कह गया।

"पूरणपोली, हम्म... मुझे बहुत पसंद है। अच्छा! तो तुम मराठी मुल्गे हो?"

"हाँ, सुमित जोशी। तुम्हें पसंद नहीं क्या? तुम कहो तो सुमित जोशी गिल बन जाता हूँ, मिस केया गिल।" सुमित मुस्कुराने लगा।

अब मुस्कुराने की बारी केया की थी। वह शर्म से पानी-पानी हुए जा रही थी। वह जान गई थी कि सुमित उसके मन का हाल जान गया है। वह अपनी हया छुपाने के लिए सुमित को 'चुप-चुप' कहकर उसकी पीठ पर ज़ोर-ज़ोर से थपकियाँ देते हुए उसके पीछे दौड़ने लगी और सुमित हँसते हुए आगे-आगे कमरे में इस किनारे से उस किनारे उसको भगाता रहा। फिर थककर केया एक दीवार से जा लगी और सुमित भी उसके सामने आ खड़ा हुआ। वह दोनों हाथों को दीवार पर टिकाए केया को एकटक देखता रहा। केया ज़मीन पर निगाहें गड़ाए अपनी साँसों को सँभालती रही। फिर बोली, "अब मुझे चलना चाहिए। बहुत देर हो गई है।" मगर सुमित कुछ नहीं बोला। केया बोली, "अब चलती हूँ मैं।" सुमित फिर कुछ नहीं बोला। "अरे बोलो न कि जाओ।" केया झुँझलाते हुए बोली।

"जिसको अपने घर ले आया हूँ, उसको कैसे जाने को बोलूँ।" कहते हुए सुमित उसकी आँखों में देखने लगा और केया ने मुस्कुराते हुए पलकें झुका लीं।

"मैं वह दिन आज भी नहीं भूल सकता जिस दिन तुम मुझसे पहली बार मिली थीं। तुम्हारी मासूमियत मुझे बहा ले गई थी कहीं। तुमसे मिलते हुए, रातों में बातें करते हुए मुझे पता ही नहीं चला कि मैं तुम्हारे कितने क़रीब आ चुका हूँ और जानती हो! यहाँ से जाने के बाद मुझे एहसास हुआ कि मैं तुम्हारे बिना नहीं रह सकता। केया, अब मैं अपना फ़ीलिंग्स को तुमसे नहीं छुपा सकता, मैं तुमसे बहुत प्यार करने लगा हूँ। अब तुम्हारे बिना एक लम्हा भी मेरे लिए मुश्किल है।" सुमित बिना रुके एक साँस में अपने दिल की बात कह गया।

केया चुपचाप खड़ी रही। उसकी बेचैनी, बेक़रारी, उसकी आँखों के रस्ते छल-छल बहने लगी। वह कैसे बताए कि जैसा सुमित महसूस कर रहा है, बिल्कुल ही ऐसा वह भी महसूस कर रही है। उसे भी सुमित से प्यार हो गया है। वह इतने दिन उससे जाने कैसे दूर रह पाई। शायद दूर रहने से ही उसे एहसास हो पाया कि उसे भी सुमित से मोहब्बत हो गई है। वह अपने दोनों हाथों को आपस में मलने लगी। अपनी बेक़रारी, बेताबी कैसे छुपाए, उसे समझ ही नहीं आ रहा था। तभी सुमित ने उसके लजाए हुए गुलाबी चेहरे को अपने हाथों में लेकर, उसके होठों पर अपने लबों की छुअन रख दी और बोला, "क्या तुम अब भी जाना चाहोगी मेरी बाँहों से निकलकर?"

केया, सुमित की उस छुअन से मन के कोरों तक भीग चुकी थी। वह सुमित की बाँहों में जा सिमटी। इस एहसास को वह अपने रूह में जज़्ब करती जा रही थी। उसके लिए, इतने क़रीब से सुमित का ये पहला स्पर्श था। साँसों की थापों पर धड़कनों की एक मद्दम-सी मीठी धुन उन दोनों के दिलों के बीच बजने लगी। शाम अपनी बाँहों में फ़ज़ा का सिंदूरी रंग भर के उनकी मोहब्बत की गवाही दे रही थी। उस कमरे का वह कोना,

खिड़की से झाँकता आसमान का वह टुकड़ा, बदन के रेशों में घुलती भीनी-भीनी हवाएँ, सारा आलम उस एहसास की ख़ुमारी के आग़ोश में था। लगता था, मानो उनकी मोहब्बत ने समय को स्टेचू बोल दिया हो और उन पलों में ज़िंदगी कहीं थम गई हो।

***

उस दिन के बाद से वे दोनों अक्सर ही मिलने लगे। वे कभी किसी कॉफ़ी-शॉप पर, तो कभी फूलों वाले शॉप पर मिलने लगे और कभी केया चाय के बहाने से सुमित के फ़्लैट पर चली जाती। जब तक सुमित चाय बनाता तब तक केया पूरा कमरा ठीक कर देती। दोनों बिस्तर पर बैठे-बैठे थंब-फ़ाइट खेलते और ढेरों बातें करते। एक शाम बारिश जैसा मौसम हो चला था। दोनों कॉलेज के पास ही टहल रहे थे कि बारिश होने लगी और वे दोनों भागते हुए सुमित के घर पहुँचे। दोनों आधे-सूखे, आधे-भीगे से एक-दूसरे को देखकर हँसने लगे। सुमित ने उसे तौलिया लाकर दिया। बालों को सुखाने के लिए केया ने जैसे ही अपने बालों को खोला, सुमित उसे एक नज़र देखता ही रह गया। उस दिन केया पर भी जाने कैसी ख़ुमारी चढ़ गई थी। वह भी सुमित को आँखों में भर देखने लगी। दोनों एक-दूसरे के बिल्कुल क़रीब आ चुके थे। सुमित के गले में केया की बाँहें थीं और सुमित की बाँहें उसकी कमर पर। दोनों बिना पिए भी झूम रहे थे, एक-दूसरे को चूम रहे थे और एक-दूसरे में लिपटकर दोनों पूरी तरह से एक-दूसरे को पा लेना चाहते थे। बिस्तर पर दोनों के उघड़े हुए शरीर पूरी तरह एक-दूसरे को लपेटे हुए थे। जब केया धीमे-धीमे उसके कंधों को, उसके कानों के लोबों को और ज़रा नीचे उतरकर उसके सीने को चूमने लगी और कह उठी, "मुझे तुमसे प्यार होता जा रहा है सुमित।" फिर तो सुमित से रहा नहीं गया। उसने केया को बाँहों में भर लिया। फिर उसके ऊपर आकर केवल देह की तुष्टि तक नहीं, बल्कि मन की तुष्टि तक उसे प्यार करता रहा।

उनकी उघड़ती हुई साँसें बता रही थीं कि किस तरह वे दोनों एक-दूसरे में डूबे रहे। एक-दूसरे को प्यार करते रहे, कब दोपहर से शाम हो गई, दोनों को कोई ख़बर ही नहीं हुई। दोनों ने क़रीबी का इतना ख़ूबसूरत लम्हा पहली दफ़ा एक साथ गुज़ारा था। वे दोनों उस लम्हे को हमेशा के लिए संजोकर रख लेना चाहते थे, मगर घड़ी पर नज़र जाते ही केया बिस्तर से उछलकर बाहर खड़ी हो गई और सुमित था कि उसके उघड़े बदन को देखकर मुस्कुराने लगा। बोला, "मैं चाय बना रहा हूँ, पीकर जाना। ऐसे मत चली जाना।" केया ने उसको देखा और आधे कपड़े पहने हुए उसके पीछे भागने लगी। फिर दोनों ने एक-दूसरे को ख़ूब चूमा।

इतनी सहजता, चपलता केया को सिर्फ़ सुमित के साथ महसूस हुई। उसी के साथ रहकर उसने प्यार को जाना, उसने जाना कि प्यार का भाव अपने आप में ही कितना परिपूर्ण, मासूम, सहज है। प्यार कोई दबाव या ज़ोर-ज़बरदस्ती का नाम नहीं है, बल्कि प्यार तो एक अनकहा अपनापन है जिसमें दो रूह, दो बदन साथ रहते हुए भी अपना वजूद नहीं खोते। यह सब सोचते हुए केया खिड़की से बाहर देख रही थी कि सुमित चाय लेकर उसके पास आ गया। तभी केया का फ़ोन बिस्तर के पास ब्लिंक करता हुआ दिखाई दिया। सुमित उसको चाय थमाया और फ़ोन लाकर उसे दे दिया। रणवीर का कॉल आ रहा था। केया ने फ़ोन साइलेंट कर दिया और चाय पीते हुए कुछ सोचने लगी। सुमित ने उसके बालों को सँवारा तो वह अपने आपे में लौट आई। उसकी पलकों पर कुछ बूँदें अटकी थीं। सुमित ने उन्हें पोंछते हुए कहा, "तुम इतनी परेशान मत हो। मैं तुम्हारे साथ चलता हूँ। तुम कहोगी तो मैं अंकल-आंटी से हमारी बात कर लूँगा।" वह सुमित के सीने से लग गई। कहने लगी, "मैं ख़ुद उनसे बात करुँगी अपने बारे में। रणवीर के बारे में। वहाँ मेरा दम घुटता है। मैं तुम्हारे साथ जीना चाहती हूँ, प्यार में पड़े रहना चाहती हूँ, बिना किसी मजबूरी के तुम्हें बेहिसाब चाहना चाहती हूँ।" सुमित ने उसके बालों को सहलाया और कहा, "आई लव यू।" केया ने अपनी आँखों से अपनी

हामी ज़ाहिर की और उसे चूमकर बाहर निकल गई। ऐसा लग रहा था, मानो सुमित के होठों को चूमते हुए उसने सुमित को स्टेचू कर दिया हो। वह देर तक वहीं खड़े-खड़े उसे जाते हुए देखता रहा।

घर पहुँचते-पहुँचते काफ़ी शाम ढल चुकी थी। एक तरफ़ जहाँ केया के मन में सुमित के साथ होने की पुलक थी, उसका रोम-रोम सुमित के प्यार को महसूस कर रहा था, वहीं दूसरी तरफ़ रणवीर के दसियों मिस्ड कॉल उसे परेशान किए जा रहे थे। उसने सोच लिया था कि वह घर पहुँचकर रणवीर के बारे में बात करके ही रहेगी। गेट पर खड़े होकर वह कुछ देर तक सोचती रही कि वह रणवीर की लिजलिजी सोच को अपने घरवालों से कैसे बताए। कैसे कहे कि वह रणवीर के साथ उस रिश्ते में आगे नहीं बढ़ना चाहती। उसे अपने मन का मीत मिल चुका है। यही सब सोचते हुए उसने जैसे ही घर की घंटी बजाई, उसकी माँ दरवाज़ा खोलते ही उसपर बिफर पड़ी। "कहाँ रही पूरे दिन? किसके साथ रही? और ऐसा कब से चल रहा है? रणवीर कह रहा था कि तुम अब उससे ठीक से बात तक नहीं करती!"

बस इतना सुनते ही केया को सारा माजरा समझ आ गया। वह भी ग़ुस्से में तमतमाते हुए बोली, "माँ, आपको बस रणवीर से मेरी शादी करने की पड़ी है न! आपने कभी पूछा कि वो कैसा है? उसका मुझसे व्यवहार कैसा है? बस धकेलती रहती हो कि मिल आ, मिल आ। मुझे नहीं मिलना उससे।" ये कहते हुए वह धड़धड़ाते हुए अपने कमरे में घुस गई और बिस्तर पर गिरकर फफककर रोने लगी। उसकी माँ उसके पीछे आई, मगर वह चिल्ला उठी, "मुझे कोई ज्ञान नहीं सुनना, अभी आप जाओ यहाँ से!" इतना सुनकर केया की माँ बाहर चली गई।

केया ने फ़ोन उठाया, उसपर भी रणवीर के मैसेज पड़े थे, 'तुम फ़ोन क्यों नहीं उठा रही? तुम्हारे घर पर भी कॉल किया, वहाँ भी तुम नहीं थीं। अकेले कहाँ घूम रही हो? ज़रा हमारे साथ भी घूम लो। कहो तो चिल करने के लिए कोई रूम बुक कर लेंगे!'

केया के जी में आया कि कह दे कि तुम्हारी हिम्मत भी कैसे हुई ये सब पूछने की? ऐसा है, तुम जाओ भाड़ में। लेकिन उसने ऐसा कुछ न करते हुए उसको वहीं का वहीं ब्लॉक कर दिया। फिर फ़ोन बंद करके वहीं लेट गई। उसे माँ के साथ किए अपने बर्ताव पर भी पछतावा हो रहा था। उसने सोचा उठकर उनसे बात कर ले, मगर इतना स्ट्रैस लेकर बात करने से बात और बिगड़ेगी ही। सो तकिए में सर गड़ा, वह आँखें बंद कर वहीं पड़ गई।

***

कमरे में गमक रही गुलाबों की ख़ुशबु से उसका मन उबकाने लगा और वह दौड़ के वाशरूम के भीतर चली गई। जिन फूलों और ख़ुशबुओं की बातों से उसके रात-दिन महकते थे, आज वही ख़ुशबू उसका दम घोंट रही है। वह दीवार के सहारे अड़क के ख़ूब रोई, ख़ूब रोई। तभी बाहर से रणवीर की आवाज़ आई। वह उसे पुकार रहा था। केया ने सोचा, वह बाहर जाकर रणवीर से कह देगी कि वह उसके साथ नहीं रह सकती, वह पहले ही किसी और की हो चुकी है। पर केया जैसे ही बाहर निकली, रणवीर ने उसे गोद में उठा लिया और बिस्तर पर पटक दिया।

"ये क्या बेहूदगी है रणवीर?" केया ने ख़ुद को समेटते हुए कहा। मगर रणवीर को कहाँ कुछ सुनाई दे रहा था। वह उसके ऊपर जानवर की तरह कूद पड़ा। उसको हाथों और टाँगों से दबोचते हुए बोला, "बहुत हो गया तुम्हारा ड्रामा। अब से बस मेरी चलेगी।" केया जैसे ही चीख़ने को हुई, उसने एक हाथ से उसका मुँह दाब दिया। केया दबी आवाज़ सिसकते हुए कहने लगी, "छोड़ दो मुझे, छोड़ दो मुझे! रणवीर प्लीज़ छोड़ दो मुझे! मुझे जाने दो!"

केया जब सिसकते हुए गुहार लगा रही थी, तभी उसकी माँ और पापा, उसको नींद से जगा रहे थे।

"केया! बेटा उठो, क्या हुआ? क्या किया रणवीर ने?" बहुत पूछने

के बाद उन्होंने उसे झकझोरकर उठा दिया। केया एक तरफ़ जहाँ बहुत डरी हुई थी, वहीं अपने माँ-पापा को देखकर उसे तसल्ली भी हुई कि वह महज़ एक भयानक सपना भर था। उसकी माँ ने फिर पूछा, "बेटा, तू ठीक तो है न?" इसपर वह बिफरकर रो पड़ी। उसका ख़ुद पर कोई बस ही नहीं चल रहा था। बस सिसक-सिसक रोए जा रही थी। तभी पापा ने पूछा, "तू इतनी स्ट्रेस में क्यों है? मत रो!" केया को अपने सर पर पापा का हाथ महसूस हुआ तो भीतर पल रहा सारा ग़ुस्सा, सारी झिझक और परेशानी बाहर फूट पड़े। केया ने रणवीर की सारी करतूतें अपने माँ-पापा को बता डालीं। उसने आगे जोड़ा कि वह ऐसे व्यक्ति के साथ ज़िंदगी नहीं बिता पाएगी जिसे कंसेंट या रज़ा का मतलब ही नहीं मालूम, जो अपने साथी को साथी न समझकर, जी बहलाने सामान समझता है और जिसे यही नहीं मालूम कि किसी रिश्ते की ख़ूबसूरती क्या होती है? उसके माँ-पापा ने एक-दूसरे की तरफ़ देखा और उसे सीने से लगाकर प्यार करने लगे और बोले, "नाउ यू डोंट वरी, हम बात करेंगे उन लोगों से।" केया अभी भी हिचकी लिए जा रही थी, मगर सब कुछ बता देने की वजह से वह अब फूलों की ख़ुशबु-सी आज़ाद महसूस कर रही थी। उस पल उसका वजूद खुलकर साँस ले पा रहा था। पहले जो वह रणवीर से रिश्ते में फँसकर स्टेचू हो चुकी थी, उसे लगा, अब जाकर वह 'रिलीज़' हुई है।

***

फिर एक शाम जब सुमित फूलों के स्टोर से कुछ लाल-पीले गुलाब चुन रहा था कि तभी किसी ने लाल गुलाबों का बुके उसके आगे कर दिया। उसने कहा, "आप शायद इसे ढूँढ़ रहे हैं। वैसे आपको फूलों की क्या ज़रूरत, आप तो ख़ुद ही..." अभी आगे कुछ और बात होती कि सुमित ने उसे वहीं स्टेचू करते हुए कहा, "ओ मिस! ये सब यहाँ नहीं चलेगा, I am booked." और सामने से केया स्टेचू होने की बजाय हँसने लगी और सुमित उसके गले लग गया।

किसी अजनबी के प्यार में

"अच्छाऽऽऽ तो तुम शादी क्यों करना चाहते हो?"

दोनों जब समंदर की तरफ़ पाँव लटकाए मरीन ड्राइव की रेलिंग पर बैठे थे, उस वक़्त बात शुरू करने के लिए नीलू का पहला सवाल यही था। उसके पहले दोनों पास के कॉफ़ी हाउस में, मिलने के प्लान से वहाँ पहुँचे थे, लेकिन काँच के बंद से ऐटमॉस्फ़ियर में नीलू का बात करते हुए दम घुटता था। उसने कॉफ़ी पीने तक, केवल एक शब्द 'हैलो' कहा और दो बार हामी भरने के लिए अपने सर को हिलाया। पहली बार, कॉफ़ी के लिए पूछने पर और दूसरी बार वह लड़का ख़ुद बोला, "लगता है! आपको यहाँ बोरियत हो रही है। कहीं और चलें?"

इन दो घटनाओं के बीच आधे घंटे का वक़्त गुज़रा, जिसमें लड़के ने मैट्रिमोनी के प्रोफ़ाइल पर लिखा हुआ अपना सारा डेटा नीलू के सामने वॉइस नोट वाले वर्ज़न में रख दिया। ऐसा लगा, मानो नीलू व्हाट्सएप पर उससे चैट करते हुए लगातार उसका वॉइस नोट सुन रही हो और वह ऊबकर अचानक से चैट बॉक्स से बाहर निकल आई हो।

इन दिनों नीलू बेहद ऊब का शिकार हो रखी थी। जागते-जागते सुबह होती और फिर ऑफ़िस में ऊँघते-ऊँघते शाम। ऑफ़िस से लौटते वक़्त उसका रास्ता मम्मी से बात करते हुए कटता। दिन भर के अपडेट के बाद मम्मी के टेप-रिकॉर्डर पर रोज़ एक ही सॉन्ग बजने लगता, 'शादी कर

ले, शादी कर ले। अरे! ये नहीं पसंद आ रहा तो किसी और से कर ले। सुना है! कोई नया मैट्रिमोनी एप लॉन्च हुआ है। कोई लड़का उसपर ही देख ले, मगर अब शादी कर ही ले! उम्र बीती जा रही है, तेरे साथ की सब लड़कियाँ कर चुकीं, अब तो तू भी कर ले। तेरी मौसी की बेटी माँ बनने वाली है और तू है कि... चल छोड़ जाने दे... लेकिन आने वाली सर्दी तक शादी का प्लान कर ही ले।' और इसके बाद नीलू एक ही लाइन दोहराती, 'ठीक है मम्मी! आज रात में देखती हूँ, आज ही कुछ सोचती हूँ, तुम कहती हो तो डिसाइड करती हूँ।' और फ़ोन काट देती। घर पहुँचते ही औंधे मुँह बिस्तर पर पड़ती और सो जाती। जब उठती, फ्रिज का बचा हुआ खाती या फिर कभी अपनी उलझनों से अपना पीछा छुड़ाने दोस्तों के साथ चिल करने निकल जाती।

तभी एक रोज़ किसी मैट्रिमोनी साइट से उसकी मम्मी को एक लड़का पसंद आया, उन्होंने नीलू बनकर उससे थोड़ी-मोड़ी बातचीत की, मिलना तय किया और नीलू को नाम, फ़ोन नंबर, मिलने का पता मैसेज कर दिया। नीलू तो वैसे भी लड़कों को मैट्रीमोनी पर सर्च करने वाली थी नहीं, सो उसने रिवाज के तौर पे मम्मी से थोड़ी कहा-सुनी की और फिर लड़के का नाम सुनकर थोड़ा मुस्कुराई। कुछ देर तक कुछ सोचती रही, फिर उस रोज़ उससे मिलने पहुँच गई।

बात वहीं आकर रुक गई थी कि तुम शादी क्यों करना चाहते हो?

वह हैरान था, दोनों बातों से। एक तो ये कि वह बोलती भी है और दूसरी कि ये क्या सवाल हुआ भला?

उसने वही सवाल नीलू की ओर पास कर दिया, "पहले आप बताओ, आप शादी क्यों करना चाहती हो?"

"मैं कहाँ करना चाहती हूँ? और पहले ये आप-आप करना बंद करो।" नीलू ने खीझते हुए कहा।

"तो फिर मैट्रिमोनी पर तुम्हारा प्रोफ़ाइल क्या कर रहा है?" उसने भी ज़रा चिढ़ने के अंदाज़ में पूछा।

"अरे वो! वो तो मम्मी मेरा प्रोफ़ाइल बनाती हैं, लॉगइन पासवर्ड मुझे फ़ॉरवर्ड कर देती हैं। चूँकि मैं उनका कहा मानकर कुछ दिन टाइम-पास करके पासवर्ड भूल जाती हूँ, तो फिर वही लोगों से प्रोफ़ाइल पर बात करती हैं और मुझे मिलने के लिए नाम-पता भेज देती हैं। अब उनका मन रखने के लिए इतना तो मुझे करना होगा न।" नीलू समंदर की तरफ़ पैरों को हिलाते हुए, एक साँस में बड़े मस्त तरीक़े से उसे यह बात बता गई और मुस्कुराने लगी।

इतना सुन लड़के का ईगो खड़ा हो गया। उसने सोचा कि कोई किसी काम-काजी बंदे को टाइम-पास कैसे समझ सकता है? और उसपर चैट बॉक्स में माँ से कौन बात करवाता है? उफ़्फ़! हद है! यह सब सोचकर वह जाने के लिए उठ खड़ा हुआ।

"अरे! तुम जा रहे हो क्या?"

"तुम्हारे पास टाइम-पास के लिए टाइम होगा, मेरे पास नहीं।" लड़के ने तुनकते हुए कहा।

"ठीक है, चलो यही सही।" कहते हुए नीलू मुस्कुराई और बोली, "फिर भी बताते तो जाओ कि तुम शादी क्यों करना चाहते हो?"

लड़का फिर धम्म से बैठ गया, बोला, "सेटल होने के लिए। तुम्हें नहीं होना क्या?"

"ओके, तो तुम शादी करने को सेटल होना कहते होगे, मैं तो सेटल ही हूँ। वैसे तुम कोई जवाब देने के बाद सवाल क्यों दाग देते हो?"

"सुनो! देखो, तुम्हें बात करने का मन है तो ऐसे ही बात कर लो। मैं तुम्हारी बातें सुनने के लिए तैयार हूँ, लेकिन ये मुझे शादी वाला लड़का बनाकर फ़ॉर गॉड सेक, मेरी रैगिंग मत करो, मेरी माँ।" चिढ़ते हुए लड़का फिर जाने को खड़ा हो गया।

"अरे बाबा! ठीक है, मैं कोई रैगिंग नहीं कर रही। बस जस्ट आस्किंग। जनरल नॉलेज के लिए कि लड़के नौकरी लगते ही शादी क्यों करना चाहते हैं?" अब बैठ भी जाओ, नीलू ने पलकें मिचमिचाते हुए

उससे रिक्वेस्ट की।

वह फिर बैठ गया और अपने बाज़ू को बटन खोलकर मोड़ी पर चढ़ा लिया। बेल्ट हल्की-सी ढीली की और टाँगे हल्का-सा फैलाकर रिलैक्स हो गया। नीलू ने महसूस किया, लड़का उतना भी बुरा नहीं है, बस ग़ुस्से के वक़्त विलेन जैसा दिखता है। टाइम से ऑफ़िस जाने वाला और लौटकर सीधे घर आने वाला नेक बंदा है। इंसानों के नाम एक-से हो सकते हैं, मगर इंसान एक जैसे नहीं होते।" वो कुणाल इस वाले कुणाल से कितना अलग था, जैसा कुछ सोचते हुए नीलू सामने पत्थरों से टकराकर टूटती हुई लहरों को देखने लगी।

"अब क्या सोचने लगी? कुछ बोलो भी मिस नीलाक्षी!" लड़के ने उसकी आँखों के आगे चुटकी बजाते हुए पूछा। उसकी बड़ी-बड़ी नीली आँखों ने जिस तरह उसकी ओर देखा, लड़के की दिलचस्पी उसमें बढ़ने लगी। सागर की तरह गहरी आँखों की बेचैनी को काजल की लक्ष्मण रेखा ने समेट रखा था। वो बेचैनी क्या थी, उसे नहीं मालूम, लेकिन जानने की चाह थी।

मगर नीलू उसपर अपनी कोई भी उलझन ज़ाहिर नहीं करना चाहती थी। अभी तो वह उसे अच्छी तरह से जानती भी नहीं थी। वह अपना बैग उठाते हुए बोली, "हमें अब चलना चाहिए, यहाँ बैठे-बैठे बहुत देर हो गई न!"

"हाँ! लेकिन अभी तो तुमने रुकने को कहा और हमने तो कोई बात भी नहीं की?" लड़के ने कहा। लड़का उसमें इंट्रेस्टेड लग रहा था मगर नीलू नहीं।

नीलू ने दो टूक जवाब दिया, "तुम शादी करना चाहते हो और मैं नहीं, फिर बातें कहाँ बचीं कुछ करने को। बाक़ी तुम कौन हो, क्या हो, क्यों हो, तुम्हारी प्रोफ़ाइल पर इतने सॉर्टेड वे में लिखा है कि जानने के लिए कुछ बचता ही नहीं।"

लड़का कुछ देर के लिए उसका मुँह ताकता रहा, फिर ख़ुद को

होश में लाते हुए बोला, "इंसान केवल उतना नहीं होता, जितना उसकी प्रोफ़ाइल में मेंशन होता है। उसकी ज़िंदगी के अनुभव उसके प्रोफ़ाइल से कहीं ज़्यादा होते हैं, मिस नीलाक्षी।"

"हम्म! तो यह बताओ, तुमने कभी कोई ऐसा काम किया है जो किसी को नहीं बता सकते?"

लड़का कुछ सोचता या समझ पाता, उसके पहले ही नीलू ने एक और सवाल पूछ लिया, "तुमने कभी कैज़ुअल सेक्स किया है? या वन नाईट स्टैंड जैसा कुछ?"

नीलू यह सवाल पूछकर उससे अपना पीछा छुड़ाना चाहती थी, क्योंकि वह जानती थी, उसके जैसे लड़के इस तरह के एडवेंचर करने की सोच भी नहीं सकते। लड़का उस सवाल से ज़्यादा, सवाल पूछने वाली से हैरान रह गया और पूछ बैठा, "तुमने किया है क्या?"

"फिर वही बात। सवाल पहले मैंने किया है इसलिए जवाब पहले तुम्हें देना है। हम 'पासिंग द पार्सल' वाला गेम नहीं खेल रहे।"

दरअसल नीलू इसी तरह के सवाल करके ऐसे कई लड़कों से अपना पीछा छुड़ाती आई है। अगर पूछा जाए तो उसका एक पैसे का भी मन नहीं है कि वह शादी जैसी आफ़त को अपने गले बाँधे और वो भी तब, जबकि उसका दिल किसी ऐसे अजनबी से प्यार कर बैठा है, जिससे दोबारा मिलने का चांस केवल पॉइंट ज़ीरो-ज़ीरो वन परसेंट है। अभी तो उसको यह भी नहीं मालूम कि वह अजनबी उसे चाहता भी है या नहीं। मगर बात वही है न, प्यार अगर-मगर नहीं देखता, वो तो बस हो जाता है।

उस लड़के से सवाल-जवाब करते-करते अचानक से नीलू की घड़ी का अलार्म बज उठता है। वह कोई टू-डू-लिस्ट का अलार्म था। उसे देखते ही नीलू के चेहरे पर एक ख़ुशी के साथ-साथ एक बेचैनी भी तैर गई। वह झटके से उठ खड़ी हुई। वो लड़का बड़ी हैरानी से उसकी तरफ़ देखने लगता है कि अभी जो लड़की बात करने में इतनी इंट्रेस्टेड दिख रही थी, अचानक से कन्वर्सेशन छोड़कर क्यों उठ खड़ी हुई। वह कुछ

पूछता, उसके पहले ही नीलू ने उससे कहा कि उसे कोई ज़रूरी काम याद आ गया है, वह उससे बाद में मिलेगी। लड़के ने 'एज़ यू विश' कहते हुए अपना कार्ड उसके आगे बढ़ाया। नीलू कार्ड को अपने बैग में फेंकते हुए, उसे 'सॉरी एंड थैंक यू।' एक साथ कहते हुए आगे निकल गई। वो लड़का अभी भी हैरानी के साथ कुछ पल वहीं बैठा रहा। उसे कुछ समझ नहीं आया कि उसके साथ यह हुआ क्या?

नीलू वहाँ से उठकर एक कॉफ़ी हाउस में आ बैठी और फटाफट मोबाइल पर दो रोज़ बाद, यानी पच्चीस दिसंबर की मुंबई से गोआ की फ़्लाइट बुक करने लगी। उसके बाद रिज़ॉर्ट बुक करते वक़्त उसकी उँगलियाँ इतनी तेज़ काम कर रही थीं, जैसे साल भर की ऊब कहीं उड़नछू हो गई हो।

***

एक साल पहले—

मुंबई में नौकरी लगने के बाद यह पहला मौक़ा था जब उसने अकेले घूमने का प्लान बनाया था। अब तक वो अपनी माँ, मासी और उनकी फ़ैमिली के साथ घूमती रही थी। यह ट्रिप उसके लिए लॉटरी जैसी थी, क्योंकि गोवा जाने के बारे में और वो भी अकेले जाने के बारे में सोचना ही उसकी फ़ैमिली के लिए किसी गुनाह से कम नहीं था। उसकी मासी कहती, "अरे! अकेले गोवा कौन जाता है... शादी हो जाए तो जहाँ जाना है जाओ। दीदी, लड़की पे ध्यान दो, नहीं तो हाथ से निकल जाएगी।" उसकी माँ हाँ में हाँ मिलाती, मगर साथ नीलाक्षी का ही देती। सिर्फ़ कभी-कभी परेशान होती तो उससे शादी करने को कहती, वरना वह ख़ुश रहती कि उनकी बेटी अपने तरीक़े से ज़िंदगी जी रही है। माँ के इतने प्यार के बावजूद उसने अकेले घूमने की बात उनसे भी डिस्कस नहीं की। वो अपनी ज़िंदगी में नए अनुभवों से रूबरू होना चाहती थी। वो ऐसे सारे काम कर लेना चाहती थी जिसके आगे 'नहीं करना है' जैसे टैग लगे थे।

गोवा की वो रूमानी-सी शाम थी जब वो एयरपोर्ट से अपने रिज़ॉर्ट जाने के लिए कैब बुक कर रही थी। पुराना साल जाने में और नया साल आने में दिसंबर का सिर्फ़ एक दिन बाक़ी था। गोवा में सैलानियों की भीड़ बढ़ती ही जा रही थी, इसलिए उसे कैब भी शेयरिंग पर मिला। अभी वो कैब में बैठी ही थी कि तभी दूसरी तरफ़ से एक हैंडसम, गुड-लुकिंग लड़के ने कैब का दरवाज़ा खोला और नीलाक्षी को देखते ही बोला, "hey! I'm Kunaal...।" नीलू ने हल्की मुस्कुराहट के साथ सिर्फ़ 'हैलो' कहा और मोबाइल में अपने रिज़ॉर्ट के बारे में और आसपास की जगहों के बारे में सर्च करने लगी। अभी गाड़ी ने शहरी रस्तों से गुज़रते हुए मांडवी नदी का किनारा पकड़े-पकड़े नार्थ गोआ की तरफ़ जाना शुरू ही किया था कि पुराने डॉकयार्ड को देखते ही कुणाल ने गाड़ी रोकने को कहा।

वहाँ उतरने के बाद तस्वीरें खींचने के लिए इधर-उधर जाने लगा और नीलू उसे अचंभे से देखती रही। उसे ख़ुद पे भी ग़ुस्सा आ रहा था कि ऐसे तो वो सोलो ट्रिप पर आने के लिए इतनी एक्साइटेड थी, मगर उस पल उसे जाने क्या हो गया था, उसका उत्साह जाने कहाँ काफ़ूर हो गया था। शायद रिज़ॉर्ट पहुँचने की जल्दबाज़ी, उसे रास्तों की ख़ूबसूरती से दूर किए हुए थी। वो यही सब सोच ही रही थी कि कुणाल ने उसकी विंडों पर ठक-ठक किया और बोला, "Miss, if you won't mind... can you click some pics of mine...?"

नीलू ने पल्ला झाड़ते हुए कहा, "why don't you click selfies?"

उसने फिर गुज़ारिश की, "Please, Miss!" हारकर नीलू को गाड़ी से उतरना ही पड़ा। वहाँ उसने कुणाल की बहुत-सी पिक्चर्स क्लिक कीं और ये सब करते हुए उसे इतना मज़ा आया कि उसने अपनी पिक्चर्स क्लिक करने की भी रिक्वेस्ट कर ली। यह सब करते हुए नीलू ने महसूस किया कि वो बंदा इतना भी बुरा नहीं, लेकिन उसने कहा कुछ नहीं। वो

दोनों दोबारा से गाड़ी में बैठ गए और थोड़ी ही देर बाद नीलू अपने रिज़ॉर्ट पहुँच गई। दोनों ने एक-दूसरे को सी-ऑफ़ किया और गाड़ी कुणाल के बीच-रिज़ॉर्ट की ओर चल निकली। चेक-इन करते वक़्त नीलू को याद आया कि उसने अपनी फ़ोटो तो कुणाल से माँगी ही नहीं। उसने कैब वाले को कई बार कॉल किया, मगर उसने उठाया नहीं। उसे अपने ऊपर ग़ुस्सा आने लगा कि उसने किसी अजनबी के कैमरे में अपनी फ़ोटो खिंचवाई ही क्यों? अब कैसे मिलेगी तस्वीरें? इसी उधेड़बुन में वो कमरे में गई। कमरे की खिड़की से बाहर का नज़ारा देख के उसका सारा टेंशन ग़ायब हो गया। समंदर को छूकर आती हुई हवाओं ने उसका सारा ग़ुस्सा छूमंतर कर दिया और उसने अपना सबसे प्यारा प्लेसूट निकाला और फ़्रैश होने के बाद उसे पहनकर घूमने निकल गई।

उसके रिज़ॉर्ट से पाँच-सौ मीटर की दूरी पर ही बीच था, इसलिए वो पैदल ही गलियों से गुज़रते हुए बीच की ओर निकल पड़ी। रास्ते भर सैलानियों की आवाजाही लगी हुई थी। कोई सड़कों के किनारे लगीं दुकानों से चश्मे, कपड़े, ज्वेलरी ख़रीद रहा था, तो कोई वहीं बने रेस्त्रां में संगीत के साथ बीयर का लुत्फ़ उठा रहा था। सभी के चेहरों पर नए साल के आने की उमंग साफ़-साफ़ दिखाई दे रही थी। नीलू अब बीच (समंदर) पर थी। समंदर की लहरों ने जब झूमकर उसके पैरों को छुआ, उसके बदन में ढेरों तरंगें नाच गईं। उसे कुछ नया-नया-सा महसूस हुआ। वहाँ की नमकीन-सी हवाएँ कहीं और की तरह नहीं थी। कोई हल्का-सा सुरूर उसके पूरे वजूद पर छाता जा रहा था। वो लहरों के साथ-साथ बहुत देर तक समंदर के किनारे टहलती रही। दूर किसी शैक से उसे गिटार की मद्धम धुन सुनाई पड़ रही थी। वहाँ कोई बैंड परफ़ॉर्म कर रहा था। वह उसी तरफ़ बढ़ती चली गई।

'शाम भी कोई जैसे है नदी, लहर-लहर जैसे बह रही है... कोई अनक़ही, कोई अनसुनी बात धीमे-धीमे कह रही है।' जैसा कोई गीत बैंड का मेन-सिंगर गा रहा था और आसपास झूमते लोग उसकी आवाज़ में

डूबे हुए थे। उसने भी पास के काउंटर से एक बीयर ली और उसे पीते हुए धीरे-धीरे उस माहौल में ख़ुद को ढालने की कोशिश करने लगी। उसके पैर टप-टप तो कर रहे थे, मगर उन अजनबियों के साथ थिरक के झूमने में हिचकिचा रहे थे कि तभी एक देखी हुई मुस्कराहट ने हाथ आगे बढ़ा दिया। यह वही सुबह वाला लड़का, कुणाल था। जितनी देर में उसने यह सब सोचा, उतनी देर में वो निगाहें उसके क़रीब थीं। उसने धीरे-से पूछा, "If you don't mind, may I dance with you."

अब दोनों हल्की-सी मदहोशी में बाक़ी लोगों के साथ वहीं थिरकने लगे। नीलू ने उससे धीरे-से पूछा, "Are you following me ? & you haven't sent my photographs."

वह अपनी कशिश भरी मुस्कराहट बिखेरते हुए बोला "Chill Miss... just enjoy this moment, it'll never happen again."

उसने देखा जब इतना कहने पर भी वह उसे सवालिया निगाहों से देखे जा रही थी तो उसने कहा, "Ok, let's go for a walk".

दोनों जब समंदर के किनारे टहल रहे थे, तब कुणाल ने नीलाक्षी से पूछा, "Is this your first time to Goa ?"

नीलू ने हाँ में सर हिलाया और समंदर की लहरों की तरफ़ देखते हुए उससे पूछा, "yours ?"

"Goa is like my second home. मैं हर साल यहाँ आता हूँ।" उसने समंदर की तरफ़ बाँहें फैलाते हुए कहा।

"Oh ! you know Hindi ! मुझे लगा, तुम्हें हिंदी नहीं आती।"

"My parents are Indian, but since childhood I have been living in Australia."

"Okay, got it." नीलू ने मुस्कुराते हुए कहा।

कुणाल ने आगे कहा, "तुम पास्ट और फ़्यूचर का हेडेक लिए बग़ैर फ़्री माइंड से गोवा घूमो। यू नो, जो फ़ील गोवा में है न, वो तो ऑस्ट्रेलिया

में भी नहीं। No one knows you here, so just enjoy the vibe of this place and feel free like a bird."

"हम्म... ओके। लेकिन मुझसे हो नहीं रहा। जब तक यहाँ आई नहीं थी, तब सोचती थी कि ये करुँगी, वो करुँगी; लेकिन यहाँ आ जाने के बाद वो मज़ा नहीं आ रहा।"

"May be, you expected way too much from this trip or maybe you are in some kind of guilt."

"Guilt ?, hmm I think." कहते-कहते नीलू रुक गई और समंदर की तरफ़ देखने लगी।

तभी कुणाल ने थोड़ी-सी रेत अपने हाथ में लेकर उड़ाते हुए कहा, "लम्हों को रेत की तरह फिसलने मत दो, बल्कि उन्हें इतना अपना बना लो कि जब तुम उन लम्हों को याद करो, तो तुम्हारा दिल कुछ भी भूला न हो। तुम हर बार ख़ुद को उन लम्हों में डूबा हुआ ही पाओ।"

नीलू को उसकी बातें जच गईं। उसने मुस्कुराते हुए कहा, "ठीक है ! मैं ट्राई करुँगी।"

"Hey ! Hey ! Hey ! ट्राई नहीं, अभी करना है।" कहते हुए वह उसे दोबारा से उसी शैक पर खींच लाया, जहाँ से वे बाहर निकल आए थे। दोनों एक साथ वहाँ चल रहे गानों पर थिरकने लगे।

अगले दिन नीलू पर थोड़ा हैंगओवर तो था, मगर वह ख़ुद को हल्का महसूस कर रही थी। उसे लगा जैसे कोई अलग-सा नया दिन उसके हाथों में आ गया हो और वह उसे पूरी शिद्दत से जी डालेगी। फ्रैश होकर वह नाश्ते के लिए डाइनिंग एरिया में गई। वहाँ टोस्ट और जूस के साथ-साथ आसपास के लोगों पर भी फ़ोकस कर रही थी। वहाँ कुछ फैमिलीज़ थीं, जो आगे की itinerary के बारे में डिस्कस कर रही थीं और कुछ damn handsome, good looking, single लड़के थे जो beachsports का प्लान कर रहे थे। वह अभी सोच ही रही थी कि वह क्या करे ? कहाँ जाए ? कि तभी उसकी निगाह रिसेप्शन की ओर

गई। वहाँ कुणाल खड़ा था और उसके बारे में रिसेप्शन वालों से पूछ रहा था। नीलू ख़ुद को छिपाने की कोशिश कर ही रही थी कि कुणाल ने उसको देख लिया। दूसरे ही पल वह उसके बग़ल में खड़ा मुस्कुरा रहा था। उसने मुस्कुराते हुए कहा, "तुम मुझसे छुप नहीं सकतीं। चलो! हम दोनों चल रहे हैं।"

"पर कहाँ?"

"वॉटर स्पोर्ट्स ट्राई करने।"

"पर मैं तो आज ओल्ड गोवा जा रही हूँ। You know, I am an old school type gal. मुझे पुरानी जगहों पर घूमना बहुत पसंद है।"

"ठीक है! फिर मैं चला सोने। बोर हो जाओ तो शाम को उसी शैक पर आ जाना, मैं वहीं मिलूँगा।"

"बोर क्यों होऊँगी? सोलो ट्रेवलिंग का अपना मज़ा है।" कहते हुए नीलू उठ खड़ी हुई और दोनों बाहर निकल गए।

नीलू ने पहले दिन ओल्ड गोवा जाने का प्लान बनाया। बेसिलिका ऑफ़ बॉम जीसस चर्च घूमने के बाद वह ओल्ड गोवा के कई और जाने-माने चर्चों में गई। कुछ देर तो उसे सुकून महसूस हुआ, मगर कुछ देर बाद अकेले घूमते-घूमते उसे ऊब होने लगी। उसने कुछ सोचा और तुरंत गाड़ी बुक करके कुणाल के पास चल दी। कुणाल उसी बीच शैक के रिज़ॉर्ट में ही रुका हुआ था। उसने नीलू को देखा और तिरछी हँसी मुस्कुराने लगा। नीलू माजरा समझ गई और बात बनाते हुए बोली, "अरे! मैंने सोचा तुम बोर हो रहे होगे, तो क्यों न तुम्हें भी साथ ले लिया जाए।" कुणाल ज़ोर-ज़ोर से हँसने लगा। फिर अपनी हँसी को रोकते हुए बोला, "why not yaar! I was even waiting for you. पर एक शर्त है, अब मैं तुम्हें घुमाऊँगा। तुम भी क्या याद करोगी कि कोई प्यारा-सा स्ट्रेंजर मिला था तुमसे गोवा में।"

नीलू ने बिना देर किए उसे हाँ कह दिया। शाम होने में अब कुछ ही देर बाक़ी था, तो कुणाल ने एक स्कूटी किराए पर ली और नीलू को

लेकर चपोरा फ़ोर्ट की तरफ़ निकल गया। दोनों ने उस साल की आख़िरी शाम चपोरा फ़ोर्ट से सूर्यास्त देखते हुए बिताई। दोनों कुछ देर तक 'दिल चाहता है' पॉइंट पर बैठे रहे और चुपचाप सूरज को ढलते हुए देखते रहे। उस पल दोनों के दिलो-दिमाग़ में ज्ञान की बातें तो बहुत आईं, पर दोनों ने चुप्पी को चुना।

कुछ देर बाद कुणाल से नहीं रहा गया और उसने धीरे से नीलू के कान में कहा, "कल सुबह यह सूरज नया साल लेकर आएगा और हमारी ज़िंदगी के लिए भी बहुत कुछ नया।"

नीलू मुस्कुराई और कुणाल को प्यार से देखते हुए कहा, "अभी तो मैं इस मोमेंट को पूरी तरह से जीना चाहती हूँ। थैंक यू, यहाँ लाने के लिए।"

लौटते वक़्त रास्ते में बहुत जाम लगा हुआ था। दूर तक सिर्फ़ गाड़ियाँ ही गाड़ियाँ, भीड़ ही भीड़। गाड़ियों का शोर, पैदल चलने वाले लोगों की भीड़ और बाइक या स्कूटी सवार, सबके सब आपस में गुत्थम-गुत्था। ट्रैफ़िक पुलिस जाम हटाने में लगी हुई थी। कुछ देर बाद उन दोनों को ऐसा लगने लगा था कि उनका न्यू-ईयर वहीं रास्ते में हो जाएगा। नीलू ने कहा, "इससे अच्छा मैं रिज़ॉर्ट में ही रुक गई होती।" कुणाल ने चिल करने को कहा। उसने नीलू को छेड़ते हुए कहा, "वहाँ भी कंप्लेन ही कर रही होती कि काश! मैं बाहर गई होती।" नीलू ने उसे ज़ोर से च्यूँट लिया और वो ज़ोर से चिल्ला उठा। कुछ देर के लिए आसपास अलग-सी शांति छा गई। सब उन दोनों को ही देखकर हँसने लगे। तभी जाम खुल गया और वो आगे बढ़ लिए।

नीलू उसे सहलाते हुए सॉरी कहने लगी तो उसने कहा, "मैं तो मज़ाक़ कर रहा था।"

उसने कहा, "गुंडे!"

कुणाल ने उसे और छेड़ा, "नहीं! वो तो तुम हो, लड़के को अकेले देख च्यूँट लेती हो।"

"सॉरी यार! क्या करूँ, मैं जाम में न्यू-ईयर थोड़े मनाने आई थी।"

"अरे! वो तो महसूस करने पर है। देखो! वैदर कितना प्लीज़ेंट हो गया है, हर तरफ़ रौशनी है, लोग मस्ती करने के मूड में हैं, सब अपने तरीक़े से ख़ुश हैं। तुम भी ख़ुश हो जाओ।"

कुणाल के कहने पर नीलू ने ध्यान से देखा तो सभी कितने ख़ुश लग रहे थे। हल्की ठंडी-सी हवा उन्हें छूते हुए गुज़र रही थी। मकानों पर दिवाली जैसी लाइट्स लगी थी, पूरा गोवा अलग ही नज़र आ रहा था। वो सब कुछ हैरत से देखे जा रही थी, फ़ील किए जा रही थी। ऐसा तो उसने कभी नहीं, कहीं भी नहीं महसूस किया था। दिल पर बिना दबाव के कितना हल्का-हल्का महसूस कर रही थी। कुणाल को लगने लगा था कि गोवा का जादू उसपर चल चुका है। वह कुछ बोला नहीं, हौले-से मुस्कुराता रहा।

दोनों लौटकर वापस उसी शैक पर आ गए थे। वहाँ न्यू-ईयर ईव का जश्न चल रहा था। शैक पर बॉलीवुड के गाने बज रहे थे, कुछ लोग उन गानों पर झूम रहे थे और कुछ अपनी बीयर लेकर वहीं अपनी चेयर्स पर बैठकर, उस जश्न के माहौल में ख़ुद को जज़्ब कर रहे थे। शैक के आसपास बहुत चमक-दमक थी, पर समंदर की तरफ़ अँधेरा। रौशनी का अपना सम्मोहन था और अँधेरे की अपनी कशिश। नीलू को लगा जैसे वो अलग ही दुनिया में आ गई हो। वो कभी बाहर देख रही थी, कभी कुणाल को। कुणाल ने उसके कंधे पर हाथ रखते हुए कहा, "I can feel you." तभी न्यू-ईयर का काउंट डाउन शुरू हो गया। हर गिनती पर हर कोई अपना-अपना विश माँग रहा था। कुणाल ने भी कुछ चाहा और नीलू ने भी कुछ चाहा। फिर हैप्पी न्यू-ईयर कहते हुए, दोनों एक-दूसरे के गले लग गए। दोनों काफ़ी देर तक नए साल की जगमग रौशनी में वहीं शैक पर झूमते रहे।

अगली सुबह नीलू की नींद कुणाल के ख़याल से खुली। शायद वह कोई ख़्वाब देख रही थी। उसने ख़्वाब में क्या देखा, उसे याद नहीं; पर उसने दिल में थोड़ा क्यूट-क्यूट-सा फ़ील किया। फिर अपने सर

पर हल्की-सी थपकी देते हुए बालकनी में चली गई। उसने देखा कि कुछ लोग रिज़ॉर्ट से चेकआउट कर रहे थे और कुछ चेक-इन। वो यह सोचकर उदास हो गई कि कल सुबह-सुबह उसे भी मुंबई वापस जाना होगा और ऑफ़िस जॉइन करना होगा। ये सब सोचते हुए वो जल्दी से तैयार होने वॉशरूम में घुस गई। आज का दिन वो जी भर के जी लेना चाहती है। वो सब कर लेना चाहती है, जो उसका दिल चाहता है और जिसकी उसे मनाही है। नया साल, नया दिन, नए चेहरे, नए ख़याल, नए एक्सपीरियंसेज़। यही तो वो चाहती थी, अपनी ज़िंदगी से।

उसने अपना छोटा बैकपैक उठाया और रिज़ॉर्ट का ब्रेकफ़ास्ट स्किप करके पास के छोटे से कैफ़े में चली गई। उसने सोच लिया था कि आज दिन भर घूमना और मस्ती करना है। कैफ़े में मद्धम-सी आवाज़ में 'ओल्ड लैंग साइन' बज रहा था। कुछ फ़ॉर्नर्स वहाँ पर ब्रेकफ़ास्ट कर रहे थे। नीलू भी पास के एक टेबल पर बैठ गई और नाश्ता आर्डर कर दिया। तभी उसने देखा कि कुणाल उसके रिज़ॉर्ट की तरफ़ जा रहा है। उसने आवाज़ देकर उसे वहीं बुला लिया। कुणाल के चेहरे पर हैरानी थी। उसने नीलू को उस जगह एक्सपेक्ट नहीं किया था। नीलू मुस्कुराने लगी और अपना मँगाया जूस उसकी ओर बढ़ा दिया। जब वे चलने को हुए तभी कुछ उम्रदराज़ विदेशी जोड़े उठकर किसी गाने पर डांस करने लगे। नीलू के भी पाँव टैप-टैप करने लगे। वह उठ खड़ी हुई और उसने कुणाल की तरफ़ ख़ुराफ़ाती नज़रों से देखा। कुणाल ने मना किया, पर वो कहाँ मानने वाली थी। उसने कुणाल को अपनी ओर खींच लिया। फिर अपना हाथ उसके कंधे पर रखा और उसका हाथ अपनी कमर पर और दोनों नाचने लगे। उन्हें देखकर वे सब विदेशी कपल्स भी ख़ुश हो गए। कुणाल भी नए साल में नई नीलू से मिलकर ख़ुश था। यही बेफ़िक्री तो वह उसमें देखना चाहता था। पर वो ऐसा क्यों चाहता था, वो अब तक नहीं समझ पाया था।

वहाँ से निकलकर दोनों वॉटर स्पोर्ट्स के लिए चले गए, जहाँ नीलू

ने पैरासेलिंग और सर्फ़िंग दोनों ही पहली दफ़ा ट्राई किया। पैरासेलिंग करते हुए वो काफ़ी ऊँचाई पर थी, जहाँ से उसे बागा से लेकर कैलंगुट तक का किनारा दिखाई दे रहा था। सामने ताड़ के पेड़ों से ढका समंदर का किनारा, फेनी और मछली की गंध, रंग-बिरंगे शैक और पीछे फैला अथाह समंदर। नीलू ये सब देखकर दंग थी। उसे ख़ुद पर भरोसा नहीं हो रहा था कि वो ज़िंदगी को अपने सलीक़े से जी रही है। ऐसा लग रहा था मानो वहाँ की हवाओं में ही आज़ादी घुली है। कौन क्या कर रहा है, क्या पहन रहा है, कहाँ जा रहा है, क्या खा रहा है, किसी से कोई मतलब नहीं। नीलू अपनी ज़िंदगी को इस तरह बिना रोकटोक जीते देख ख़ुश थी। उसने सोचा कि माँ ये सब सुनेंगी तो कितनी ख़ुश होंगी, पर तभी उसे याद आया कि उसने तो माँ को बताया ही नहीं और न ही न्यू-ईयर पर विश ही किया। जब वो नीचे उतरी तो उसे याद आया की फ़ोन तो रूम पर ही रह गया है। पर इस बार वो परेशान नहीं हुई। उसने सोचा, रिज़ॉर्ट पहुँचकर बात कर लेगी।

यही सब मस्ती करते हुए आधा दिन गुज़र चुका था। दोनों बुरी तरह से थक चुके थे। गीली रेत सूखकर उनके बदन से झड़ने लगी थी और अब उन्हें आराम करने की सख़्त ज़रूरत लग रही थी। दोनों शैक पर से होते हुए कुणाल के कमरे में चले गए। जब तक नीलू शॉवर लेकर बाहर आई, तब तक कुणाल ने लंच आर्डर कर दिया; पर जब तक लंच आता और कुणाल शॉवर लेके वापस आता, नीलू सो चुकी थी। जब उसकी नींद खुली तो तीन-चार बज चुके थे। कुणाल बाहर झूले पर युकुलेले बजा रहा था। वो बहुत देर तक उसे देखती रही। जाने क्यों उस अजनबी की तरफ़ उसकी लाइकनैस बढ़ती जा रही थी। किसी अजनबी के साथ इतना सेफ़, इतना अच्छा उसे कभी नहीं महसूस हुआ। कॉलेज रहा हो या पड़ोस के शॉपिंग सेंटर में अंकल की शॉप, कोई न कोई रहा ही जिसकी वजह से उसे अनसेफ़ महसूस हुआ। कभी किसी ने नज़रों से ही चीरना चाहा और कभी किसी ने लिजलिजी छुअन से। वो इतना सोच के ही सिहरन से भर

गई। मुंबई ने उसे थोड़ा-थोड़ा साँस लेना और जीना सिखाया, पर गोवा ने और कुणाल ने तो जीने का नज़रिया ही बदल दिया। उसने पास आकर कुणाल के कंधे पर धीरे से हाथ रखा, तो उसने नीलू को अपने पास बिठा लिया। दोनों बहुत देर तक कुछ-कुछ गुनगुनाते रहे। फिर अचानक से कुणाल उठ खड़ा हुआ और बोला, "अरे यार, तुम्हें भूख लगी होगी न! वेट, वेट, मैं आता हूँ।"

नीलू ने कहा, "रुको! मैं भी आ रही।"

दोनों ने मोमोज़ खाया और फिर घूमते-फिरते नीलू के रिज़ॉर्ट पहुँच गए। रिज़ॉर्ट पहुँचने तक कुणाल और नीलू शाम का प्लान बना चुके थे। नीलू ने रूम में जाते ही पहले माँ को कॉल किया, उन्हें न्यू-ईयर विश किया। उन्होंने थोड़ी नाराज़गी दिखाई, क्योंकि उन्होंने सुबह से कई कॉल कर लिए थे। नीलू ने उन्हें सॉरी तो कहा, पर कॉल न कर पाने के लिए नहीं, बल्कि बिना बताए गोवा चले आने के लिए। उन्होंने ज़्यादा कुछ नहीं कहा, बस इतना कहा, "अब तुम समझदार हो गई हो, अपना भला-बुरा जानती हो। बस! अपना ख़याल रखना और फ़ोन अपने पास रखा करो।" नीलू को माँ पर प्यार आ गया और, "ठीक है माते!... उम्माह!" कहकर फ़ोन अपने बैग में रख लिया। नीलू ने एक प्रीटी-सा पिंक टॉप और शॉर्ट्स डाला और पहुँच गई कुणाल के पास। उसके बाद दोनों ने एक स्कूटी किराए पर ली और फ़ॉन्टेनहास घूमने निकल गए। पुर्तगाली सदी के रंग-बिरंगे ख़ूबसूरत घरों से भरा फ़ॉन्टेनहास ऐसा लग रहा था, मानो नीलू किसी यूरोपियन शहर आ गई हो। उस पल उसके दिल में एक ख़्वाहिश उठी, उसने फिंगर क्रॉस किया और आसमान की ओर देखकर मुस्कुराई। उसे देखकर कुणाल भी मुस्कुराया और उसने भी फिंगर क्रॉस किया। जब वो दोनों पास के क्यूट से कैफ़े में गए, तो नीलू ने कुणाल से पूछा, "तुमने फिंगर्स क्रॉस क्यों किए?"

"Umm... So that your wish comes true soon."

नीलू ने आगे कुछ कहना चाहा, उसके पहले ही कुणाल ने 'शश्शऽऽऽ' करते हुए, उसके मुँह में चॉकलेट मफ़िन का टुकड़ा डाल दिया और बोला, "Happy New Year Neelu!" नीलू को याद आया उन दोनों ने सुबह से एक-दूसरे को एक बार भी न्यू-ईयर विश नहीं किया था। उसने भी कुणाल को विश किया। उस वक़्त कुणाल जिस तरह नीलू को देख रहा था, नीलू की निगाहें अपने आप झुक गईं। उसने बाहर देखते हुए कहा, "अरे! शाम ढल गई है... चलो मुझे कुछ शॉपिंग भी करनी है, If you don't mind." कुणाल तुरंत खड़ा हो गया और उसकी तरफ़ हाथ बढ़ाते हुए कहा, "Sure Mam, Anything for you." दोनों ज़ोर से हँसने लगे। जब दोनों लौटे वहाँ से तो काफ़ी थक चुके थे, पर नीलू के पास केवल रात भर का टाइम था। अगले दिन उसकी बारह बजे की फ़्लाइट थी। वो उसे सोकर ज़ाया नहीं करना चाहती। उसने कुणाल को 'What next?' के जैसे देखा। उसने नीलू को छेड़ते हुए कहा, "Go get ready, you wild cat."

दोनों गोवा के सबसे हैप्पनिंग प्लेस Tito's lane में थे। वहाँ की रौनक़, रंग-ओ-रौशनी, बड़े-बड़े Discotheque, धूम-धूम करते DJ's sound tracks और उसके बीट्स पर मस्ती से झूमते लोग। कहीं बॉलीवुड म्यूज़िक 'तेरे लिए ही तो सिग्नल तोड़-ताड़ के, आया दिल्ली वाली गर्लफ्रेंड छोड़-छाड़ के...' तो कहीं पर पंजाबी और कहीं इंटरनेशनल म्यूज़िक बज रहा था। वो दोनों भी बिना समय गँवाए Tito's Discotheque में घुस गए। वो जो शुरू हुए तो उन्होंने बेशुमार कॉकटेल पिया और बेलगाम डांस किया। हर गाने पर, हर बीट पर उन दोनों के अलग ही स्टेप्स निकल रहे थे। वहाँ कोई नागिन डांस कर रहा था तो कोई 'नचो सारे जी फाड़ के...' गाने पर फ़्लोर पर लेटे-लेटे नाचने लग जा रहा था। सब अपनी ख़ुमारी में गुम थे। कुणाल भी अपनी ड्रिंक लेकर बार के पास बैठ गया और तभी DJ ने 'नशे-सी चढ़ गई, ओए कुड़ी नशे-सी चढ़ गई' प्ले किया। नीलू तो जैसे ख़ुश हो गई और लगी

झूमने। वो ब्लैक ड्रेस में कमाल लग रही थी। कुणाल की उसपर से नज़र ही नहीं हट रही थी। नीलू ने उससे दूर से ही इशारों में पूछा, 'क्या हुआ?' उसने भी हाथों के इशारों में बताया कि She looks stunning! नीलू ने उसे हाथों के इशारों से डांस फ़्लोर पर बुलाना चाहा, पर कुणाल ने मना कर दिया। वो बस नीलू को आँख भर, दिल भर देख लेना चाहता था। वो अलग ही नशे में डूबा था, पता नहीं वो प्यार था या सिर्फ़ अट्रैक्शन। लेकिन वो ये तो चाहता था कि नीलू कल न जाए। उसे पहली बार लग रहा था कि गोवा सिर्फ़ घूमने की जगह नहीं है, बल्कि वो है, जहाँ किसी के लिए, किसी के साथ सपने देखे जा सकते हैं। कुणाल को खोया देख, नीलू उसके पास आई और उसका हाथ थामते हुए, कुणाल के अंदाज़ में बोली, "Hey! May I dance with you?" कुणाल ने उसको धीरे-से अपनी ओर खींचा और उसके कानों में बोला, "Only Dance." नीलू और कुणाल दोनों मुस्कुरा उठे। दोनों दुनिया की सारी आवाज़ों को पीछे छोड़, अपने दिल की आवाज़ के पीछे हो लिए।

रूम में घुसते ही दोनों सबसे पहले एक-दूसरे को चूमने लगे। उस पल उनका ख़ुद पर कोई ज़ोर नहीं था। उस पल कोई चाहता भी तो उन्हें रोक नहीं पाता। दोनों पर एक-दूसरे का नशा चढ़ा हुआ था। दोनों के बदन कपड़ों के बोझ से रिहा हो चुके थे। अनगिनत ख़्वाहिशों से लबालब वे दोनों एक-दूसरे को बेइंतिहा प्यार किए जा रहे थे। दोनों की साँसें आपस में घुली हुई थीं। दोनों एक-दूसरे की बाँहों में यूँ सिमटने लगे थे, जैसे ज़मीन और आसमान मिलने लगे हों और बिस्तर पर गिरते ही दोनों एक-दूसरे की आग़ोश में इस क़दर जज़्ब हुए कि जैसे कोई न रुक सकने वाला सैलाब, उनके भीतर से बह निकला हो। दोनों पूरे बदन से मुस्कुरा रहे थे। चाहे उनके दिलो-दिमाग़ होश में न रहे हों पर उनकी नशे से भरी आँखें सिर्फ़ इतना चाहती थीं कि इस सुहानी रात की सुबह ही न हो; पर कैसा होता है न! जब ज़िंदगी में एक उम्मीद नज़र आनी शुरू होती है, जब हम लम्हों को जीना सीखने लगते हैं, जब कोई ख़ुशी हमारे बाज़ू में

खड़ी मुस्कुरा रही होती है, तभी हमें पता चलता है कि अब तो जीने की मियाद पूरी हो चुकी है।

सुबह जब चेकआउट के लिए रिसेप्शन से कॉल आने लगा, तब नीलू की झटके से नींद खुली। घड़ी में देखा तो दस बज चुके थे। नीलू अपना सर पकड़ते हुए उठी। उसका सर कल के नशे की वजह से घूम रहा था। बग़ल में कुणाल को लेटा देख एकबारगी उसे वापस जाने का दिल ही नहीं किया, पर उसे वापस ऑफ़िस जॉइन करना था, सो वो कुणाल को जगाने लगी। कुणाल तो जैसे बेहोश पड़ा था। उसने जब कुणाल को बताया कि उसे जाना होगा, उसने नीलू को पकड़ लिया और लड़खड़ाती-सी आवाज़ में कहा, "Don't go, please!" और फिर मदहोशी में चला गया। नीलू का दिल भी जाने को कहाँ कर रहा था, पर मजबूरी थी।

नीलू ने जल्दी से मुँह हाथ धोया और आगे की फ़्लाइट देखने लगी। पहले तो रश की वजह से कोई फ़्लाइट थी नहीं और जो थी भी, तो बहुत महँगी थी। नीलू ने अपनी चीज़ें सँभालीं और कुणाल को दोबारा जगाया, जिससे उसका नंबर ले सके, पर कुणाल को तो जैसे होश ही नहीं। उसने उसका मोबाइल उठाया, उसपर पैटर्न लॉक लगा था। उसने कुछ सोचा फिर उसके फ़ोन में एक वीडियो रिकॉर्ड किया और उसके बालों को सहलाती हुई फ़्लाइट लेने के लिए बाहर निकल गई।

नीलू ख़ुश भी थी, पर उससे भी ज़्यादा उदास थी कि काश! एक बार वो कुणाल से बात करके फिर घर के लिए निकल पाती। उसने उस पल भी अपने फ़िंगर क्रॉस ही कर रखे थे और कुछ अच्छा होने की ख़्वाहिश में वापस उड़ चली। मगर ज़िंदगी में जितने अच्छे की हम उम्मीद लगा बैठते हैं, उतना अच्छा हो कहाँ पाता है। कोई टीस, कोई उलझन, कोई बेचैनी, दिन-ब-दिन हमारी उम्मीद को नोच-नोचकर खाए जा रही होती है और हम किलसने के अलावा कुछ कर नहीं पाते। कभी-कभी लगता है कि क्या किसी को चाह लेने का ख़ामियाज़ा अपनी ज़िंदगी से चुकाना पड़ता है।

नीलू हर दिन टूट रही थी और हर दिन ख़ुद को इसलिए जोड़कर खड़ा करती कि जिस दिन कुणाल से दोबारा मिलेगी, अपने सारे सवालों का जवाब ज़रूर माँगेगी।

***

फिर एक साल बाद—

पच्चीस दिसंबर की शाम नीलू मुंबई से गोवा पहुँच चुकी थी। फ़्लाइट से नीचे उतरते ही उसे फेनी की गंध वाली वही नमकीन हवाएँ महसूस हो उठीं। वह जाने क्या सोचकर हौले से मुस्कुराई, पर अगले ही पल उलझन से भर गई। वह रास्ते भर बीते साल की बातें याद करती रही। जंकयार्ड के पास गाड़ी पहुँचते ही उसने गाड़ी को वहीं रुकने को कहा। वह थोड़ी देर तक वहाँ ऐसे टहलती रही और आती-जाती गाड़ियों को देखती रही, जैसे अभी किसी गाड़ी से कुणाल उसे हाथ देकर बुला लेगा। मगर ऐसा कुछ भी नहीं हुआ। नीलू से वो रास्ता काटे नहीं कट रहा था। उसे कुणाल से बहुत लड़ाई करनी थी, बहुत-सी शिकायतें करनी थीं। उससे लड़ना भी था, पर उससे लिपटकर रोना भी था और ख़ूब सारा प्यार भी करना था। अजीब-सी कश्मकश में फँसी नीलू दोबारा अपने उसी रिज़ॉर्ट पहुँची। चूँकि आलरेडी शाम हो चुकी थी, तो जल्दी से फ्रेशेन-अप होकर वह उसी शैक पर दोबारा पहुँच गई, जहाँ नीलू और कुणाल पहली दफ़ा साथ में झूमे थे। नीलू का दिल समंदर की लहरों से भी ज़्यादा शोर कर रहा था। कुणाल ने उसे बताया था कि वह हर साल गोवा आता है और यह शैक उसके दूसरे घर जैसा है। उसने ख़ुद को सँभालते हुए, काउंटर पर जाकर कुणाल के बारे में पूछा। काउंटर पर खड़े मैनेजर ने इधर-उधर देखा और अभी वह कुछ कहता, उसके पहले ही नीलू की निगाहों ने कुणाल को ढूँढ़ लिया। वह किसी से फ़ोन पर बात कर रहा था। उसने पीछे से ही कहा, "फ़ोन तो तुम्हारा चल रहा है, फिर तुमने मुझे फ़ोन क्यों नहीं किया?"

कुणाल ने उसे पलटकर देखा और इतना ख़ुश हो गया कि उससे

ज़ोर से लिपट गया। "Where have you been ? I searched for you a lot. मैंने तुम्हारे रिज़ॉर्ट में भी कॉल किया पर you had been checked-out. कितना ढूँढ़ा तुम्हें।" कुणाल नीलू को लिपटाए हुए एक ही साँस में सब कुछ कह गया। वो सब सुनकर नीलू का रोना छूट गया। वो कुणाल को पकड़कर बहुत रोई और रोते-रोते पूछने लगी कि उसने वीडियो में अपना नंबर बताया तो था। कुणाल ने उसे चुप कराते हुए कहा, "मैं सब बताऊँगा, पहले चुप हो जाओ। अब तो थोड़ा स्माइल कर लो, हम तो मिल गए हैं न।" नीलू फिर भी नहीं मुस्कुराई, तो कुणाल ने कहा, "लगता है किसी को फिर से वॉक पर लेकर जाना होगा।" नीलू हल्के से मुस्कुरा दी और कहने लगी, "तुम इतने At Ease में कैसे हो! जानते हो, मेरा तो तुम्हारे इंतज़ार में बुरा हाल था। मैंने पूरा साल कैसे काटा, मैं ही जानती हूँ।"

कुणाल ने उसके कंधे को सहलाया और वेटर को इशारे से दो बीयर लाने को कहा। दोनों बीयर लेकर शैक से दूर, समंदर के किनारे टहलने निकल गए। कुणाल ने काफ़ी कुछ अपने बारे में बताया। नीलू ने भी पूरे साल का हाल कह सुनाया। वह दोनों समंदर के किनारे लंगर लगी एक नाव के सहारे खड़े हो गए। नीलू ने समंदर को देखते हुए कुणाल से पूछा, "क्या तुम्हें मेरी ज़रा भी याद नहीं आई ?" उस पल कुणाल भी थोड़ा गंभीर हो गया। उसने कहा, "अगर याद नहीं आई होती तो तुम्हारे आधे बताए नंबर में और नंबर जोड़कर महीनों कॉल न करता रहता।"

"आधा नंबर ? पर मैंने तो पूरा नंबर दिया था।"

"नहीं! तुमने नशे में सिर्फ़ सात डिजिट ही बताए और आगे के नंबर मंबल ही हुए। तुम नहीं जानती, मैं ख़ुद को कितना कोसता रहा कि काश! मैं उठ गया होता। काश! हमने इतनी न पी होती। काश! हमने थोड़ा एक-दूसरे के बारे जान लिया होता!"

नीलू एक हाथ से अपना सर दबाने लगी। उसने कहा, "यार! मैं कितनी पागल थी। मैंने कितना इंतज़ार किया और फिर धीरे-धीरे न जाने

तुम्हारे बारे में क्या-क्या सोचती रही। शिट यार! मैं कितनी पागल थी।"

कुणाल उसका सर सहलाने लगा। नीलू ने उसका हाथ, अपने हाथ में लेते हुए कहा, "आई एम सॉरी यार!" और अगले ही पल थोड़ा मुस्कुराते हुए बोली, "पर थैंक गॉड! तुम दोबारा से मुझे मिल गए।"

कुणाल कुछ कहता, उसके पहले उसका फिर से कोई कॉल आ गया और वो उसका हाथ छुड़ाते हुए, बातें करने के लिए थोड़ी दूर चला गया।

नीलू अब थोड़ा रिलैक्स्ड महसूस कर रही थी। नीलू ने देखा कि कुणाल उसको शैक वापस चलने का इशारा कर रहा है। फ़ोन कट चुका था। दोनों काफ़ी देर तक वहीं शैक पर साथ बैठे रहे। दोनों बहुत क़रीब बैठे थे, फिर भी जाने क्यों दोनों के बीच साल भर की दूरी पसरी हुई थी। नीलू का दिल कुणाल को अपनी बाँहों में भरने के लिए तरसने लगा था। उसने कुणाल से पूछा कि क्या वह उसे उसके रिज़ॉर्ट तक छोड़ आएगा? कुणाल ने धीरे से हामी में सर हिला दिया। नीलू को कुछ ठीक-सा नहीं लगा। वह उठकर जाने लगती है तो कुणाल भी उसके पीछे-पीछे चल देता है। उसको रूम पर छोड़ते वक़्त नीलू उससे लिपट जाती है और कहती है, "Kunaal, I missed you a lot. मुझे नहीं मालूम तुम मेरे लिए कैसा फ़ील कर रहे हो, मगर मैं लौटते वक़्त तक तुम्हें दिल-ही-दिल में चाहने लगी थी। मेरे दिल-ओ-दिमाग़ में तुम हमेशा ही छाए रहते थे। तुम्हारी हँसी, तुम्हारी बातें हमेशा मेरे साथ चलती रहती थीं," फिर उसने कुणाल को भींचते हुए कहा, "I Love You Kunaal, I Love You Very Much!"

"Even I Love you Neelu." कुणाल ने पूरी शिद्दत से नीलू को अपनी बाँहों में भरते हुए कहा। उसने अपनी शर्ट पर दिल के पास आँसू की कुछ बूँदें महसूस कीं और उसकी आँखों से भी आँसू के कुछ क़तरे बह निकले। कुणाल का दिल नीलू से मिलकर ख़ुश भी था, पर ख़ुद में बेहाल हुए जा रहा था। जब उससे नहीं रहा गया तो उसने नीलू को बता दिया कि उसके पेरेंट्स ने कोई लड़की उसके लिए पसंद की है

और वह कुछ ही दिनों में एंगेज्ड होने वाला है।

नीलू उसकी बात सुनते ही वहीं भरभराकर बैठ गई। ऐसा लगा, जैसे किसी ने उसके सपनों के आशियाने में बॉम्ब ब्लास्ट कर दिया हो। कुणाल ने उसे उठाकर बिस्तर पर बिठाया। वह हिचकियों के साथ रो रही थी। कुणाल ने उसे बाँहों में भर रखा था। उसकी आँखें भी भीगी हुई थीं। वह चाहता तो चुप रह सकता था, पर वह भी नीलू से मोहब्बत में था, वह उससे धोखा नहीं कर सकता था। उसने ख़ुद को सँभालते हुए नीलू को समझाना चाहा।

उसने कहा, "देखो नीलू, तुमने और मैंने पिछले साल जो भी प्यारा वक़्त एक-दूसरे के साथ गुज़ारा, उन पलों को उसी साल में वहीं छोड़ दो। उस न भूलने वाली सुनहरी याद को भूलने की कोशिश करो, तभी तुम आगे बढ़ पाओगी।"

नीलू ने उसकी तरफ़ देखते हुए पूछा, "क्या तुम बढ़ पाए थे आगे? अगर आगे बढ़ पाए होते तो इस बार तुम गोवा नहीं आते। वहीं उसी शैक पर मेरा इंतज़ार नहीं कर रहे होते। Maybe what you are saying is right, but when has love known its right and wrong? जानते हो! जब हमारी किसी से इंटिमेसी (अंतरंगता) होती है, तो हमें लगता है कि यह सब सिर्फ़ हमारी सेक्सुअल नीड की वजह से है, पर सच में ऐसा बिल्कुल नहीं होता। मैंने एक साल में जाना कि हमें एक ऐसी इंटिमेसी चाहिए होती है, जहाँ हम सिर्फ़ हम रहें। हमें सुना जाए, सिर्फ़ हमारी ख़ूबियों को नहीं, हमारी ख़ामियों को भी सराहा जाए। कोई हमें छूए भी तो वो छुअन जानी-जानी-सी लगे, जहाँ तुम्हें लगने लगे कि तुम्हें अब कहीं जाना ही नहीं है। तुम मेरे लिए बिल्कुल वैसे ही हो। तो जब तुम इतने अपने हो चुके हो तो हमेशा के लिए मिल क्यों नहीं जाते?"

"But Neelu, It can't be possible. What would I explain to my parents?"

"हम्म, पर मेरा क्या? मैं क्या करूँ? मैं सब कुछ भूलकर कैसे आगे बढ़ूँ?"

"इसलिए मैं कह रहा हूँ, अभी तुम कुछ मत सोचो, बस आज की सोचो। अभी सिर्फ़ आज को जियो। मैं यहीं हूँ तुम्हारे पास, तुम आराम से सो लो। मैं कहीं नहीं जा रहा।"

नीलू की आँखों में आँसू थे। उसने कुणाल से धीमी आवाज़ में पूछा, "Can I kiss you once?"

कुणाल भी ख़ुद को रोक नहीं पाया और धीमे से ही पूछ बैठा, "Only kiss?" और उसके बाद दोनों ने एक-दूसरे को चूमा और एक-दूसरे में इस तरह गुम हो गए, जैसे यही लम्हा जीने के लिए वह तब से बेक़रार थे, जब से वह दोबारा मिले। पूरे एक साल की बेचैनी, आह, परेशानी, किलसन, तड़पन, एक-दूसरे में घुलते ही ख़त्म होने लगी। उन दोनों ने अपने उस आज को पूरी शिद्दत से जिया। वो कमरा, बिस्तर, बालकनी, वहाँ की दीवारें, हर शय उनके प्यार की गवाह बन चुकी थी। उनकी अधूरी रह गई तमन्नाओं ने उन्हें एक ही रात में कई अधूरी रातों को पूरा करने का नशा कराया। वे दोनों उस पल हर बंदिश से आज़ाद थे और कई हसरतों से लबरेज़। उस रात के बाद वे दोनों नए कल में कुछ और होंगे। इसलिए दोनों ने उस 'आज' को चुना और इतना जिया कि गोवा की वो रात, उनके अधूरे रह जाने वाले प्यार को पूरा ही मानेगी।

कहानियाँ हमेशा अधूरे प्यार की नहीं लिखी जातीं, बल्कि उनकी भी लिखी जाती हैं, जिनकी कहानियाँ दो चाहत भरी निगाहों में पलती हैं और ख़्वाहिशों में ज़िंदा रहती हैं। कुणाल और नीलू को नहीं मालूम कि वो गोवा से लौटने के बाद अपनी ज़िंदगी के साथ क्या करेंगे, कैसे पेश आएँगे, मगर वो इतना जानते हैं कि भले ही वे एक-दूसरे की कहानी में अधूरे रहे हों, पर वे किसी की कहानी में तो पूरे रहेंगे।

***

अगले दिन कुणाल ने नीलू को न्यू-ईयर तक रोकना चाहा, पर नीलू ने इनकार कर दिया। नीलू के लिए कुणाल को 'ना' कह पाना बहुत मुश्किल था, मगर उसने कुणाल के लिए अपने दिल पर पत्थर रखना ही सही समझा।

नीलू का इस तरह से ख़ुद को समेट लेना, कुणाल को खलने लगा। उसे समझ ही नहीं आ रहा था कि नीलू को कैसे जाने दे। कोई तो सिलसिला रहे जिससे वे दोनों जुड़े रहें। उसने नीलू से उसके मोबाइल नंबर के लास्ट तीन डिजिट माँगे, पर उसने मना कर दिया। उसने अपना नंबर देना चाहा, तो भी उसने मना कर दिया। उसने अपने दिल की हालत बिना ज़ाहिर किए हुए कहा, "अगर दिल में कोई राब्ता ही नहीं रखना तो मोबाइल में नंबर रखकर क्या करेंगे कुणाल? मुझे तुमसे अब कोई शिकवा या शिकायत नहीं है। अपना सफ़र बस यहीं तक था।"

नीलू वापस लौट आई थी। उसकी रातें फिर सूनी-सूनी और दिन फिर बेगाने-बेगाने से हो गए। ऐसा लग रहा था, मानो वह किसी और की ज़िंदगी उधार लेकर जी रही हो, जिसका क़र्ज़ मानो उतारे नहीं उतर रहा हो। कुणाल से दूर होकर भी वह उससे बिछड़ कहाँ पाई थी। किसी के कह देने भर से यादें थोड़ी भूली जा सकती हैं और एक बार को यदि यादें भुला भी दी जाएँ, तो भी उन एहसासों का क्या करें जो रूह तक बस गए हैं। इन्हीं सबके बीच एक दिन मैट्रिमोनी वाले लड़के का मैसेज आया, 'हैलो नीलाक्षी!' नीलू ने बिना चैट में गए ही उसका नंबर ब्लॉक कर दिया। उसके दिल ने जिस कुणाल को अपने भीतर जगह दे दी थी, उसकी जगह अब कोई और कुणाल कहाँ से ले सकता था।

नीलू के जाने के बाद कुणाल भी वैसा नहीं रहा, जैसा उसने ख़ुद को नीलू के बिना रहने के लिए समझा रखा था। उसमें कुछ नीलू का अधूरापन जुड़ गया था। वह गोवा में कहीं भी जाता, नीलू की याद साथ रहती। उसने नीलू के जाने के बाद शैक पर जाना भी छोड़ दिया। वह उस दिन पहने अपने कपड़ों की गंध में नीलू को खोजता रहता। शर्ट के

उस हिस्से को सहलाता रहता, जहाँ नीलू के आँसू गिरे थे। एक शाम वह नशे में धुत्त समंदर के किनारे टहलते हुए जाने कब समंदर के भीतर चला गया। समंदर की लहरें उससे आ-आकर टकरा रही थीं। मगर उसे अपने टूटे हुए दिल के शोर के आगे कोई शोर सुनाई नहीं दे रहा था।

टूटा हुआ दिल आवाज़ नहीं करता, पर उसमें शोर बहुत होता है। शायद इसीलिए नीलू भी उस दिन समंदर के किनारे आकर रो पड़ी थी। वह 'नीलू, आई एम सॉरी!' कहने लगा कि तभी किसी लाइफ़ सेवर ने उसे देख लिया और खींचकर बाहर ले आया। उसने कुणाल को झकझोड़ते हुए कहा, "दो-तीन दिन में न्यू-ईयर होने को है और तू मरने को माँगता।"

कुणाल ने बड़बड़ाते हुए कहा, "I refused the one with whom I wanted to live."

"तो उसको बुलाने का न बाबा, ऐसे मरने का नहीं। चलो! अपना रूम बताओ।"

अगली शाम ऑफ़िस से निकलते हुए नीलू के मोबाइल पर लगातार मैसेज आने लगे। नीलू ने सकपकाकर मोबाइल बाहर निकाला, तो किसी अननोन नंबर से ढ़ेर सारे फ़ोटो और कुछ मैसेज आए हुए थे। उसने धड़कते दिल से मैसेज खोला तो वो कुणाल के मैसेज थे। उसमें उन दोनों की चपोरा फ़ोर्ट वाली तस्वीरें थीं, जो उन दोनों ने सनसेट के टाइम पर क्लिक की थीं। उसके नीचे मैसेज लिखा था, 'आ जा यार! तेरे बिना मैं न्यू-ईयर नहीं मनाने वाला।'

नीलू ने तुरंत रिप्लाई किया, 'पर तुम तो न्यू-ईयर के बाद सगाई करने वाले हो न! उसका क्या?'

कुणाल ने कॉल कर दिया, "मेरे को पागल कुत्ता काटा है, जो मैं तेरे को छोड़ के किसी और के साथ जाऊँ? अब ज़्यादा मच-मच नहीं, सीधे मेरे पास आने का।"

लाइफ़ सेवर बंदा उसे थम्सअप दिखाकर मुस्कुराने लगा।

नीलू तो जैसे समंदर की लहरों पर सर्फ़िंग करने लगी थी। उसने हँसते हुए कहा, "ठीक है! मैं आती तेरे पास।"

कुणाल ख़ुश हो गया और बोला, "अब इस अजनबी को तेरा पूरा नंबर मालूम! इस अजनबी का अब तुझसे ही राब्ता।"

हुआ कुछ यूँ कि वो लाइफ़ सेवर बंदा जब कुणाल को रूम पर वापस लाया, तो उसने उसको ख़ूब समझाया। कुणाल को नीलू के रिज़ॉर्ट ले गया और वहाँ बहाने से नीलू का नंबर निकलवा लिया।

नीलू ने फ़ोन रखा और उसके जी में आया कि वहीं ऑफ़िस के बाहर ही नाचने लगे। तभी उसको एक और मैसेज मिला, उसमें फ़्लाइट की टिकट थी। वो एकदम से ख़ुश हो गई और सोचने लगी कि किसी अजनबी के प्यार में पड़कर उसका दिल इतना उस अजनबी का हो जायगा, उसने कभी सोचा नहीं था।